风尘侠隐记·南阳山剑侠

民国武侠小说典藏文库·赵焕亭卷

赵焕亭 ◎ 著

中国文史出版社

赵焕亭及其武侠小说（代序）

赵焕亭，民国时期著名武侠小说家，被评论界和学术界称为"北赵"。他本名赵黼章，但发表作品上均写作赵绂章，生于清光绪三年正月初六，卒于1951年农历四月，籍贯直隶省玉田（今河北省玉田县）。

据新的有关资料记载，赵焕亭祖上是旗人，隶汉军正白旗，始祖名赵良富，随清军入关，携家落户在距离丰润与玉田交界线不远的铁匠庄。第五代赵之成于乾隆三十六年考中辛卯科武举，于是赵家迁居至玉田县城内西街，由此在玉田生活了一百多年，至赵焕亭已是第十代。

赵家以行伍起家，入清后应有相当经济地位，但无籍籍名。自赵之成考中武举，赵家在地方上开始有了一定名声。之成子文明曾任候选布政司理问，孙长治更颇受地方好评。据光绪《玉田县志》载："赵长治，字德远，汉军旗籍，监生，重义气，乐施济，尤能亲睦九族，世居丰之铁匠庄。悯族中多贫，无室者让宅以居之，捐附村田为义田以赡族。卜居邑城西街，遂家焉。嘉庆癸酉、道光庚子，两值饥，豁全租以恤佃者，计金三千有奇，乡里称善人。"

赵长治的儿子赵大鹏克承家风，再中己酉科武举人，至其孙赵英祚（字荫轩），则一变家风，于清同治九年中举人，同治十年连捷中第二百七十二名进士，位列三甲，曾三任山东鱼台知县，一任泗水知县，还曾署理夏津、金乡等县，任内主修过鱼台和泗水县志。

1

赵英祚生四子，长子黼彤，附贡（即秀才）。次子黼清（宁翊唐）光绪二十年中举，二人似未出仕。三子黼鸿，字青侣，号狷庵，光绪十九年举人，二十一年二甲第七十六名进士，入翰林院，三年后散馆以工部主事用，1903年复入翰林院，1907年选任为江苏奉贤知县，但被留省，直至次年年底方才正式到任。辛亥革命爆发，他弃官而走，民国时又担任过常熟县知事。据说他和著名藏书家铁琴铜剑楼主人有交往。赵黼鸿大约于1918年去世。四子黼章就是赵焕亭。

抗日沦陷期间，《新北京报》上曾刊登了一篇署名雨辰的《当代武侠小说家赵焕亭先生小传》（以下简称《小传》）。作者自承"与先生为莫逆，知之甚详，因略传梗概"。据该文介绍，因赵英祚长期在山东为官，赵焕亭的出生地实际是济南，玉田系籍贯所在。

赵焕亭在济南念私塾，还和其二哥、三哥一起，拜通家至好蒋庆第和赵菁衫二人为师，学诗和古文。

蒋庆第，字箸生，玉田人，咸丰壬子进士，文名响亮，著有《友竹堂集》。他历任山东武城、潍县、峄县、章丘等地知县，官声很好，甚得百姓拥戴。赵菁衫，名国华，丰润人，进士出身，曾为乐安知县，"以古文辞雄北方，长居济南"，著有《青草堂集》。《清稗类钞》中说他"清才硕学，为道、咸间一代文宗"。赵自署的集句门联很有趣："进士为官，折腰不媚；贵人有疾，在目无瞳。"（赵的左眼看不见。）

赵焕亭的开蒙师父叫赵麟洲，栖霞人，学问好，对教学有独到见解。

兄弟三人在名师的指导下，学业大进，在济南当地读书人中号称"玉田三珠树"。据《小传》所述，赵菁衫看了兄弟三人的习作，曾感叹道："仲、叔皆贵征，纪河间皆谓兴象，且早达。季子虽清才绝人，然文气福泽薄，是当作山泽之癯，鸣其文于野耳。"

果然，黼清、黼鸿二人很快先后中举、中进士，黼章则"独值科举废，不得与焉"。根据赵焕亭在小说中留下的只言片语，他参加过乡试，而且应该不止一次。在短篇小说《浮生四幻》开头，他写道："光绪中，予应秋试于洛（时功令北闱暂移河南）……"

北闱秋试移到河南举行，在清代科举考试历史上是独一无二的，发生于光绪二十八年和二十九年，考试地点在今河南开封。原因是受到义和团运动和八国联军攻占北京等事件的影响，本该于光绪二十六年举行的乡试被迫停办。赵焕亭究竟参加了其中哪次乡试不详，但显然没有中举，之后科举就被清政府宣布废除。

在其武侠小说《大侠殷一官逸事》第十七回中，也有一小段作者的插入语："……原来那四十里的石头道，自国初以来，一总儿没翻修过。您想终年轮蹄踏轧，有个不凹凸的吗？人在车子里，那颠簸磕撞，别提多难受咧！少年时，入都应试，曾亲尝这种滋味……"

据最后的寥寥十几字推测，赵焕亭在河南参加乡试之前，还曾经参加过在北京的顺天府乡试，估计以光绪二十三年丁酉科可能性最大，他当时已经二十一岁，正当年。其兄赵黼鸿、赵黼清分别于光绪十九年、二十年中举，那时他不过十六七岁，一同参加的可能不是完全没有，但应该不大。

无论如何，赵黼章一袭青衿的秀才身份应该是有的，只是两次乡试都不成功，待科举废除，就再没机会了。传统上升之路中断之时，他还不到三十岁，但没有因此而茫然，继续认真读书。《小传》中说他"矻矻治诗文辞如故"，同时大约为践行"读万卷书，行万里路"的古训，"北之辽沈，南浮江汉，登泰山，谒孔林，登蓬莱、崂山，揽沧溟，观日出而归"。游历之余，他还注意记录、搜集山东、河北等地的风土人情、逸事趣闻，老家玉田本地的名人掌故逸事更是他一直关注和搜辑的对象。这一切都为他后来的小说写作积累了大量素材。这些素材和人生经历是上海十里洋场中的才子们所不具备的，也是赵焕亭终成为"北赵"，并与"南向"分庭抗礼，远胜同期南派武侠作者们的一个重要原因。

赵焕亭正式开始投稿卖文的写作生涯，据其在1942年《雨窗旅话》一文所述，始于民国初年。文中写道："民国初，颇尚短篇之文言小说。一时海上各杂志之出版者风起云涌，而文字最佳者，首推《小说月报》并《小说丛报》，以作者诸公，如恽铁樵、王西神、钱基博、许指严等，皆宿学名流，于国学极有根底也。余见猎心喜，乃为《辽东戍》一篇，试投诸《小说月报》，此实为余作小说之动机，并发轫之始。"

《辽东戍》刊登于《小说月报》第五卷第二期，时间是1914年4月。但据目前发现，早在1911年6月的《小说月报》第二年第六期上就刊有署名玉田赵绂章的短篇小说《胭脂雪》。关于这篇小说，赵焕亭在《辽东戍》篇末自述中是承认的，他写道：

> ……有清同光间，吾邑以诗古文辞鸣者，为蒋太守箸生、赵观察菁衫，世所传《友竹堂集》《青草堂集》是也。予以通家子，数拜榻下，伟其人，尤好拟其文，随学薄不得工，顾知有文学矣。时则随宦济南，书贾某专赁说部，不下数百种，于旧说部搜罗殆尽。余则尽发其藏，觉有奇趣盎然在抱。后得畏庐林先生小说家言，尤所笃嗜，复触凤好，则试为两篇，各三万余字，旋即售稿去，复成短章《胭脂雪》一首，邮呈吾兄于京邸。兄颇激赏，以为殊近林氏。兄同年生某君，则驰书相勖，后时时为之……

赵黼鸿1907年离京赴江苏任职，辛亥革命爆发方逃回北方，是否在京无法确定，由此推测，赵焕亭的两篇试笔小说以及《胭脂雪》或许写于1906至1907年间。只是《胭脂雪》何以迟至1911年才发表，且赵焕亭似乎并不晓得此事，令人有些费解。倒是他自承笃嗜林氏小说，连所写短篇小说路数都被赞极有林氏风格，倒是研究赵焕亭包括晚清民国作家作品的一个新方向。

林译小说曾带动鲁迅、郭沫若、周作人等主动了解、学习西方文学，并促进了西方文学名著在中国的进一步译介，在文学史上已有定评。俞平伯先生晚年更认为"林译小说是个奇迹，而时人不知，即知之估计亦不高"。林译小说对于当时青年人的影响，用民国武侠、言情名家顾明道的话说："青年学子尤嗜读之，无异于后来之鲁迅氏为人所爱重也……以为读林译，不但可供消遣，于文学上亦不无裨益。"范烟桥在《林译小说论》中说，民初众人都在模仿林，赵焕亭之言正可为一有力旁证。

关于赵焕亭中青年时期的其他职业信息，目前仅知进入民国后，他曾经有若干机会可以入幕当道要人帐下，但他放弃了。雅号"民国老报人"的倪斯霆先生曾提及，据说赵焕亭民国后曾做过《汉口新报》的主笔，可惜未能找到这份报纸和相关资料，也尚未发现相关的新资料。

自 1911 到 1919 年之间，赵焕亭在《小说月报》和《小说丛报》上共发表小说十七篇，有十余万字。是否同期在其他报刊上有小说刊登，目前尚无线索，但凭这些精彩的"林味"文言短篇小说，"当时名士如武进恽铁樵、常熟徐枕亚、无锡王蕴章、桐城张伯末、费县王小隐、洹上袁寒云、粤东冯武越，皆与先生驰书订交或论文"。

赵焕亭后来稿约不断，小说连载与副刊专栏在京、津、沪等地报纸杂志全面开花，持续二十余年之久，应与结交了这么一大批南北方的著名报人、编辑和文化人有很大关系。

当 1923 年来临之际，赵焕亭进入了小说创作的"爆发期"。

1 月，《明末痛史演义》六册出版。

2 月上旬，武侠小说名作《奇侠精忠传》开笔，此时他已四十五岁。该书直接就以单行本面貌出现，初集十六回初版于 1923 年 5 月，此时"南向"的《江湖奇侠传》第十回刚刚连载完毕，结集的第一集似尚未出版。赵焕亭的写作速度相当惊人。

10月，长篇武侠小说《英雄走国记》开笔，取材于明末清初的各家笔记，描写南明志士的抗清故事，全书正续编共八集。

自1923年到1931年这八年间，赵焕亭除了完成上述两部百万字的长篇武侠小说之外，还陆续写下了《大侠殷一官逸事》《马鹞子全传》《殷派三雄》（含《殷派三雄续编》未完）、《双剑奇侠传》《北方奇侠传》（未完）、《山东七怪》（未完）、《南阳山剑侠》《昆仑侠隐记》（未完）、《惊人奇侠传》《奇侠平妖录》（《惊人奇侠传》续集）、《情侠恩仇记》（连载未完）、《蓝田女侠》和《不堪回首》（历史小说）、《景山遗恨》《循环镜》《巾帼英雄秦良玉》等十六部各类体裁的小说，至少五百万字，创作力之旺盛十分惊人。

进入20世纪30年代后，赵焕亭的新作以报刊连载小说为主，多数是武侠小说，少数是警世小说，如《流亡图》。1937年"七七事变"爆发，华北彻底沦陷，遍地战火，赵焕亭的连载就全部停了下来。截至1937年7月15日《酷吏别传》从报上消失，目前已知和新发现的京、津、沪三地报纸上的小说连载共十三部，分别是：

北京：《范太守》《十八村探险记》《金刚道》《剑胆琴心》《鸳鸯剑》；

天津：《流亡图》《姑妄言之》《龙虎斗》；

上海：《康八太爷》《剑底莺声》《侠骨丹心》《鸿雁恩仇录》《酷吏别传》。

以上这些小说多数都未写完即从报刊上消失，连载完毕的几种，如《流亡图》《剑胆琴心》等也没有结集出版单行本。需要单独提一下的是，《剑底莺声》就是《马鹞子全传》，只是在结尾部分做了一点儿删改。

此时的赵焕亭已经年近花甲，岁月不饶人，伴随而来的是精力和体力的持续下降，对于写作质量的影响不言而喻，这一点其实在20世纪20年代的写作大爆发后期就已经有所显现。当然，稿约缠身、疲于写作也同样影响到写作质量。而20世纪30年代全国时局的不停动荡——"九一八事变""淞沪抗战""华北事变"……对于社会的安定造成相当的影响,自然也波及报纸的生存乃至写稿人赵焕亭的生活和写作。

再有一个影响赵焕亭写作状态的重要原因,即赵妻张引凤于1932年夏天去世,对赵焕亭的打击异常大。他曾写了一副悼联,刊登在《北洋画报》上,文曰:

夫妇偕老愿终违何期卿竟先去;
儿女未了事正重此后我将如何?

张赣生先生评此联语"痛极反似平淡,一如夫妇日常对语",可谓一语中的。赵焕亭本来于1933年开始在上海《社会日报》上一直连载武侠小说新作《康八太爷》,到3月份突然暂停,刊登了一批于1932年10月间写下的文言掌故小品,在开篇序言中更道出了对亡妻的深切怀念之情:"则以忆凤庐主人抱奉倩神伤之痛,以说梦抵不眠,复冀所思入梦耳……以忆凤为庐",专栏名"忆凤庐说梦"。原来,妻子周年忌辰临近,勾动了他的伤痛,于是停下武侠小说连载,转发"忆凤庐说梦",足见伉俪情深。但从另一方面看,丧妻之痛对武侠小说创作有着直接的影响,也毋庸讳言。

当北方京、津及至上海一带战事暂告一段落,沦陷区的生活和社会局面也相对稳定下来,赵焕亭与报纸的合作又有所恢复。自1938年至1943年的六年间,他陆续写下《侠隐纪闻》《黑蛮客传》《白莲剑影记》《天门遁》《侠义英雄谱》《风尘侠隐记》《双鞭将》《红粉金戈》《荒山侠女》等九部小说,不过遗憾仍然继续,这些小说中只有《双鞭将》的故事勉强告一段落,聊算是不完之完。其他的均是半途而废,有的甚至只连载数月就消失不见,最长的《白莲剑影记》连载三年多,但从情节看,似还远未结束。

从有关信息推测,"七七事变"前后,赵焕亭已在玉田老家居住，抗战期间似也未曾离开。作为当时知名的小说家，自然经常有人向他约稿。从作品遍地开花的情况看，赵焕亭对于约稿有求必应，或许因此备多力分，造成不少作品烂尾，当然不排除有报方的原因。另外一直流传一个说法，谓那时不少作品实为其子代笔，或许这是造成作品连载未完就遭下架的另一个原因，不过目前没有发现确凿证据，仅聊备一说而已。

1943 年以后，报刊上就看不到赵焕亭的作品了。目前仅发现一篇《忆凤庐谈荟·名士丑态》于 1946 年发表在上海的一家杂志上。同年 12 月，北京《一四七画报》记者曾发文，征询老牌作家赵焕亭近况。两周后，《一四七画报》报道："本报顷接赵焕亭先生堂孙赵心民来函，谓赵焕亭先生及其哲嗣彦寿君，刻均在玉田，此老仍康健如昔，知友闻知，均不胜欣慰。"

之后的报刊和市场上，再也没有出现赵焕亭的作品，但他在武侠小说史上，已经占据了应有的位置——"北赵"。

1938 年金受申《谈话〈红莲寺〉》一文中即出现"南有不肖生，北有赵焕亭"一语，估计这一评语的真正出现时间应当更早，因为针对二人的武侠小说成就，在 1928 年 5 月的《益世报》上，就刊有署名木斋的读者发表了《评〈北方奇侠传〉》一文，该作者指出："近时为武侠小说者极多，而以（赵焕亭）氏与向恺然氏为甲。"并认为："（赵焕亭）氏之长处为能以北方方言、风俗、人情、景物，一一掇取，以为背景。盖氏本北人，于此如数家珍，而向来技勇之士，亦以北人为多，故能融合于背景之中，使卖浆屠狗之徒跃然纸上，读者亦恍若真有其人，为其他小说所不易见。其描写略似《七侠五义》及《儿女英雄传》，而卓然自成一家，盖颇具创造之才，非寄人篱下者也。"

对于与赵焕亭齐名的、同为武侠小说"甲级高手"的"向恺然氏"及其小说，木斋却并没有做进一步评价和比较，反而以当时著名的南派通俗小说家李涵秋与赵焕亭做比较，认为"苟取二氏全部著作之质量较之，则赵之凌越李氏，可无疑也"。

从这个角度看，木斋虽然把赵焕亭与向恺然相提并论，但他对赵氏武侠小说特色的评论，可以用之于任何小说。或许木斋心中对于小说类别并无定见，一定要遵循小说上的标签，但从另一方面来说，赵焕亭小说的"武侠特征"与向恺然相比，颇不相同。

简而言之，"南向"偏"虚"，而"北赵"重"实"。"南向"《江湖奇侠传》等小说是玄奇怪诞的江湖草莽传奇故事；"北赵"《奇侠精忠传》等小说则是在一幅幅市井、乡村生活画中，讲述的历史人物传奇故事。

虽然是传奇故事，总的来说，赵焕亭小说中的大部分故事都有所依据而非向壁虚构。《奇侠精忠传》据一部《杨侯事略》敷衍而成，《英雄走国记》则采明末笔记中人物和故事而成书，《大侠殷一官逸事》来自河北蓟县大侠殷一官生平逸事，《山东七怪》《双剑奇侠传》则依据山东济南、肥城一带真实人物的乡野传闻等。对于情节中涉及的历史事件，他的基本态度也是尊重历史记载，如《双剑奇侠传》中，浙江诸暨包村人包立身率众抗拒太平军，最后兵败身死。赵焕亭基本是完全采用相关笔记记载，连所谓的法术传说也照搬。为了故事情节的充实与好看，他当然会做一些发挥和演绎，比如把包立身这个普通农人改为武艺高强、韬略精通的英雄，同时还有好色的毛病，但这类演绎都不会改动历史事件本身的结果。

而对于不涉及历史事件本身的内容，赵焕亭就表现出化用材料的本领。在《续编英雄走国记》中，有一段谈到广西的"过癞"（俗称大麻疯，一种皮肤病）之俗，当地女子若不"过癞"给男子，自己就会发病，容毁肤烂，于是，很多过路人因此中招，而一个广东公子因女方多情善良，得以免祸。该故事原型出自清代著名笔记《客窗闲话》，发生地本在广东潮州府，"发癞"人也是男方，不惧牡丹花下死而中招。幸得女方情深义重，主动上门照顾，后来无意中让男的喝了半缸泡了乌梢蛇的存酒，癞病豁然痊愈。赵焕亭改变了故事发生地，及病人则改为女方，于是，一方面表现了女子的多情重义，另一方面又展现了男子一家的明理与知恩图报。治癫之方则仍然是那半缸乌梢蛇酒。

"北赵"的重"实"，还体现在小说内容的细节上。举凡山东、河北等地的风景名胜、美食佳肴，或出自前人笔记如《都门纪略》之类书籍，或出自作者往来京、津、冀、鲁各地的亲身经历。就连书中不经意间写到的地方风物，也同样是实景实事。《北方奇侠传》中有一段情节写向坚等几兄弟于苏州城外要离墓前给黄萧钱行。此地风景如画，"左揖支硎山，右临枫泾"，不远处是"隐迹吴门，为人赁春"的梁鸿墓。笔者曾根据上面这段描述向苏州一位熟悉地方文史的朋友询问，他证实苏州阊门外确有支硎山这个古地名，今天见不到小山了，清代曾在那里挖出过古要离墓的石碑。

赵焕亭的长篇武侠处女作《奇侠精忠传》，洋洋洒洒上百万字，以清朝乾嘉年间杨遇春兄弟平苗、平白莲教事为主干，杂以江湖朝野间奇侠剑客故事以及白莲教的种种异术奇闻，历史味道看似浓厚，然而里面有关奇侠剑客的内容所占比例并不算大，平苗和平白莲教的战争与武打场面也有限，倒是杨遇春师兄弟及各色人等的日常生活与交际、各类生活琐事的碰撞与解决则占了相当大的篇幅，农村空气中漂浮的乡土气味仿佛都能闻得到。其他长篇小说如《英雄走国记》《北方奇侠传》《惊人奇侠传》等也莫不如此。

一触及生活内容，赵焕亭手中的笔就显得格外活泼，村夫野叟村秀才，恶棍强盗恶婆娘，还有诸如闲唠家常和赶庙会的农村妇女、混事的镖师之类过场人物，其言语举止、行为谈吐，或粗鄙，或斯文，或虚伪，或实在，展示着世间的人情百态、冷暖人生。比如《大侠殷一官逸事》中，名镖师李红旗的镖车被劫，变卖家产后尚缺几百两银子赔款，以为和北京镖局同行交往多年，这最后一点儿银两多少能得到点儿帮助，结果各位大小镖头该吃吃，该喝喝，拍胸脯的、讲义气话的、仗义执言的……表演了一个够，最后镚子儿不掏，躲的躲，藏的藏，还有捎回点儿风凉话的，把李红旗气得半死。已故著名民国通俗小说研究学者张赣生先生称赞这段文字不让吴敬梓《儒林外史》专美于前，而类似的文字在赵氏小说中也不止一处。

虽名"武侠小说"，而满纸人世间的生活百态与人情勾当，使得赵焕亭小说表现出与大部分武侠小说颇为不同的特色。书中的侠客奇人们更多地表现出"世俗气息"或曰"世情味"，而缺乏"江湖气"。他们活动的地方多在乡村、市镇乃至庙会中、集市上，除了头上被作者贴上个"大侠""武功家"之类的武侠标签外，其日常言语、行为与普通市民、村民并无二致。若说"南向"小说中人物是"江湖奇侠"，那么"北赵"书中人物最多称得上是"乡村之侠"。即使是已成剑仙的玉林和尚、大侠诸一峰、南宫生等，也没有在名山大川中修炼，反而在红尘中如普通人般生活，有当塾师的，有干算命的。《奇侠精忠传》和《英雄走国记》属于赵焕亭小说中历史类武侠，书中正反面人物各个盛名远播，也仍然近似普通人，而无我们常见的武林人面目。

应该说，这样的侠客源自他心中对"侠"的认识。在《大侠殷一官逸事》（1925年）序言所述："予独慕其生平隐晦，为善于乡，被服儒素，毕世农业。侠其名，儒其实，以是为侠，乌有画鹄类鹜之虑乎？……俾知真大英雄，必当道德，岂仅侠之一途为然哉。"

再如次年所写的《双剑奇侠传》，男主角山东大侠梁森武功大成之后，"恂恂粥粥，竟似一无所能，武功家的矜张浮躁之习，一些也没得咧。……绝口不谈剑术。春秋佳日，他和范阿立有时巡行阡陌之间，俨然是一个朴质村农"。活脱脱是大侠殷一官的又一翻版。

可见，"儒其实"才是赵焕亭认可的"侠"之本质，侠行、侠举只是外在表现。真正的英雄豪杰，必是重操守、讲道德的人物，苟能如此，又不一定只有行侠一途了。他有这样的认识，无疑与前文述及的自幼年即长期接受儒家思想的教育密不可分。其实，在更早的《奇侠精忠传》中，他就是完全按照儒家的做人标准来写主人公杨遇春，一个类似《野叟曝言》主人公文素臣般的完人。其人武功高强，处处以儒家的忠孝礼义廉耻观念要求自己，也教导、劝诫贪淫好色的师弟冷田禄，更像个老夫子，不像个名侠，刻画得不算成功，但"侠其名，儒其实"的观念已经形成，并一直贯彻到后面的作品中。如 1928 年写的《北方奇侠传》，主人公黄向坚事亲至孝，终于学成绝艺，最后万里寻父，同样也是"儒其实"的表现。

就这一点而言，"北赵"之侠或又可称为"儒侠"。"南向""北赵"之别不仅在于两人的地理位置之不同，也在其侠客属性有所不同。

作为"儒侠"的对立面，自然是"恶徒"，武侠小说中不能没有这样的反面角色。赵焕亭自然不能例外。值得一提的是，赵焕亭小说中的不少主要的反面人物并不是一出场就开始作恶，甚至很难说是一个恶人，如《奇侠精忠传》中的冷田禄，虽是名师之徒，但屡犯淫行，品行不佳，但在杨遇春的不断劝诫与行为感召下，心中的善念在与恶念的斗争中，曾一度占了上风，于是冷田禄力求上进，千里赴京，追随杨遇春投军，在平苗战役中立了不少功劳，但最后还是恶念占了上风，彻底滑入邪魔外道中。又如《大侠殷一官逸事》和《殷派三雄》中的赵柱儿，本是聪明孩子，性格上有缺点，虽有师父、师兄的提点、劝告，但终不自省，终于蜕变为真正的淫贼。《马鹞子全传》中的主人公马鹞子，由乞丐小童成长为武林高手，然而不注重品德修养，逐渐热衷功名富贵，不论大节与是非，反复无常，最后羞愧自尽而亡。马鹞子王辅臣是真实的历史人物，最后结局确实如此，小说中发迹前的故事多是赵焕亭的自行创作，讲述了一个武林好汉如何变为热衷功名、三二其德的朝廷走狗的历程。

上述这类角色身上都或多或少反映了人物性格的复杂和多变，赵焕亭或许并非有意塑造这样另类的武林人物，但与同期包括之前的武侠小说相比，大约是最早的，有些角色也是比较成功的。

对于这些角色包括书中的真恶人，其为恶的途径与发端，赵焕亭却处理得很简单，基本归于一个字——淫。恶人无不是好色之徒，也往往由各类淫行，终于走上为恶不归之路。更有甚者，普通人物也往往陷入其中，招致祸端。如此处理人物未免过于简单，只是赵焕亭在这类事情上的笔墨也花得有点儿过多。

顺带一提的是，时下论者都认为"武功"一词用于形容功夫系赵焕亭所创。其实他用的也是成品。清朝著名笔记《客窗闲话》续集里有《文孝廉》一文，其中就有"我虽文士，而习武功"一语。准确地说，赵焕亭的贡献是在民国武侠小说中率先使用而非创造该词的新用法。赵焕亭自己肯定没有想到，这个词竟然成为日后百年间武侠小说作者的必用词语，也成为日常生活中的常用语。

赵焕亭的武侠小说具有其他名家所没有的"世俗风情"，以此似完全可以单独撑起一个"世情武侠"的门户，与奇幻仙侠、社会反讽和帮会技击诸派别并立于武侠小说之林。

作为掀起民国以来武侠小说第一波高潮的领军人物"北赵"，作品无疑极具研究价值，可惜一直未能得到应有的重视。1949 年新中国成立后，直到 20 世纪 90 年代才有零星的赵焕亭武侠作品出版，至今二十多年间，仅出版过四种。

此次中国文史出版社全面整理出版的赵焕亭武侠作品，大部分是新中国成立后从未出版过的，所用底本也尽量选择初版或早期版本，即使如出版过的《双剑奇侠传》《奇侠精忠传》《英雄走国记》和《惊人奇侠传》，也都用民国版本进行校勘，由此发现了不少严重问题。《奇侠精忠传》漏字、漏句和脱漏段落十余处，近 2000 字；《惊人奇侠传》漏掉了大约 15 万字；《英雄走国记》20 世纪 90 年代的再版只是正编。这些意外发现的问题已经在此次整理中全部加以解决，缺漏全部补上，《续编英雄走国记》也将与正编一起出版。

此次出版的作品集中，还有几部作品需要在这里略做说明：

《南阳山剑侠》是赵焕亭写于 20 世纪 20 年代的文言武侠小说；

《江湖侠义英雄传》，又名《江湖剑侠英雄传》，系春明书局

1936 年出版的长篇武侠小说，封面、扉页均未署有作者名字。从赵焕亭所撰序言看，也许另有作者，他则如版权页部分所示，为"编辑者"；

《康八太爷》和《风尘侠隐记》都是未曾结集的报纸连载，也没有写完。为了让广大读者和研究者全面了解赵焕亭 20 世纪 30 年代和 40 年代不同时期的小说特点，特地予以抄录，整理出版；

《殷派三雄》在天津《益世报》上一共连载四十回，未完。天津益世印字馆出版单行本三册，仅三十回。此次出版据报纸补充了未曾出版的最后十回，以示全貌予读者。

笔者多年来一直留意赵焕亭的有关资料，幸略有所得，今效野人献芹，拉杂成文，期副出版方之雅爱，并就教于识者。

是为序。

顾　臻

2018 年 8 月 20 日于琴雨箫风斋

目　录

风尘侠隐记

2

南阳山剑侠

风尘侠隐记

第一回

团瓢居初逢破衲僧
慧珠阁惊失青玉串

昔人云："强梁者不得其死，好胜者必遇其敌。"这句话就是叫人用老子知雄守雌之道，方能不遭挫折，永保身名。你若侉车子不倒只是推，久而久之，非一头撞到南墙上不可。但看过去的弄兵军阀，当其盛时，哪一个不仗着拳头大胳膊粗雄视一时？但是不消数年，谁又不颠仆相继，岂非不明老氏知雄守雌之意吗？再向小处说，便是身怀绝艺之人，也不可目空一世，须知强中更有强中手哩！今且说个身遭挫折、折节改行的人以为强梁好胜者之戒，并将其生平所见一一描叙如何？

且说唐朝末年，藩镇称兵，父死子继，大家都把朝廷的地面视如私产一般，虽然快活得好，但是其中也自有不可说的苦处。因为上梁不正下梁歪，那继任藩镇拥兵自立，眼中既没得朝廷，所以他那班帐下郎，眼睛内也没得他，往往一军夜呼，登时变作，把那继任的藩镇一刀宰掉。这期间，骄卒拥了那主谋的悍将即便公然自立，如此等事，俨如家常便饭，当时朝廷已成尾大不掉之势，也只好听其自然。

其时，有一位姓潘的藩镇，节度军事数年，还称得起地面不扰，私囊之肥，自不消说，帐下郎也都爱戴。更可喜的，还有个虎子，名叫潘毅，性情豪迈，广好结交，在军中也自领有职分，人都称为潘将军。那位藩镇在任上，安富尊荣，穷奢极欲，又有帐下奇儿自谓后起有人，这片地盘自然是万世不拔之基了。于是挥斥金钱，选求美色，拿那据鞍顾盼的精神，却都用在花围柳阵中，不消说，阎罗老子不下帖来请，也要自行投到了。于是潘将军不免斩然在缞绖之中，亲丧虽然要紧，但是军中不可一日无主，这事尤为要紧。

当时军中将佐，大家集议，自然要援那父死子继之例了。不料潘将军却别有见解，他想人生一世，草生一秋，老子既挣下用不尽的金钱，自己不去享用，反混到剑戟丛中，火镞上去偎屁股，岂不是痴？于是慨然不谋于妻子宾客，一面上表朝廷，请速简贤能前来继任，一面载了金资妻孥，竟归京国。便就长安光德坊广购地基，大起宅第，一面出其金资，置田营业，竟自成了长安第一富人。凡是富人门下，那帮闲篾片之流，自然是少不得的。况且潘将军豪迈好客，久著声名，那四方凡挟有技艺之人，自然是群趋而进了。因此潘将军座上，宾客常满，大家于酒肉杂沓之下，无非是各献所长，奉承主人一阵。

一日，潘将军因庭前玉李盛开，高起兴来，便置酒大会宾客。酒酣以后，众客便有的弹琴，有的击剑。正在峨冠博带欢笑款洽之间，忽见阍者报有客到，并进名刺，上写"王超"两字。潘将军见了，赶忙倒屣出迎，这里众客因有生客，大家凑向厅门前望时，都几乎笑将起来。

原来那来客王超，年有六旬上下，面目黧黑，花白胡儿，灰模样的短衣草笠，便如村叟一般，不但脊背微偻，并且跛却左足，一肩行李、一柄短剑之外，并无长物。但是顾盼之间，眸光炯炯，倒似乎很有些精神。当时潘将军揖客入厅，大家厮见，现成酒筵，即便添箸增杯。众客见王超携有短剑，便疑为剑客之流，又因初次相见，倒也不敢轻视。及至王超入座，饮啖起来，大家又不由暗暗好笑。因为王超杯箸齐忙，目无旁瞬，又时鼓腹作雷鸣，就如几日价不曾摸着酒饭一般。这时众客虽稍稍疑为哺啜之徒，但因古来壮士

4

大半有兼人的饭量，至此，便越发以为王超是个剑客了。

　　大家正在怙愡之下，那潘将军早已和王超攀谈起来。潘将军是将门之子，本也略闻剑术，当时谈锋大纵，哪知王超听了，只有唯唯。这一来，众客越笑，便有轻薄的去抽王超的短剑瞧时，却是一柄钝缺不堪的破剑。王超却慨然向海军将军道："老夫落魄江湖，哪里晓得什么剑术，今托迹门下，不过做个无好无能的食客罢了。"

　　当时众客听了，都各暗笑。潘将军好客豪举，本是酒肉道场，哪在乎多一食客？从此王超居然厕入珠履之列。这期间，众客却无端地得了消遣物儿，每逢筵会，大家便揶揄侮笑，无所不至。王超却处之怡然，逐队进退之余，只独处一室，不是趺坐，便是酣睡，并且背上似惧风寒，盛暑中也着一粗布半臂，并且用带缚牢。众客因他受侮不较，呼之为王叟，以示笑他老迈无意。

　　过得年余，那王超忽然一旦辞去。这时，潘将军久居京国，享尽快乐，忽又慨然慕陶朱、计然之为人，想居奇逐利之下，兼可遨游江湖，寻些山水之趣，以旷见闻，以娱心志。久闻江汉间商贾云集，繁盛非常，于是便置备船只，选集货物。这时门下诸客自然都钻头觅缝，毛遂自荐，有的说精于会计，有的说善于营运。潘将军本非商业出身，哪里晓得什么行道？于是模模糊糊便选用众客做了大老板、二老板等的角色，并携了苍头、奴子等人。临行之前，那水路码头上好不热闹，一字儿五六只货船排开，又有坐船两只，一只载了众人，一只潘将军自用，两船上虽不至于锦帆画楫，却也都收拾得十分阔绰，如官船一般。单是青衣大帽的仆人就有十余人，大家穿梭似的伺候一切。船窗大启，里面潘将军却锦衣纱帽，斜倚隐囊，坐在那织金绣褥上，手擎官窑瓷杯，细品龙团香茗。

　　须臾，岸上香尘起处，又有三四乘金犊香车辚辚而至，车外坐定二八妖鬟，由车中搀下四个美人儿，都一色的玉髻堆云，绡衣从风。便是潘将军随行的姬妾。大家冉冉登舟之后，那随行人等船只上早又鼓吹大作，放喜鞭，祭财神，闹过一阵，然后打鼓开帆，顺流而下。惹得两岸观者都道潘将军如此资本、如此气魄，此一去，定然利市百倍。哪知潘将军到得襄汉之间，没过得数月光景，却已眉头不展起来。因为这经商之道，第一须耐得勤劳，第二须富有阅历，第三须心计周密，然后能洞晓商情，周知市面，那操奇计赢之术才能施展，并不是只仗资本便能得利的。你想潘将军公子哥儿出身，哪里晓得江湖间锥刀逐利的营生？只晓得到了码头上，游游逛逛，吃喝玩乐，便是偶然想起还有正事来，也不过委之于门客改造的老板等人。他们不但昧于商情，不耐勤劳，等于主人并且当门客的习气，都端得一副好臭架子，在船中除陪着潘将军游玩饮宴之外，便是引着潘将军去寻花问柳，或买些飞鹰走狗、珠宝玩好，将贸易正事都委之于手下商伙。那商伙大半是些久惯老成的精灵古怪，既遇到这班瘟生，真是见十鳖不拿要有罪了。于是大家挤挤眼儿，都将胳膊伸得丈把长，只要一切账目安装停当，哪怕东家老板们查出弊病。因此潘将军在襄汉一带，贸易年余，亏本甚巨。幸得他富有资财，能资周转，便收敛了货船贸易，却在汉阳地面开了一所坐店。好歹地经营又年余，细算起，还是小有亏折。这时，随行的门客见潘将军收敛局面，便都捐借辞去。潘将军闷闷之下，想在汉阳招请伙友，却又未得其人。

一日，散步江岸。时当秋令，一路上霜林如画，衬着远天卷霞，潘将军久困于持筹握算之中，至此，不觉心情一爽。逡巡间，踅过一带沙径，忽见远远的炊烟微袅，那一片草树坡坨间，却有个覆舟似的芦席团瓢儿，潘将军以为是贫民所居，也没在意。正在逡巡骋望间，忽闻团瓢内清梵徐唱，但是断续凄惋，便如呻吟一般。潘将军踅去瞧时，倒猛地吓了一跳，原来里面却趺坐着个破衲老僧，面容清古，长爪通眉，但是黄瘦瘦的，颇有病容。瓶钵之外，唯有破蒲团并行囊一件，贫病之状可掬，所以梵诵间，有似呻吟。当时，潘将军见状，不觉恻然动念。彼此问讯之下，潘将军方知那僧人名叫法善，系嵩洛间的游方僧人，行脚至此，却染病困。

当年潘将军在其父军中时，本好佛法，又往往与方外人往来，于是自言在此贸易之事，并邀那僧人到自己寓所养病。僧人亦不推辞，便挈了瓶钵行囊，跟潘将军到寓所。这一来，几乎将寓中人笑坏，都道他因贸易不顺，呆气发作，平白地供养个和尚在寓，岂不是呆？但是潘将军殊不理会，不但尽心调治，使法善病体霍然，并且谈论间和法善甚是投契。如此光景，数月之久。

　　一日，潘将军偶然谈及自己贸易亏折等事，不觉太息。法善便笑道："无虑，老衲颇通相人术，今观居士黄气溢于华盖，财运已通，不久财星当至，吾当助君物色之。"

　　潘将军听了，以为是戏谈，也没在意。不料过得几日，却有人荐了两个伙友来，一名吴成，一名单业，都是很扎实的少年。当时潘将军正和法善在客室中闲谈，便命那扫地的仆人去唤吴、单。那仆人忙应之下，便随手将草帚横在门槛上去了。须臾，吴、单入来，吴成在前，竟由帚上跨将过来；那单业却从容将帚提向门外，然后跨入。于是潘将军略询两人商业等事，两人都对答如流。这时，庖人适送上早点水饺，潘将军便赐予两人，是每人一碗。吴成不管好歹，到口便吞；单业审视一会儿，然后从容啖毕。潘将军见吴成谈论商情尤有见解，正想回书荐主，允用吴成，却不提防法善忽问吴、单道："你两人方才用的水饺，各得几枚？"

　　潘将军听了，颇为好笑，正暗诧这老和尚倒会算计口腹之间。那单业早一报所食之数，吴成却张口结舌，回答不出。及至两人退去，法善却向潘将军道："恭喜居士，财星已得，便是单业这人。此人心计缜密，不忽细微，居士能善用之，必然商业大起。话虽如此说，毕竟是居士心地气质，有异常人，所以才有此财运厚福。今老衲感居士周旋之恩，有一微物，略表寸心。居士但什袭藏之，不要失落，此后不但富埒陶朱，并且大有官禄。"说着，从行囊中取出一物，登时光照四座。

　　潘将军仔细看时，却是一串青玉牟尼念珠，数了数，是一百单

7

八颗，端的是价值连城，稀世之宝。当时潘将军推谢再二，哪里肯受？却当不得法善执意相赠之后，竟自挈了瓶钵行囊，飘然而去。从此潘将军虽然珍藏那念珠，也不过当件玩好之物，并不曾十分在意。倒是想起法善说单业的话来，似乎颇有见识，于是便择日置酒，大会商伙，便如登坛拜将般，用那单业执掌了店面大权，取用资本，选购货物，以至行销各路等事，一任单业全权办理，自己索性地携眷还京，当起财东。这一来，将一班门下客都诧异得什么似的，以为潘将军非晦气不可，竟信了和尚一片话，用个少年执掌店面，怕不要越发亏折？

哪知事有不然，那潘将军自用了单业之后，竟似财星照命，不但凡所营运无不如志，并且得了一注外财。因为单业一日押了一般绸缎布匹的货物，向九江一带去做生意，正行经小姑山下。其时，天色甚早，晓雾满江，单业恐船撞山根，正命水手们半落饱帆之间，忽闻后面呼喽喽一阵呼风声，便有两只快橹舢船飞也似直驶过来，头只船上，有七八个彪形大汉，都一色的花巾扎头，手中提刀。这里单业料是遇了盗船，正都忙着再张饱帆，说时迟，那时快，那山根间一个浪头打了船头，单业等惊呼未绝，盗船早到，便嗖嗖嗖跳过货船。这里单业等见群盗狰狞露刃，都料理无幸免，不料那盗魁见了许多的绸缎包裹，却大悦道："老子正恨今天彩兴不济，如今还算罢了。"说着，扬刀当头，竟将单业一班人驱到第二只舢船上，即便呼啸一声，驾了那货船，扬帆而去。

及至单业略为定神，一瞧那舢船时，好不颓气。原来舢船中满载着桐油大篓，就有数百个，却没得别的贵重货物。当时单业料是群盗劫得人家的油船，因售脱不易，且所值有限，所以竟自弃掉，自己虽失却货船，还幸得人众平安，又得此油船，也算是不幸中之幸了。于是垂头丧气，驾船而回，将油篓卸置在商店闲屋中。因受了惊恐劳碌，也没心情细为检点。

不想过得月余，忽闻市面上桐油价涨。单业窃喜售脱了，亦可弥缝所失一二，便命伙友将出一篓油来，倾泻在瓷瓮中，以便零售，先试试市价。哪知油尽处，忽地篓底金光腾起，却有十只蒜条金，作束儿嵌在那里。这一来，单业惊喜欲狂，便料是财运来临，想那失油的主人定是个极有心计的人，所以将金条暗藏油内，以免路上招风。一篓如此，其余的也必都有金条，及至逐篓探看，果然不出所料，从此暴得多金，越发商业大起，不消四五年，各名州大郡间，潘将军的商业就有百十余处之多。俗语云："钱能通神。"何况世人都是见钱眼开的多，那潘将军既在长安富堪敌国，自然就有许多豪贵权要都来结纳。

其地，正值回纥入寇某边，潘将军慨输家财十万金，以助军饷。这一来，天子动容，玺书褒美，立赏潘将军荣显官职，许其冠带闲居。潘将军至此，方信法善临别赠念珠的一席话果然不虚，虽是单业能商，毕竟也是念珠有些奇异之处，于是不但将念珠什袭珍藏，贮以玉函金柜，并且就住宅中特辟花园，广植四方的奇花异木，如南海素馨、洛阳牡丹之类，直堆得花山一般。又于园中为那念珠特起一座高阁，便名为慧珠阁，端的是雕梁画柱，壮丽非常。一切工程都竣，潘将军然后择了吉日，斋戒沐浴，将那念珠亲藏于阁中。从此非岁时令节，不开阁门，门开时，只有潘将军焚香入去，亲拈珠函，恭敬顶礼一番，其余家人，是休想望见念珠的。

如此光景，又过得四五年，潘将军财势越发越横，自不消说。便是那处花园，也为长安第一，真有四时不谢之花，八节长春之景。每当春日，百花大放，潘将军便同了姬妾宾客游宴其中，因名那园为赏春。每当花期，便大开园门，不禁游人，休要说园内红男绿女，蜂喧蝶舞，香尘杂沓，便是光德坊那条街，也都挤满了香车宝马。潘将军徜徉园中，凭栏一笑，真也享尽富人之乐。

不料这一年，又当花期，潘将军却大扫其兴。原来这年花期，适值单业来京，又当牡丹盛开，并且有许多异种。潘将军高起兴来，以为是富贵吉祥之兆，便置酒园中，以劳单业，并登慧珠阁，顶礼念珠。那长安士女久闻潘将军得青玉念珠之事，谁不要来瞧这异物？于是赏春园中，拥拥挤挤，热闹得便如市场。其实，那慧珠阁自潘将军下来后，早已牢锁阁门，大家只好瞻仰那阁一番，然后喧阗至晚，一哄而散。却不料次日里，异事哄传，都说是潘将军失掉念珠。

原来次日，潘将军送单业走后，因是月朔之辰，又去登阁，亲启珠函，想要顶礼。哪知函虽如故，珠却竟无，并且阁内庋藏的其他珍宝甚多，都一一原物俨在，独失掉念珠。又兼阁中凝尘如故，一些人的足迹都无，尤为可怪哩。

慢表长安人士都将潘将军失掉念珠之事诧为异闻，且说潘将军自失掉念珠，不觉形神沮丧，因为那念珠来时既奇，去时又异，这一定是鬼神为祟，自己富运应当衰败之兆。于是索性地不去寻来，并且闭关谢客，只独处静室，每日书空咄咄，渐至于言语颠倒。这一来，慌了一家人众，便替潘将军求神问卜，冀得这念珠的下落。正在闹得人仰马翻，恰好有一潘宅门客忽来长安，一旦间投刺来谒。

正是：

不因异客匆匆至，安得遗珠稳稳还。

欲知后事如何，且听下回分解。

第二回

悬人头酒肆传异事
飞鹰隼侠女显奇能

当时潘宅阍者见是潘将军的旧客，不便拦阻，只得通报进去。潘将军也因闷闷，倒喜得老友来谈谈，于是迎出静室。只见王超布衣草笠，形貌如故，趋跄之间，倒似乎比先时更为壮健。当时，主客握手欢笑，入室来落座，茶罢，王超便笑说："俺一向漫游各处，虽不得暇来起居足下，却闻足下近年来商业甚盛，又得了什么念珠异宝，今俺便道过此，所以又来进谒，求观异宝哩。"

潘将军拍膝大叹道："不要说起，如今那念珠已自失掉多日，却无从请王兄观看了。"于是一说那慧珠阁上无端失掉念珠的光景。

王超听了，不觉目光闪闪，只管沉吟。少时，却鼓掌大笑道："足下不必忧虑，这京国地面，鱼龙杂处，本来异人异事是多的，好在老夫颇有闲暇，且待俺慢慢为足下寻求，或能珠还，亦未可知哩！"

按下潘将军听了王超此话，且信且疑。

且说王超趑回自己寓所，寻思自己当年的一班朋辈久已凋丧殆尽，这京国地面，一定是又有后起之秀，不然，怎的有这盗取念珠之事呢？想至此间，即便每日里散步街坊，暗暗留神，凡是倡楼酒肆，以至名刹荒祠之间，无不留意，但是所见者除了花拳绣腿的少年，便是饮博无赖之辈。王超老眼虽是无花，却不见有什么异人，因思京营中身手少年最多，或有异人混迹，亦未可知。

过了几日，却正值胜业坊所驻的京营酺庆之期，军士们放假一日，跳荡为乐，就营前放开戏场，大家便超距手搏，盘枪舞剑，一面价军中奏起得胜之乐。这一来，招得长安士女空巷往观。那王超饭后徐行，随众而往，时当微雨初霁，天气清爽，一路上尘不飞红，泥犹带润，王超跛着脚子，及至蹩到戏场前，却正值军中少年蹴鞠正酣，围观的人风雨不透。距场旁数十步远近，一株大槐树下，却有一贫家女子，头梳三鬟丫髻，身着褴褛衣衫，正靠着树身，低着头，弯起一只腿，用瓦片搽刮脚底上的烂泥。王超见了，也没在意，便蹩登场旁高坡，向戏场内张时，只见四五少年，正在各显身手，仰承俯注，巧接力送，将那彩鞠蹴得风球儿一般，只顾满场飞舞。须臾，大家合蹴毕，却又有一少年独蹴献技，就场中撒开了浑身解数，左一个张飞骗马，右一个苏秦背剑，那彩鞠忽起忽落，只随着那少年翻翻乱滚。张得大家正在喝彩如雷，忽见少年一顿健足，却用了个玉女投梭式，本想是急接个鸳鸯拐子脚一下收回，哪知一来顿足力猛，二来进步稍迟，张得王超暗替少年使劲，闪闪眼光正随了那彩鞠飞向场外大槐前。忽闻观众震天价一声喝彩，王超忙望时，不觉心头勃地一动，更不暇再瞧蹴鞠，便下得高墩，悄候道旁。

看官，你道怎的？原来三鬟女子见得鞠来，嫣然一笑，只用脚尖儿轻轻一踮，那彩球竟扬的声，飞起数丈高，一径落向场中。在场观众是只瞧热闹，却不道王超老眼忽明哩。

当时王超既候向道旁，少时，观众渐散，那三鬟女子也便逡巡蹩去。于是王超潜随其后，过得两条街坊，抬头望时，却已来至长安北门一带。那所在，地颇洼下，新雨后流潦纵横，又多系贫户所居，街坊寂静。王超一面随后，一面觑那女子，竟由流潦上徐步而过，飘忽若风。这一来，王超越发瞧科，不多时，转入一条短巷，巷尾第三家，却是个小小蓬荜门。那女子至此，一路嬉舞，即便推门而入。于是王超记明住址，蹩出巷口，就坊众们一询那第三家时，

12

方知是新来寓居的母女二人，只以针黹为业。当时王超沉吟一番，却也不敢造次，便就街坊上买些布线，以制衣为名，到巷内第三家张时，果然只有母女二人，绳床土锉，十分贫困。那三鬟女子见得王超入来，连忙欢笑承迎。说笑间，意态娇憨，就如不曾经事的孩儿一般，见王超老态龙钟，便允呼为老舅。那女子之母却是个寻常妇人，见王超前来制衣，也便絮絮地周旋来客。这时，王超虽瞧科女子有异，却也不便深谈，从此便时以制衣为名，数相往来。

过得月余，大家厮熟，王超每有酒食等物，便相馈送，女子亦往往治具款待王超。但是看馔间，颇多水陆珍异。

一日入夜后，又相款曲，王超因酒后口燥，颇思瓜果之类。那女子忽一笑遽去，须臾入座，却由袖中撮出洞庭黄柑数枚，清芬溢座，便如从树头新摘一般。这时吴中大吏方以黄柑进御，只有在朝大臣或蒙恩赏，得见此物，长安市上还未有售者哩。当时王超也有薄醉光景，更耐不得，便一面擘柑大嚼，一面笑道："老舅少年时也往往做此狡狯勾当，寻取异物，以咨口腹，不料你亦能如此。但是老舅有句话，久欲相询，那光德坊潘将军处失却念珠，不知你……"

那女子听了，目光一闪，只笑得头儿乱摇，忙摆手道："不知不知，饶你一百个不知。原来老舅你不怀好意，俺一个女孩儿，晓得什么念珠？"

王超见状，不觉大笑，因一说自己来替潘将军寻求念珠之意。女子忙望那妇人，一面用手抹着鼻道："娘，你道俺眼力如何？俺说老舅两只眼跟猫子似的，有些尴尬，您还不信哩。"

那妇人听了，正在哈哈地笑，女子却向王超道："老舅，你话既说到这里，俺也不怕您掉俺丫角。实不相瞒，那念珠是俺和人赌气取得来，置在个好所在，一向还没暇送回原处。那潘将军，他看念珠命根子一般，其实，俺看着屁也不值。老舅，明日早晨但在慈恩寺塔院相候，俺给你那念珠就是。"

王超听了，正在唯唯，忽地院中长风起处，灯影为摇，便闻扑啦一声，似乎有飞鸟翻堕，接着有人在院中笑唤道："姊，怎的这样迟滞？今晚咱那件事也该办着咧！不然，误了师命，却了不得。"

女子听了，忙熄灯超出。

这时，月照中庭，十分皎洁，王超忙从窗隙向外望时，却见个乌巾白袷的少年，一面就黄皮靴中拔取短剑，一面和女子厮趁出门，即闻短巷中迤逦狗吠。这里王超忙辞别那妇人，趋出巷口张时，哪里还有女子和少年的影儿？但见大月满街、夜风徐拂而已。于是王超大惊之下，料那少年也是女子一流人物，一时间倒替潘将军放心不下。忙趋到潘宅前，只见重门深掩，静悄悄的，方才放心回寓。

次日早晨，辨色就起，正要赶赴慈恩寺的当儿，却闻街坊上沸沸扬扬，哄传异事。因为长安南城韦曲坊中有两个极富极贵的人家，两家宅第相望，备极阔绰，富人名叫王酒胡，当初本是个卖酒的贫汉，便在自己住宅前开了片小酒肆。因宅内有一眼深井，水味颇佳，酒胡用以酿酒，颇为得利，酒胡只和老婆两口儿，日用既无多，又复男着犊鼻裤，女的当垆，因此颇为温饱。

一日，肆中忽然来了个衣衫褴褛、污垢满面的老道，吃罢酒，却没得钱。酒胡为人素来和气，又见那日酒客格外多，便戏道："你这老道，倒带些利市，果能日日酒客满座，你便日日来吃酒，都使得的。"

酒胡说过此话，也便忘掉。不想次日，正在酒客如云之间，那老道早又踅来，当时老道嘴巴子上抹石灰，一路白吃，自不消说，但是酒胡还没以为异。不想一连十余日，那老道总是来占首座，随后那酒客们就如线牵一般纷纷都到。这一来，酒胡方以为异，每日价便先拣那好酒好肉给那老道预备在首座上。话虽如此说，但是酒胡的老婆起早睡晚，本为图些蝇头微利，今忽见老道只顾来抄白食，哪里受得？于是每逢老道踅来，未免奓拉的脸子待滴水。一日早晨，却收拾酒座，见老道居然没到，大悦之下，伺候了半晌酒客，正要进室去歇歇腿子，却忽闻室内鼾声大作。老婆听了，以为是酒胡偶

14

然累乏，在内盹睡，及至进去一瞧，不觉大怒，原来却是那老道，也不知从哪里吃得烂醉，正在自己榻上仰面大睡哩。当时老婆抢上前去，拖下老道，只顾了一面乱骂，一面整理榻上。忽闻酒气冲起，并那老道哇哇大吐，忙三脚两步抢出室，四下张时，不由气得脚乱跺，便抄起门闩，如飞赶去。但听哗啦一声，那老道竟由井边篱下钻出跑掉。这时，井中却溢起一团白气，良久方散。

原来那老道因脚下跄踉，一下子跌到篱旁井栏上，便凭栏向井内大吐哩。当时酒胡老婆以为井水被老道污坏，正气得发昏，恰好酒胡由外趸回，两人忙汲水瞧时，不但清冽如故，并且饶有酒味，试用以酿，端的是清醇异常。从此王酒胡之酿，不但为长安第一，并且因那老道之异，大家哄传酒胡肆中遇着酒仙，谁不要来沽饮三杯沾沾仙气儿？从此，酒胡生意大起。酒胡又善于经营，因此数年之间，竟至富堪敌国。酒胡却广行善事，凡赈饥助边等事，也不知做了多少。人既富了，就跟着会玩标劲儿。

一日，长安某大丛林中新悬起一口大钟，那钟体制绝伟，声闻数里，费冶铸之金钱甚多，那丛林住持一来为结佛缘，二来欲夸炫大钟，便出榜于门，道：

十方信善，有能布施本寺钱百贯者，许攀钟一下。

那时王酒胡也是一时豪兴，便一径拂衣入寺，连撞那钟一百单八声，登时音满长安，惊得官中巡侥等人只认是盗趁火发等情，大家正在奔走相告，一面价鸣角集众，驰赴丛林前。只见王酒胡却由里面鼓掌大笑而出，并且顷刻间输钱如数，其豪致乃至如此。

至于那一贵人，却是个当权显官，不但交通中贵、阴察朝廷之喜怒以为逢迎，并且外结跋扈藩镇，挟以自重，复蓄豪奴多人，横行都市。这期间，夺人田宅，占人妻女，所作之恶，不一而足。不想当夜间，忽然失掉头颅，却高高地挂向酒胡门前，所以一时街坊

15

上哄传异事哩。

当务之急时王超听了，不由嗖的声背上起栗，便料是那女子和少年所为。这时异人自己既识破他的行藏，其中未免就含有危险，怙惚一会儿，反手去摸摸偻背，只好且趋赴慈恩寺，觇觇动静。这时明星才落，晓色甫分，王超一路沉吟，趄过一带夹道青槐，方望见那塔院浮屠突兀于晴空晓色之中。

忽闻背后有人笑道："老舅，真是信人，便来得恁早！俺夜来去宰掉一只狼子，回头又和俺娘睡了一觉，方赶来哩。"

王超忙驻足回望时，正是那三鬟女子。这时，却窄袖蛮靴，结束伶俐。王超至此，不敢多话，彼此一笑之下，方要去叩寺门，女子却道："老舅不须去惊动秃厮们，您只在塔院外候俺就是。"说话间，霍如飞鸟，翻向寺墙内。

这里王超忙趋向寺后塔院外，但见那慈恩寺塔四角碍日，七层摩天。这时，晨曦微吐，映上塔顶相轮，光闪闪色若淡金，晖映和寺内树杪都幻作许多光怪之色。一时间晨雀乱噪，四外市声浩浩，也便因风徐起。

须臾，寺内晨钟响动，诸籁并作。那王超闪向院外，一面溜溜瞅瞅，眼观四路，一面因寺僧都起，正替那女子着急之间，忽见那塔的侧面衣影翻翻，疾于鹰隼，一弹指间，已没入相轮之后，却倏地光华一闪，闹得王超一缩脖儿，正疑是什么剑气。便见那女子卓立相轮上，举手招摇，顷刻间，白光四射，塔鸽惊飞。这一来，王超越骇，因为自己正防着或有危险，至此，不觉脖儿愈缩，没奈何，力拔跋脚，正要跑掉。却闻女子微笑道："老舅便恁的胆小？且将此物去，咱们再见吧！"声尽处，白光飞到。

这里王超骇极，眼睛一闭，但觉脖上冰凉的一下子，少时神定张目，先摸脖上，却已挂了那青玉念珠。忙寻女子，早已影儿没得咧。按下这里王超啧啧叹异之下，便袖了念珠，径赴潘宅。

且说潘将军家那班门客，忽见王超自言能寻那念珠，暗地里都

16

笑得嘴歪。

这日，因潘将军闷闷，大家正在围拢着说笑凑趣，忽见王超携得念珠来，并言那三鬟女子之异。这一来，潘将军惊喜欲狂，自不消说，便是那班门客们，至此方知王超非是那无能食客之辈，于是大家凑将上来，有的夸赞王超，有的便归功于潘将军福大，所以遗珠得还，还有那趋势想吃嚼的，便一迭声请主人置酒，以庆珠还。但是王超却不暇理会他们，于是潘将军登时置酒，揖客就座。这时众门客各抖机灵，不待主人发话，早死拖活拽，将王超撮向首座。

须臾，酒过三巡，菜上两道，大家正在口有语语王超，目有视视王超，潘将军却亲与王超斟满一杯，便笑道："足下偌大年纪，却还有如此眼力，怎便知那三鬟女子是个混迹风尘的女侠呢？"

王超听了，不觉惶然动容，先是双目一张，赛如岩电，然后举杯饮尽，哈哈大笑道："老夫本也是个过来人，安得不识此中人物？亏得俺当年会遭挫折，就此回头，不然，还恐不止跛却一足，仅伤一背哩。"说着，起身解衣，袒背示众。

原来那所缚的半臂之下，脊沟上却有三道劂痕，深切下陷，形如川字。这一来，满座都惊。那王超却整衣归座，慨然说出一席话来。

原来王超中年时节，本是某藩镇军中一名健卒，因意气激愤，劫了个法场，遂亡命江湖，托身绿林，一向都是独脚游行，所得金资，随手辄行。因他不但好济贫乏，并且有三不取的主义，便是遇着独行客人不取，遇着人家有丧婚事不取，因为独行客人大半是山南海北的远方人，若家中温饱有余，谁肯单身跋涉？这等财若取了，是伤天害理。人家有丧事，本来就够晦气，咱岂可再去与人添别扭？至于婚喜事，似乎可以取之无碍，但是习俗相传，最忌新妇入门这日出什么破败事情，这当儿，若去取财，那新妇便受一世的气，被人视作妨家老婆，是永世不得翻身的。王超因有此三不取，所以想用金资，必须拣那奸商恶官、土豪劣绅之辈，先去探访明白，然后相机行之。这期间既颇费斟酌，所以每全一处，不能便金算应手。

一日，王超偶然游行至蒙山沂水一带，时当端午节近，处处榴花照眼，蒲艾插门，逡巡间，蹅经一处村墟。王超方端详着一家高大宅院，略为驻足，却闻背后奔马似一阵乱跑，又喝道："打打！你这穷囚，只管支吾一会子，难道老子便舍给你白食不成？"说话间，尘埃抢攘，大家拥过。

王超望时，却是一班小贩人等，撮着个贫汉，只顾乱打乱唾。那贫汉猱头狮子一般，只顾了两手抱头，忽地甩脱众人，正要撒脚，却不提防王超忽唤道："张大哥，一向少见哪，你怎的如此模样？莫非近来景况不济吗？"

那汉子见是王超，不觉面红过耳，只好一抱头蹲在地下。原来此人名叫张长脚，捷疾善走，也是黑道上的朋友，和王超一向厮熟，这时却因病在小店中赊了人家的食物，没法还钱，所以被人抓打哩。当时王超趋近向小贩们问知缘故，便替张长脚还了欠钱，由长脚引路，到得那小店中，只见长脚只在人家柴房中搭个草铺，竟混得连件行李都没有，倒该了店东许多饭账。当时王超沉吟一会儿，因自己刻下也正手头空乏，便嘱咐长脚暂候两日，自己出得店来，觅寓住了。

入夜之后，跃入那家高大宅院中，本想盗些金宝，以济长脚，哪知就窗隙窥觇良久，只好嗒然而出。原来那家的主人正和个管账先生核计端午节下的账目，一笔笔由账上先生报念，主人亲自握算，单是那做地方公益并周济亲友项下，就有四五百金。王超觉得人家是个富而好善的角色，所以不忍盗取哩。

当时王超既在这村中捞摸不得，又恐失信于张长脚，只好就远近村中觇觇机会，再作道理。便于次日沿着蒙山脚下踽踽行去，虽蹅过几处村落，却都极目萧条，不足留意。

日午时分，却蹅至一处临街酒肆前，王超摸摸自己腰兜中，且喜还剩数十文钱，好笑之下，步入肆中，便没精打彩地临窗坐定，因思量这数十文钱买饭不饮，买酒不醉，正愣愣地注视街心，有些发怔，忽闻街外远远的鼓吹呛咛。须臾，人众络绎，都一色的青衣大帽，十字披红，似乎是大家仆人模样，却押了一队脚夫，异了二十四副送嫁的妆奁，由肆前徐徐趱过。那妆奁都摆得花团锦簇，十分富丽。末后还有个大脚粗婢，生得白白胖胖，也穿着绣袄红裤，却背了只金漆马桶，只顾大步小步地趸来，招得王超正在好笑。忽见后面彩旗招展，琅琅然铃声响动。忙望时，却是十余对锦衣小儿，各执彩旗，导引着两匹乌黑的骏驴，都一色的软鞍丝辔，驴头尾上，都挂着响铃彩球。前面驴上隐跨着个十八九岁好女子，头梳合欢髻子，上罩红绡巾，身穿纨绮之衣，利屣如锥，斜贴驴腹，虽是新嫁娘模样，却毫不羞涩。

正是：

莫讶村坊娶新妇，会看异境现深山。

欲知后事如何，且听下回分解。

第三回

探青庐侠徒跛左足
斩庭槐府尹失长髯

当时王超在酒肆探头探脑，正见那女子嫣然一笑之间，后面那驴儿蹄声嘚嘚，也过肆前。上面却横坐个中年男子，生得黔面虬髯，十分雄壮，软巾革带，足踹吉莫靴，斜披一件箭袖长袍，嘟嘟当当，袍襟儿直由驴尻拖及于地。一时间彩旗招展，鼓乐大作，便如钟馗嫁妹一般。

当时王超见那一班人众来过肆前，竟自出村而去，须臾已远。正在暗忖此地的嫁娶乡风，怎如此不伦不类，恰好酒保踅来款客。

王超因问道："伙计，俺且问你，方才这班人，想是左近村中办婚嫁的了？看那光景，想是富家儿哩？"

酒保笑道："正是哩！娶媳妇的那家儿是俺这里有名的大财主，便住在蒙山内一家村中，新人娘家也是财主，方才便是新人的哥子送亲哩。"

王超听了，不由心中一动，倾耳听时，恰还闻得鼓乐隐隐，于是踅出肆来，循声跟去。不多时，果见那班人直入山口。约莫踅过数里之遥，忽见一处山环内，从树影岚光中竟现出孤零零的一所大宅，四外杳无居人。王超正暗诧这大宅为何独处此间，那班送亲人众已自直奔那宅，纷纷都入，便登时宅门关牢，唯有斜阳射上兽环，闪闪作紫金色而已。

当时王超徘徊一会儿，虽见那大宅独处山中，有些奇怪，但是以为富人们的山居别墅，就此结婚，图个清静，免得宾客烦扰，理亦有之。于是从容价趄近那宅，就四外先踏看了出入的道径，一路倾耳。但闻里面鼓吹欢笑之声，端的是马腾于槽，人喧于室，像个富家光景。须臾，趄至宅后，远望亚字围墙内，从垂杨掩映中高耸红楼一角，上面是绮窗深掩，挂起一盏红灯，楼檐间又挂着一溜儿彩球。王超料得那红楼定是新房，窃喜夜间由宅后入去，颇为便当，于是趄离那宅，且就偏僻处略为坐憩。

不多时，暮色四合，微月已上，却远见那盏红灯高高点起。王超暗道一声惭愧，正要凑上去且听动静，忽觉心头一阵摆宕。原来空着肚皮，跑了一日，不由泛上饿来咧。好笑之下，只得紧紧肚皮，且充饱汉，又就石隙流泉吃了几口，这才觉得精神暴长，逡巡之间，业已二鼓时分，忙趋向宅后，倾耳一听，窃喜里面人声都静，于是嗖一声跃入墙内。伏地张时，却是一片软草地，略有盆花，又有几堆高高下下的太湖石由墙根直到楼下，似乎是后院花圃模样。当时王超不暇细瞧，便拿出了眼观四路耳听八方的老本领，一路轻趋，直奔楼下，用一个旱地拔葱式，双足一蹦，跃上楼檐。还未探身窥窗之间，忽闻吱扭声，正院的角门一响，接着便有人嘟念道："咳！看来人总得说个有福没福，俺和姑娘一般大小，人家今天就寻个玉娃娃似的小女婿了，舒肩展头，活菩萨似的，骑了驴儿来到这里，如今又热辣辣地困有趣的觉。俺两脚打地跑了半天，又背了个鸟马桶磨得脊梁骨发烧火燎，如今又因多贪一口食，还须去拉稀泻肚，真是人家说得不错，吃得多拉得多，屁股眼子受张罗。有朝一日，俺也叫人家哕哕哇哇接了去，就好咧。"

说话间，楼檐下人影一晃。慌得王超一个卧鱼式贴向翘檐边，向下偷张时，却是日间所见的背马桶的那婢女，两手提裤，一径地跑向墙根下太湖石后。

当时王超好笑之下，不暇理会，先思量窃取金资，然后再寻那两匹驴。于是一长身形，先就窗楼隙向内一张，只见红烛沉沉，业已半烬。满楼内箱箧罗列，好不热闹，靠北面一张象床上，锦帐深垂，悄然无声。王超窥喜楼上无人，正好下手，逡巡间转向楼门，可巧那门又是虚掩的，于是轻轻略推，掩身而入，一面就腿裹中拔取短刀，一面正在端详箱箧，却微闻楼门吱扭一阖。要说王超既是江湖老手，既入楼来，就当先觇出路，方是夜行人的规矩，无奈他一来艺高人胆大，二来又因肚饥，急欲得手后好去先治肚皮，只一疏忽间，竟不去理会楼门。但是他终恐帐内有人，便蹑足到榻前，用刀尖略掀帐缝，张时，不觉放下心来，因为帐内之人虽有如无，原来那新娘斜偎罗衾，春梦正酣，并且晚妆都卸，玉体赤露，那罗衾斜掩胸腹，下面露着白生生的腿，一足蜷到衾下，那一足却蹬到帐脚于一个小白铁匣上，尖翘翘好不写意哩。

当时王超一面头下帐，一面便回身转步，刚要取一个螺钿匣儿，把来开看，因行步稍促，袖风扬得烛影略摇之间，不好了！忽闻帐内嗤然一笑，接着便铁匣顿开，声如裂帛，一时间，满楼中冷风飘起，烛光都暗。王超大骇，料得是剑气作用，遇了劲敌，一面见那帐门边白光一闪，一面急奔楼门时，叫声："苦，不知高低！"原来那楼门忽已关牢，那白光横飞，就楼中略一游走，已堪堪就到项后。

这一来，王超情急之下，哪管死活，便登时跃上高案，去踹楼窗，啪嚓一脚，老硬的楼窗三五碎断，方露出个盆大的窟窿，背后白光已自直逼得浑身起栗。于是王超不暇觇望，忙用个泥鳅钻窝式，竟由断楼处力挣而出，但觉背上奇痛彻骨，百忙中以为是剑气已及，昏瞀中跃下楼，跄踉撞向墙根，方一个燕飞式，手攀墙头，未及翻身向外的当儿，忽觉左脚胫上倏地削来一掌，并闻那婢女笑骂道："你这笨贼也来现世，今天俺不看是人家的大好日子，便活拉杀你。"说话间，手一托。

好笑王超，便如球儿般，早已被抛出墙外数十步之远，砰的声，一头抢地，即便昏去。及至醒来，却已四更向尽，斜月在林，赶忙一气儿跑出蒙山，业已天光大亮。这时惊定痛起，便是一步也挪不得咧，仔细审视身上，不由左脚胫骨折，并且脊梁上被断窗棂叉儿劙了三道深沟，血肉狼藉。因没面目去见张长脚，只好投向左近朋友家，医药调治，数月方愈。

后来探知那新娘兄妹，都是隐名的剑侠，便是那楼的门户，也设有巧妙机关。从此王超方知世界上异人甚多，原来这强梁是逞不得的，于是折节改行，绝口不谈武功。累年以后，游走江湖，倒甚是安稳，直至于今哩。

且说当时王超说罢一切，潘将军并众门客方知王超也是个江湖侠客，大家惊叹一阵。潘将军因那三鬟女子送还念珠，一来想馈送她些礼物，酬谢其意，二来好奇心起，自己也要觑觑她是何模样，于是巡杯之下，便将此意和王超商量。

王超沉吟道："您且不可贸然就去，待俺与您送馈礼去，先给您介绍一下，看她光景如何，再做区处。"

按下这里酒罢，王超仍趱回客寓。

且说次日里王超赍了潘将军所备的礼，一径地奔向那曲巷，不想门关牢，叫了半晌，也没人搭腔。末后，里面却有个妇女语音，来问是哪个。王超只认是三鬟女子，便道："姑娘快开门，是你老舅来咧！"

即闻那妇女道："他妈的，真丧气，刚去了拐人房钱的娘儿俩，却又来了她娘的老舅。"说话间，门儿启处，趱出个扶杖的白发老婆婆，端的怎生模样？是：

练裙帕髻态婆娑，拄杖齐眉笑语和。
迓客当门相愕眙，晨晖初向草檐过。

当时王超见那三鬟女子门内却趱出个陌生生的老妇，便以为是新来仆妇等人，便笑道："多有惊动，你家姑娘可曾在家？俺是潘宅上遣来送礼物的人，你只说老舅到来，她自晓得。"

那老妇笑道："什么俺家姑娘，俺这里只赁居着一个毛脚神似的野丫头和她的老娘，昨日夜里，她娘儿们忽然跑掉，连俺的房钱都拐走，你还来问她哩。"说话间，引客入内。

王超望时，却又是一番光景。是：

庭竹依然摇小窗，噪檐晨雀同人忙。

居然室迩人则远，缓缓闲阶上旭阳。

当时王超就自己常来坐的室内，一面徘徊，一面正暗忖那三鬟女子行踪不测，那老妇却又吵道："也没见那野丫头的，自赁了俺的房，一个房钱也没搭，如今娘儿俩跑掉，她还淘气，把这墙上画得麻老婆脸一般。"说着一指。

王超望去，不觉哈哈一笑，便道："妈妈不要着急，她这房钱俺给您就是。"

看官，你道为何？原来那墙上用剑尖歪斜斜划着几句词儿道：

赁房三个月，租钱十千五。

老舅若来时，快破悭囊补。

字既曲屈如鬼画符，末后，还画个小飞燕，作斜掠之势，极有神气哩。

慢表那老妇得了王超所付的房钱，大悦之下，即便送客出门。且说王超乘兴而来，闹了个兴尽而返，向潘将军一说那三鬟女子去掉的光景，大家好不惊异。便有那献勤的门客吐舌道："啊呀！了不得，这长安中有这样飞行绝迹的女罗刹，不是俺过虑的话，咱大家哪位若做过不可告人的事，都须小心些，不然愣丢了脑袋，却不是玩的。即如王酒胡虽没丢脑袋，但是这场血淋淋的官司，也就要破

24

家哩。"

又有一客，一面嘴里啧啧，一面用手指向空画圈儿道："哈哈！王酒胡愣遭这个小别扭，真也奇怪，他虽有的是钱，却并非为富不仁，一年到头，什么地方善举咧，什么公益事体咧，哪一件事不是他先掏腰包？至于恤老怜贫，周济乡里，更说也不尽，他怎的会见怒于侠客呢？"

王超听了，因素闻王酒胡富而好善，也正心下怙悇。便又有一客道："你们不要胡猜测，俺风闻王酒胡新近有一件事很不德行，虽是无心之过，总算用人不当，有失察之咎。便是他因见得河北、山东一带，连年歉收，又有河决为患，饥民死亡，相望于道，于是他心下恻然，便大出金资，遣人赍了数十万石粟粮，向那灾区去平粜，又复相继放赈。酒胡也知此事重大，须委托老成持重多更世故之人，于是郑重其事，先选用门客。你想如此大事，谁不想在东家跟前露脸呢？便有些少年精干的门客都去毛遂自荐。酒胡却笑道：'诸位，在道途上吃辛苦，临事有条理，自然都去得，但是江湖上风波陷阱是多的，你们血气方盛，倘有失闪，误了饥民性命，岂非孽由我作？'于是选来选去，却就众客内选了一位五十多岁的童男老头儿，名叫王好义，生得傻大黑粗，端端正正，虽久在长安，却不曾尝过市上的酒味儿，见了女人，就会脸通红。一领大布衣，也穿十来年，危坐的所在，那砖上都有老深的足印。果然是口赛金人，笑比河清。酒胡既得好义，自以为千妥万当，便择日饯送。好义慷慨，领众送行，一辆重车徒之盛，轰动远近，自不消说。

"便是酒胡也深幸灾区之人得此福星，预计好义回头，须在三两月之后，便精制家酿，以待好义来快饮酬劳。哪知一等也不来，二等也不来，直过得三月有余，酒胡心下焦躁。这日，招聚门客，正想派人去探好义的消息，只见一个仆人笑嘻嘻来报道：'如今王老先生一个人回来咧，主人快瞧瞧去吧！'酒胡大悦，便笑顾众客道：'你瞧，毕竟是老成人，办事有次序，他就知俺盼念举动迫切，所以目家先趱什来报告一切，其余的随从车骑等，想必还在后面。'于是一面命左右摆酒伺候，一面领了众客迎出二门。却见大门外许多小仆正在乱哄，有的乱吵打这老花子，有的便哈哈大笑。酒胡喝住他们，和众客到大门外瞧时，便见一人，好个落拓光景。是：

　　百结鹑衣衬破鞋，疮疤污秽土尘埋。

　　不因面目会相识，几认花郎来叫待。

　　"当时酒胡忽见门阶下两手掩面蹲定一个乞丐，花白头发，乱如鸡窠，讨瓢打狗棒也丢在身旁。酒胡见状，便一面远望王好义，一面嗔小仆等道：'你们好生没正经，如今王先生辛苦回头，你等不去伺候一切，却来笑这乞儿？还不给他几文钱，打发他去！'一句话招得小仆们都笑道：'主人瞧仔细些，这乞儿不是王先生吗？俺们正伺候他哩。'说着，拥上去，一面扶起乞儿，一面硬拨开双手。这里酒胡忙上前拭目之下，不由大瞪两眼，只见那乞儿瑟缩如猬，面红过耳，谁说不是王好义呢？及至酒胡大诧之下，问明缘故，却只好连连跌脚。

　　"原来好义并不是中途遇盗丧失一切，却是在那灾区所在，被一个久惯牢成的大地痞引诱到一处勾栏院中，那一切的铺陈华丽、饮食精美，自不消说。单是院中姐儿们就有七八个，都是狐狸精似的小娘儿，你想王好义本是穷汉出身，何曾见过大世面？并且闭遏情欲，直到五旬光景，则其遏之愈久，发之愈暴，如水决然，一发而不可收拾。这一来，王好义入了花围柳阵，便如到了天宫，耳之所闻，目之所见，以至身之所触，无非是消魂宕魄，妙不可言。乐极之下，哪里还晓得自己姓什么？于是将所携的粟粮金资等物都交付地痞等人，一面命他们代自己去办事，一面便在勾栏，其乐陶陶，那金钱只顾水也似流去。一玩儿两月余，却不料地痞等拐去一切，影儿也无。自己不但金尽裘敝，被倡家弄出，并且闹得淫疮遍体，所以只好讨饭回头哩。您说这不是王酒胡用人不当作的孽吗？"

大家听了，正在称奇，却又有一客道："俺看那侠客们摆布酒胡总没道理，王好义丧却金资，王酒胡放赈善举虽没做成，也不至于算作孽呀！"

那门客道："您且细想想，那灾区的贫民们只闻得王善人派人来分头赈饥，大家扶老携幼，迢迢远路，分头奔赴去，却一扑是空。这期间，死于奔走饥寒的，自不消说，还有些进退两空，至于鬻妻卖子，终至于委于沟壑的哩。你说那侠客们给他个小别扭，还不该吗？"

当时众门客乱吵一会儿，即便各散。只有潘将军因自己也是富人，那三鬟女子等又特煞奇怪，便坚嘱王超在宅久住，给自己壮壮胆儿。王超也因想物色那女子，料她一时间还许不离京国，于是便慨然应允，勾留下来。

没过得几日，早已闻得京兆尹协同了京营军健侦骑四出，去访缉这血案的凶手。不消说，那被杀的权贵之子名叫李裕昌的早已报案到官，请即缉凶。至于王酒胡被捉到官，因有此偌大嫌疑，自然是缧绁之下，入了监牢大狱。还亏得那京兆尹，名叫于琼，是个六十余岁的老头儿，为人廉谨，遇着财神爷，不曾捞钱。又素知酒胡是个长厚善人，不能是杀人凶犯，所以酒胡入狱，并不曾严刑取供，只待侦得凶犯，再为定谳。

王超闻得了，也没在意，每日除陪潘将军谈论之外，便是寻访那三鬟女子。长安城郊，足迹殆遍，转眼月余，却一些踪影也无。王超暗忖：她或已他去，正想别过潘将军向远处寻访，不料又有新闻传来。

一日夜里，那京兆尹于琼和那李裕昌每人都闹了桩诧异可笑的事儿。看官，你道怎的？原来于琼为人谨慎，却乏风骨，虽明知王酒胡绝非凶手，却当不得李裕昌只管催缉，因为李裕昌也现为显官，又交通权阉等人，在京国中也是个豪贵角色。于琼不敢有拂其意，因裕昌催缉得紧，只好提出土酒胡米，胡乱地拷供　阵。

　　当时是开的夜审，那公堂上明烛辉煌，军牢衙役黑压压站列两旁，各执刑杖，还有些夹棍藤条，并诸般酷刑堆置阶下，一喊堂威，真赛如森罗宝殿一般。那酒胡匍匐泥首，因忍刑不过，正叫起撞天屈，于京兆一拍惊堂木，手掠颔下的花白长髯，喝声"快招！"的当儿，不好了！忽地飕飕飕长风起处，庭槐叶落如雨，接着便风过处，明烛尽灭，户牖冲掔有声。黑暗中，却有冷森森一线白光满堂游走，逼得人气息都噤。于琼大骇，正要起座退堂，忽地呼吸一噤，那白光径就自己脖边一转，势如月阑，电也似飞向庭槐。但闻咔嚓一声，一阵檐瓦碎落，及至大家惊定，张灯一瞧，好不骇然，只见老粗的一枝槐柯横被斩断，正虎卧龙颠似弹向重檐。大家不暇去瞧酒胡，正在七手八脚，有的去点灯烛，有的去掣那槐柯，便见一个值堂的仆人大叫道："不好，咱家老爷不知去向咧！"大家听了，不由都惊。

　　正是：

　　　　横截老树留痕在，巧剃长髯示警来。

　　欲知后事如何，且听下回分解。

第四回

摩登席淫夫髡首
丹灶岭山妪留宾

　　且说满堂人众忽见府尹不见，便都拥向堂上，只见公座都翻，公案亦倒，架上的敕旨印匣并朱笔锡砚等也都乱抛了一世界。还有府尹的一只官靴也甩出丈把来远。大家都惊之下，却见堂角边趴着那给府尹持须囊的小仆，已自吓得白瞪大眼。原来于琼也是个诗酒才人，自爱美髯，因为公堂上不便戴须囊，所以命小仆伺候哩。

　　当时大家一路抢攘，末后寻自闪屏后，虽然寻着府尹，却已变少相了二十多岁。只为额下光光的，春草留痕，一部美髯却一茎也无。因为当白光绕项时，于琼料得是什么剑气，惊极之下，便推翻案座，百忙中一路乱撞，却跌向闪屏后面哩。当时大家扶起府尹，这才去瞧酒胡，却好端端在那里。

　　这段府尹变老公的新闻已然奇绝，不想那李裕昌，当夜里，一觉之后忽地变了和尚。原来李裕昌承袭门荫，富贵满意，却只怕阎罗王来下请帖。他本是色中饿鬼，自然有些帮闲门客们来投其所好，思量既快活又有长生不老的便宜。唯有彭祖御女得仙之法，最妙不过，于是便以此策献上。裕昌大悦，登时广延方士，大购鼎器。长安中本有的是这类方外游棍，自然是闻风都集，今日来个鹤发童颜的老道，明日来个星冠羽衣的羽士，还有些破衣拉撒，身背药笼，手执棕拂，飘飘然，故示真人不露相的人们也便望气而至。你说是彭祖的真传，我说是容成的道法，听得裕昌便如驾云一般，只恨造物缺欠，并爹娘没艺术，不曾给自己长上百十条那话儿，致一时间还不能上朝紫府，位列仙班。至于选购的鼎品，更是尽态极妍，列屋而居。那些游棍们始而还志在骗财，你去山中采奇药，我去海上寻异方，恨不得连王母娘娘发上垢、嫦娥仙女口中唾都说价寻来，继而骗财不稀罕。又瞧准裕昌是个大呆鸟，拥了这班花红柳绿的小娘儿，由他独乐其乐，未免太便宜他，于是便向裕昌道："这采阴补阳的金丹大道却非同小可，两形既交，那呼吸进退，缓急温养间，都有很微细的火候节度，如失之毫厘，不但谬以千里，御女无功，倘或矜持失调，自己丧失真元，便如炼丹之铅飞汞走一般，不唯无益，还有性命之虞。甚至于亢壮太过，不晓宣泄，以舒阳气，结成毒疽恶疮，或通身溃烂，不死不活，亦未可知。欲除此弊，必须俺们当场指点，现身说法，你从旁仔细观察，心领神会，方没差错。但是俺们费若干精神，如此传授于你，也无非见你身有仙骨，早成全你的仙缘，只须你信心坚定，便好办了。"

当时裕昌听了，只乐得如顽石点头，于是就前院静室内大开无遮大会，叫那些光棍和粥粥群雌，卜昼卜夜价裸逐其间，自己却在旁心领神会，躬身受教。有时见春光缭乱得当不得，自己也便参加其间。及至裕昌遭了天伦之痛，虽是热孝在身，却也不辍这学仙的功夫。话虽如此说，但是因向官中催促缉凶，自己也派人去四外侦察，又想叫府尹糊糊涂涂便把酒胡当作凶手，以便自己好慢慢倚势夺他的家财，有这些没头没脑的胡打算，未免功夫稍辍，居然有个把月没御鼎器。

这一晚上，在前院和游棍们谈得高兴，吃得半醉，酒罢之后，到得一个爱妾房中，趁着酒兴，便又一阵胡闹，及至次晨，还在春梦迷离，忽闻那爱妾失声惊叫。当时仆妇们奔入一瞧，不由且惊且笑，只见那爱妾方在赤身推枕，衾窝半抖，里面却卧着个光光乍的

30

秃厮。仔细一瞧，便是裕昌，网巾割裂，断发纷纷。大家正在吵怪，忽见枕下微闪亮光，推枕瞧时，那裕昌早吓得面如土色。原来枕下还置有一柄锋快的匕首哩。

当时这段新闻一出，自然是轰动长安。唯有王超心下暗喜，便料这两事又是那三鬟女子弄的手段，示警于裕昌、于琮，以便保全酒胡的身家，先那挂头于王宅，不过聊惩酒胡无心之过。可见侠客们有所作为，都很有分寸的，由此看来，那三鬟女子还不曾远去，俺破着功夫去寻，或能相遇，亦未可知哩。

当时王超想得得意，没过得三两日，早又闻得王酒胡被官中释出，这不消说，是裕昌、于琮也都觉悟了此案凶手定是侠客之流，为保全自己的首领，只好悬案不究了。王超却不管闲事，仍去日日踏寻，凡是四郊的幽僻村落，无不踏遍，渐近终南山麓。王超久居长安软红中，乍到这名山胜地，自然是心目一爽，抬头望那山口，果然名不虚传。

但见：

龙飞凤舞照长安，鸟没云霏一望间。
作镇京畿此名岳，葱茏佳气说终南。

当时王超行抵终南山口，但见空翠扑入若揖来客，遥望山势逶迤，不知近远，那山口边颇有些错落山家，并小贩们和放驴脚、山兜的人大家都散布在岚光树影间，以待游客。王超不由心头暗想道："俺虽不时地往来京国，眼前名山却不曾去游，未免也使出灵笑人。俺想山中定多幽僻之区，那三鬟女子或托迹其间，亦未可知。俺此去，一来访她，二来逛逛山景，岂不甚好？"

思忖间，跋着脚子，刚行抵山口边，早有一群驴夫、兜夫和提篮小贩都围拢来，有的便吵道："你老是向山神庙烧香去吗？那钟老爷灵应得很，真是求财得财，求官得官。只是道径远些，须得过两道大高岭，又有回头看八步险等险地，你老这脚步不得力，正好坐俺这山兜儿，俺为拉主顾，您只给俺两串老钱好了。"

王超微笑，尚未答语，又有一人嘚驾咯喝地赶着驴道："你老图省钱，便骑俺这毛驴吧！您别瞧它毛团似的，走起路就是飞快，外挂着也不卧泥，也不赶骚，连城里的姑娘、娘娘们向奶奶庙去烧香祈子，都爱骑它。你老偌大年纪，料不想升官发财，巧咧，便许缺个大娃娃，那么，您去祈子，只给俺一串钱，连酒钱在内就是。"说着，便和一个卖胡饼的小贩都凑上来。

王超因入山去踏寻，说不定耽搁几日，势须裹粮，正瞧着胡饼，心下沉吟，那兜夫早向驴夫骂道："他妈的，你这小子，便是给你妈妈拉汉子，也得瞧个根节，说话沾谱儿。这么大的老爷子，还想求子养娃娃，岂非笑话？那娘娘们求子还罢了，又夹着姑娘们，你如此骂街，俺也不管，你不该来抢俺的生意。来来来，你是好样的，咱就干一下子。"

那驴夫听了，也便喃喃乱骂之间，王超忙握手道："逛山逛山，步步登仙，山兜驴儿，俺一概不用，只买些胡饼充饥好了。"

于是踅就小贩，一面买了胡饼，用手巾包了揣起，一面就山坡薅根老壮子藜子，揪去枝叶，撅去根土，作为拄杖，便向小贩道："伙计，俺且问你，这山中可有什么可逛的所在，并幽僻山村吗？"

小贩笑道："你老莫非不是当地人吗？咱这终南山是天下闻名，有九洞十八涧，百十来个大峰头。至于风景古迹，您听一天也听不完，您进山口，便直奔大路，真是看长画儿似的，越看越好。至于幽僻山村，却是剑门岭一带多些。您从大路上踅过两个岭头，向偏北望，隐隐有卧蚕似的一带高岭，便是剑门。那岭后却是老大的一片洼峪，草木连天，遍地黄茅，那所在叫黄茅峪，你老可去不得。因为峪里不但有的是狼虫虎豹，巧咧，还许有草头大王一类的人们哩。"

王超听了，一面唯唯，一面却还听得兜夫、驴夫彼此地越骂越远。按下山口边一番光景。

且说王超策杖进山，慢慢行去，只趒过四五里，举目四望，却又与山外风景不同，是：

荦青缭白簇烟岚，柳暗花明远近间。
高下山田相望处，鸡鸣犬吠落云端。

原来初进山口，地颇平旷，那山径大道两旁除草树掩映外，便是随山势为高下的庄户人家，一般的槿篱相望，黄犊击门，还有些在山中耕作的人们隐现于岚光树影之间。那村墟春歌和田间叱犊，也便时时间作。又搭着云出无心，花不知名，好不令人悠然意远。当时王超一面觇玩山景，一面思忖小贩们的话，留心那岭头，值有靠大道近的村落，便迂道穿过村坊，冀有所遇，哪知所见的，无非田夫村妇。

日色将午，果然行抵一处岭头，形如高峦，地颇平衍，岭下聚拢着许多人家，也有在篱外溪边汲水的。王超因有些肚饥，便就溪边讨吃了些水，问起此岭何名，方知名为馒头岭。这一来，听得王超登时觉饥，于是取出胡饼，一面歇坐大嚼，一面瞧那溪水潺湲，清可见底，又有些小鱼儿都游泳在石桥阴中。

王超只顾瞧得眼明，吃得口滑，一瞧胡饼，还只剩六七枚，不由暗忖道："山中地旷人稀，今夜投宿，还不知有无人家，留这余饼，打野盘吃好了。"

思忖间，揣起余饼，渡过溪桥，即将便逡巡过岭。但见山色豁开，远近间林草亏蔽，足下道路也渐崎岖，一路上也遇些骑驴山行之娘儿们，并拾薪挑担的妇女。王超逐一留神，却没相干。

日色渐西时分，却见距道旁左边一处高坡上，从树影中现出一段剥落红墙。又有些村妇们都扎括得光头净脸，并且鬟上都插个小黄幡，从那红墙边曲径上笑语而来。

王超一面望，一面见有个负薪的村童，因指前面老远的一带高岭道："借问小哥一声，那道岭莫非就是什么剑门岭吗？"

村童道："剑门岭有那岭两个高，那岭名叫丹灶岭，因为上面有块干红土地，相传是老君炼丹之处，你不信，那块土地上真还有八卦炉的坑印哩。"

王超又笑道："你瞧那些娘儿们都向庙去，莫非有庙会吗？"

村童道："什么庙会，那是子孙娘娘庙，她们都是去抱泥娃娃的，你不见都戴着回家带福的幡簪吗？"

王超笑道："好笑得很，这倒应了古语咧：'人是泥做的。'这娘娘比女娲娘娘还有手段了。"

村童笑道："你不要瞎说神道，这位娘娘便是山神钟老爷的妹，死后为神，她在这里生人，钟老爷在那里杀鬼。你如此瞎说，她虽好说话，那钟老爷的大宝剑好不厉害哩。"

王超听了，一面暗笑山民别有野趣，一面望那丹灶岭，一抹透青，似乎是近在咫尺。哪知望山跑死马，王超一路趱去，穿过一带长沟，绕过几层坡坨，方才行抵丹灶岭下，却已暮色苍然，自远而至。当即驻足望时，好一片山墟晚景。是：

> 岭树重遮望不分，群鸦噪晚趁归云。
>
> 炊烟一缕萦回处，惹得行人驻足频。

当时王超见那岭势苍莽，草不甚茂，岭脚下还有一带沙溪，虽然甚阔，溪水却清而且浅，两岸沙碛上平铺着许多丛莽，并磈砢大石，其中杂以高樾老栝，晚风起处，萧萧瑟瑟。再瞧那一团暝色，已自从岭头黑压压盖将下来。

王超料须投宿了，四下一望，且喜远近间有些庄户人家，距溪不远一处高坡上，从树影中却现出一点儿初上的淡淡灯光。王超掸掸行尘，挂了藜杖，奔去一瞧，果然是一处碎石堆墙、黄茅盖屋的

34

山家。那灯光便从篱门缝射出，倾耳里面，还有机声轧轧。王超且喜有人，正待叩门求宿，恰好篱内有小犬汪汪两声，便闻里面机声顿止，有人道："我儿回来了吗？今天你向七树坨去赶集，说是住在你大姨那里，怎的这时就回呢？你大姨壮实呀？准是她晓得咱这里不大安静，不放心，叫你回来。真个的，狼羔子就把俺叨去吗？"说话间，门一启，提灯光闪，先有个带铃的哈巴狗向前一跳，接着便踅出一人。

王超望时，但见那人是：

布裙椎髻态龙钟，白发萧萧映笑容。

想见勤家工夜织，提灯在手透疏红。

当时王超见踅出个很和气的老妈妈，料是这家的主人了，刚上前抱拳，道声打搅。那老妈妈却惊笑道："客官，敢是山行天晚，来借宿的吗？亏得你腿脚还快，若再晚些，便是谁家也不敢开门咧。"

王超虽不晓得她的语意，却大料这一带或有偷儿之类，于是上前借宿之下，却深致歉意。

老妈妈笑道："客官快别这般说，俺们山中人且喜欢有客来拉个嗑儿的。"说话间，刚要转身导客，那小犬早跑向王超脚下，只顾乱嗅，又去衔杖。老妈妈笑道："俺们花儿就喜欢有客来，你快引客，到西厢中去，俺去弄汤水。"

那犬听了，真个便跳跃引路。王超跟它踅入篱门，只见里面却是很宽敞的四合房儿，正房后还似有小院，房内已有灯光，那西厢却挂着布帘儿，黑魆魆的。于是入得西厢，摸索着就壁倚杖，方要靠窗案歇坐，那老妈妈已从正房中取到烛儿，因为冷烛初燃，其光如豆，正略见满室中诸物凌杂。老妈妈又已匆匆踅去，即闻后院斫柴溲米，并刀砧也次第响动。王超料是主人家治饭款客，恰在深抱不安，室内已自烛光大明。王超先瞧这烛，粗而且短，朱皮颇为剥落，上面还隐隐有"不老松"三个金字，这大概是老年的作寿烛，留以待客的。至于烛台，更为别致，却是个干透的大菜疙瘩，因手摩日久，竟自漆光锃亮。至于室中诸物，除米盐瓮罐等，还有提篮挑担、趁墟应用之物。

王超正暗忖主人或是个小贩营生的人家，只见老妈妈端进茶水，却笑道："简慢得很，少时粗饭就热，您且解解口渴吧！"

王超连忙致谢，因随手与她斟上一杯，便笑道："妈妈请坐，您偌大年纪，怎只管自己忙碌，宝眷还有何人？且待小可请来见礼。"

老妈妈一面就座，一面笑道："不要说起，俺跟前只一个孩儿，虽有数亩薄田，却不够生活，没奈何，只好叫他做个小贩，添补日用。虽说是小子不吃十年闲饭，但是他一出门，俺就似没着落似的，如今他向他姨家去，还没回头，只好有慢客官了。人是越老越猥琐，多会熬得他能挣几个钱，说房媳妇在家，俺就不大惦念他了。"

王超笑道："像您老如此勤能，又壮实，漫说媳妇现成待您寿活百岁，怕不儿孙满堂吗？"

老妈妈听了，正乐得只顾念佛，恰闻得后灶上沸的声，水沸溢出，于是连忙跑去。这里王超因奔驰口燥，正又吃了两大杯苦茶，见那东升的大月亮亮地射入西窗的当儿，只见老妈妈端到晚饭，却笑道："小村中没处沽酒，您只好用些淡饭吧！"

王超谢了一声，待他转步，取筷尝那盘菜，却杀口的咸，但是正当饥时，也不理会。须臾饭毕，老大的一盘菜和硬硬黄粱饭也便都尽，便将器皿收拾向一旁，正在松松腰带，想去拂棍歇卧。只见老妈妈来敛器皿，并笑道："客官夜里须睡清醒些，俺这里自半月前被钟老爷子闹得不大安静，虽不怎的，他们跳墙扒寨的，好不讨厌。"

王超听了，正待致问，不好了！忽闻岭下一带铜锣响亮，夹着火枪砰訇，顷刻鼎沸起来。

正是：

　　投门客宿方思梦，逐兽人来又闹场。

欲知后事如何，且听下回分解。

第五回

避剑气山君啸夜月
访侠踪樵竖引清机

当时那岭下一带一阵大乱，王超只认是有劫盗窃发，所以村众鸣锣追捕，便骇然道："怪不得，您说此地不安静，这必然是明火劫盗，好在俺能料理。您且看守门户，待俺去打跑他们。"

说着，去抄藜杖，却被老妈妈止住，笑道："您快请歇着吧，便是真有劫盗，难道你这老头儿，一根楞杖便管事吗？这就是俺说的钟老爷子闹得不安静了，俺这一带，素来很安静，什么野兽也没得，不怕鸡狗偶然撞到野地里去，再不曾失落。从半月前起手儿，却不然了，忽然你家丢鸡，我家失狗，甚至于边界圈内的肥猪、放青的小羊并牛犊儿都往往不见，后来大家留神，方知夜间往往有狼獾之类。过了两日，竟有个土豹子连人家捡柴割草的半大孩子都拖去吃了。大家正在诧异，却有人从剑门岭来，据那人说起，大家方知是钟老爷子不做好事，他只顾奉了玉皇爷的法旨，巡山净兽，却把许多要兽赶到这里来。客官您想，官员神道，幽明一理，都是职在保民，譬如有官儿，愣将东乡的盗贼赶向西乡去害人，这是个道理吗？有人说钟老爷子好喝盅儿，他老人家大概是吃醉了撒酒疯哩！"

王超失笑道："俺从来路上便闻人吵钟老爷子是个山神，山神巡山，理亦有之，但是怎就知是他驱来的兽呢？"

老妈妈道："对对，俺也是如此说法，哪知人家那来人说得更新奇。据他说，有一夜里，二更时分，那剑门岭下的一带人家忽闻岭后黄茅峪一带狼啸虎吼，就如许多的野兽奔腾，接着便野风大起，树翻如潮。大家惊起，忙望时，只见黑压压的岭头上，忽现出一道其亮无比的白光，长可三尺多，真比电光还来得又快又亮，只顾就岭后、岭上飞腾来往，及至兽声、风声都静，那白光也便不见。因此，大家才知是钟老爷子巡山净兽，因为他有一把斩鬼宝剑，还是玉皇爷钦赐的。为何赐他此剑呢？便是因他当年上京赶考时，因才学第一，没中状元，竟自一气而亡。玉皇怜他有才负屈，又为人正直，便赐宝剑，命他斩尽天下鬼魔。他得了此剑，便与那时的皇爷托梦。那时皇爷正和一位贵妃娘娘吃罢酒困卧龙床，方在梦魇中，被一群小鬼围困，他便斩鬼救驾。皇爷梦中见喜，便金口玉言，封他做了终南山山神，如今大家因他的剑能斩鬼，一定也能净兽，所以知是他巡山，那白光便是他的宝剑。他老人家奉法旨也罢，撒酒疯也罢，却苦了俺这里，只是不安静，所以大家每日在临睡时便闹上这么一场，为的是惊惊野兽，大家好安生困觉，并非有劫盗哩。"说话间，敛具自去。

这里王超一面思量老妈妈的话，颇觉有趣，一面觉得口燥，便将剩的凉茶灌了一气，倒头便睡。这一来不好了，及至一觉醒来，忽觉肚内辘辘欲泻，因为多用咸菜，又灌了许多凉茶之故，当时王超连忙起身，一面却暗忖道："如今这小院内又没得厕所，老大个人，若随便屙屎，却不像话，不如悄悄到院外，也省得惊动主人家。"

沉吟间，揭帘而出。那矮矮的墙头，只略一蹲脚，早已落向院外，紧行几步，向四外望时，好一片空山月色。是：

> 天宇澄辉望不遮，四围峰岫列如麻。
> 溪光洸漾浑如练，印月一九趁白沙。

这时，四更将尽，月色人明，但见岭上溪边一片空明，那树隙间碎漏清光，便如筛银簸玉。王超步至溪边一株大树后，方才料理毕所事，一面结束衣服，一面举头望月。忽闻树前一堆大白石间鼾声如雷，甚是粗沉，王超暗忖道："难道此间还有野宿的朋友吗？既有人敢在此，那老妈妈说此地不安静的话，想不尽然了。"

逡巡间，恰待去瞧瞧，忽地岭上一阵风过，草木萧飒有声，似有一点灯光就丛莽中只顾闪烁。王超忙运目力，却见那灯光只顾窜窜地向岭下行走，虽有大月色，却望不甚清，但见一路短草披拂，中间似有长长的一物，脊骨微隆。王超不由凝目，一面怙悢道："有因儿，怪不得老妈妈说什么钟老爷把野兽都驱来，这亮光儿就许是有狐狸要炼丹哩，所以窜窜地只顾闪动。老年人都说，掇吞了狐丹，可以延年益寿，待俺迎上前去，给他个冷不妨，掇将来，岂不甚妙？"

想至此，方要拔步，不好了！忽地山风暴起，树叶乱落，风过处，那片短草倒而复起，倏地由里面徐徐拱起一物，势似蹲踞，便如望天犼一般，但见黑魖魖的，足有丈把长身躯，两道电也似睛光直注溪边，接着便缩身价只顾后退，便似猫儿将搏鼠一般。王超因望不清是何猛兽，又恐它望见自己，正慌得隐身树后，便闻震天价一声吼，那物已由岭上连连几跃，扑到溪边一处沙窝儿上。你看它这阵撒欢儿翻滚，好不凶实。是：

> 风起沙旋迷月色，四围树响赛春潮。
> 山君也似饶诗意，长啸一声大月高。

那物欢滚一会儿，这才高起后尻，一舒身躯，前探两爪，长长地伸个懒腰，便一抖毛威，竟咻咻然奔向那堆白石间有鼾声的所在。

这时王超望得分明，不由大骇之下，连忙屏息。原来那物非他，却是只丈把长的斑斓大虎，端的是刚牙利爪，目闪凶光。这时王超还以为那鼾声是有野宿的人们，恰在暗道不好之间。不料鼾声止处，却由草石间跳出一只小虎，不容分说，竟跃登大虎之背。这时大虎已去趁饮溪水，那小虎在背上似乎像逗头上脸的孩儿们，得意已极，便张嘴向大虎头项间一阵乱啃。大虎似痒不可耐，一抖前膊，小虎翻落，即便四脚哈天，在大虎额下乱递爪儿。那大虎也便吮嗅小虎，与之宛转，以示抚煦之意，这一来，两虎登时前超后越，互相追逐引逗，就溪岸月明中，一场好戏。

但见：

> 巧扑野跌夫复旋，几番离合影团团。
> 料因幽洞深居闷，玩月空山到此间。

当时王超见两虎在大月下戏逗有趣，不由暗忖道："人都说老虎也有眨眼时，如今竟老虎也有收威撒欢儿时了。但是这家伙如刻下的藩镇武人一般翻脸无情，总是个吃人的胚子。可惜俺没带兵器，不然去杀掉它，也给地方除害。"正在沉吟着，目不转瞬，便见两虎戏到酣畅处，搅作一团。须臾，小虎直奔岭头，那大虎也追逐上去。

这里王超见大虎翻过岭头，那一片偃草倏地复起之间，便闻震天价一声吼，登时月色微暗，山风大起。及至风定，再望时，却还是静荡荡一溪月色，闹得王超定神半晌，方才匆匆回步。以为那老妈妈听得虎吼，定然吓坏，哪知跳入院内，却闻得老妈妈在正房中鼾息有声。王超料她睡沉，便不去惊动。

次晨，一觉醒来，方在结束停当，嚼了所余的胡饼，随手摸出一块碎银，置在案上，作为房金。

那老妈妈已前来送客，却手内捧着一股高香，便笑道："客官，俺要劳乏您一趟，您此去，倘路经山神庙时，快替俺给钟老爷烧上这股香，叫他不要打发老虎来才好，因为昨夜里，俺睡梦中就似听得有虎叫哩。"

王超听了，不觉好笑，想要语以夜中所见，又恐吓着她，于是一面接香揣起，取了藜杖，一面笑道："这钟老爷子好没道理，等我去烧上这香，先给他一顿杖吃再说。妈妈，房金在此，咱们回头见吧。"

按下老妈妈送客出门，且自念佛而回。

且说王超趱过那丹灶岭，因昨夜真个望见两虎，未免行步之下，处处留神。踱过数里之遥，却与丹灶岭那面的光景又自不同，虽是入山渐深，所经道路反倒平坦起来，除遥峰耸翠、近水拖蓝外，便是四围山色中隐现着许多山村，并且桑麻蔚然，触目皆是，加以樵柯派响，流水送音，高下山径间，有些牧竖耕人戴笠出没。王超一面觇玩，一面迂道价单趁村落，冀遇那三鬟女子。

直至将午，行抵一处村头，却见距圩门不远，有个小小松棚，里面有个村妇，在那里卖大碗野茶，木案上还有胡饼、油条并熟食之类。这时村妇正背着脸低头做针黹，穿了青布衫裙，十分整洁，影绰绰的后身形活像那三鬟女子的母亲一般。王超猛然触目，不觉大悦，便奔去，一面喊道："原来老太太你们在这里，却累得俺好找。"啪一脚踏入棚儿，倒吓得村妇一哆嗦，哧一针，指血直冒。及至站起回头，王超望时，却不相干，不由好笑之下，只得遮掩道："俺因口渴，所以贸然乱喊，却惊动您了。"

那村妇一面咂着指，一面笑道："这里只有俺看棚儿，哪里的老太太呢？"

王超没的趁搭，只好就棚歇坐，吃了两碗茶，又嚼了几个胡饼，正望着那圩门想穿过去，便闻岔道上吵铃乱响，并有人响亮亮地笑道："阿弟，咱这会子才来，没的叫老娘等得焦急，咱快走几步吧。"

说话间，铃声愈振，这里忙扭头望时，便见从那岔道林影尘气间，飞也似来了个漆黑的骏驴，控驴的是个少年，头戴范阳毡笠，掩至眉际，身穿密扣短衣，腰束革带，佩着绿鲨鱼皮鞘的短剑一口，甩脚青绸裤，下踹着吉莫靴，行驶步之间俨似流水。王超一面嘴里

42

衔了个粗而且长的油条，一面见那少年眉目之间很像自己在三鬟女子寓宅中所见的那乌巾白袼少年。正喜得从喉咙里呜噜一声，猛地站起一怔，那驴儿唰一声已近棚前，上面却横跨着一个女子，头梳麻姑髻，上罩青帕，因为行尘簌簌，却蒙了白面纱，便如烟笼芍药，并且身着碧绡短衣，腰系流苏鸾带，外披一件百蝶攒花玉色绸短氅，倏地和那少年人驴若飞，直入圩门。

这一来，王超大悦，便疑定是那三鬟女子了。于是吐了油条，拔脚便赶，不料早被那妇人一把拖住，便笑道："你这老客，倒好瞧个媳妇儿，你且给过俺茶钱，自去看她个饱好了。她便住在这圩内，是姊弟两人，以跑马卖解为生，家中还有个老娘，这想是从外面做生意回头。江湖人们是人都见，您快去和她谈谈吧！"

按下这里妇人笑嘻嘻收过王超的茶钱，仍去做她的针黹。

且说王超好笑之下，趱过那村，又趱过数里，忽闻水声刷耳。远望前面，一处高崖上却有一道石梁，崖的峭壁上还有一道飞瀑从草树荟蔚中曲折而下，水气霏霏，如有雾縠，崖下有条横涧，水鸣如雷。再望向石梁那面，却又烟树重遮，似隐有许多村落。王超一面舰望，一面趱登石梁，望向前面，居高临下，极目处，光景又自不同，是：

高岫遥峰次第开，山田棋布互萦回。

剑门卧岭知何处，一抹蚕眉隐隐来。

当时王超过得石梁，一面高瞻远瞩，一面望那蚕眉似的远岭，不由暗忖道："那岭就是剑门了，俺既想就幽僻村落去物色三鬟女子，俟到岭左近，不如先寻个落脚的所在，然后再向各村中，却慢慢物色，方是道理，像如此地过而不留，焉能或有所遇呢？"思忖间，脚步放慢，又趱过十余里，仰观日色，却已渐渐挫西，那剑门岭色越发地空蒙如画，约莫距足下还有十数里之遥。

正这当儿，却有一群乌鸦唰的声盖天飞过。王超随那鸦阵望去，即见斜刺里一处高岗儿，迤逦高下间，林木甚茂，从丛青积黑中却现出个斗竿尖，那群乌鸦在竿尖间盘旋乱噪了一阵，然后如迅风扫叶般纷纷地投向林际。王超猛见那斗竿，料有庙宇，不由想起丹灶岭下那老妈妈托自己给什么山神钟老爷烧香来，便暗忖道："俗语云：'受人之托，终人之事。'二来，她说得那钟老爷巡山净兽，神乎其神，俺此去瞻仰一番，瞧瞧他是何神道，倒也有趣。"

怙恦间，奔向那高岗儿，穿过一带林木，果然从高耸耸的石基上现出一座庙宇。

但见：

红墙碧瓦尽灵居，松荫当门草色迷。

执掌全山崇庙貌，斗竿五丈扬黄旗。

当时王超逡巡趄至庙前，但见墙垣剥落，颇为荒凉，山门大开在那里。遥望里面，却阴森森松桧甚茂，门额上有石凿的"山神庙"三个大字，那竿的夹石间正有一群麻雀就草间啄食虫蚁，见有人来，便呼啦声飞了。远闻庙后面林风飒动，喁喁吁吁，果然似有些灵气。王超略为徘徊，便从怀中取出那高香，入得山门，只见一条甬路上虽是尽多荒草，却有一道往来的履痕，光滑滑的，便料得庙虽破落，却还香火未断。那大殿上丹青剥落的门楀，却虚掩在那里。廊檐下还悬有老大的一具古钟，一个钟杵也倚在壁间。王超因没得火种，便唤庙祝，却没人搭腔。逡巡间，推开一层楀门，入得殿去，因阳光透入甚微，里面却黑魆魆的，定睛一瞧这位山神爷，不由好笑之下，这才晓得大家吵的什么钟老爷，竟是"原来如此"四个大字。因为那山神便塑的是那不第进士钟馗，那案上石香炉内还有些香烬未熄，想是左近村人们给山神爷烧的了。

当时王超一面觇望，一面就香烬焚罢香，恰待趄出，忽闻院中有脚步响动，忙就榍眼望时，却是个小樵童。身上背了一束青葱葱新斫的木柴，手内并没得柴斧，却提了个小荆篮儿，里面是一叠硬面薄饼。便见他一面趸上廊阶，置下篮儿，一面抄起那钟杵，却四顾嘟念道："俺给妈妈烧过香，又去玩了一会子，怎的这班宝贝还没来，难道忘了给大姑送物儿去不成？不要管他，待俺撞起景阳钟，哪怕他不文武齐到？"

王超见状，正要趸出，向他问问前面的路径，那樵童已自奋身挥杵，登时流音四彻，声满只山。

正是：

踏破铁鞋无觅处，清机徐引到荒祠。

当时王超见那樵童横七竖八乱敲那钟，正笑他特煞顽皮，不料当那沉韵徐撞之间，便闻庙后面远远的有许多儿童，一阵价乱吵乱笑。须臾，庙墙外便如奔马一般，还有人打着呼哨，又有吵的道："刘住儿，我的乖，你今天给大姑送什么好物儿，先拿来爷尝尝。"说话间，由山门外跳钻钻拥进一群樵童，约有七八个，每人都背着一束木柴，也有提着叶包儿的，也有提布包儿的。

王超这里正在逡巡，那群樵童早拖了那撞钟的樵童，一面大家就廊下围坐，一面吵道："今天咱须亮亮货，再给大姑送去。哪个的货不中吃，明天咱就叫大姑不分给他木柴。"

众童道："有理，有理。"说话间，大家七手八脚，便如临潼斗宝般，各打开所携的包儿，顷刻堆了许多食物。王超仔细望去，却是些馒头、白饼、馎饦、米糕之类，并有油粉干菜盐酱等物。

王超不解其故，正见他们顽皮得好笑，便见其中有个最小的樵童噘着嘴，从怀中摸了半天，却摸出两个粗而硬的小米窝头。众童一见，都拍手笑唾道："呸！这就是你给大姑的宝物吗？没的俺们叫他跟着去丢脸，你还不仔细着大姑捶你。俺们对不住，不候你，要先走哩。"说着，各取包儿，哄然跳起，喧喧出庙。须臾之间，乱马似的脚步已远。

这里王超正见庙院中一时都静，微风飖然，便见那小樵童怔了一雯，哇的声放声大哭。

泪眼看天被弃余，失声野马只蹒躇。

窝头两个犹擎手，清泪浑如绝线珠。

且说王超见那小樵童被众童所弃，哭得可怜，不由一面曳杖出殿，一面道："你这小哥真也发呆，他们虽走了，你不会自己送去吗？再者，他吵给大姑送去，想也是你的姑娘了，这窝头虽粗，那当长辈的，也不会捶你的。"

小童拭泪道："什么俺姑娘，您不晓得，待俺告诉你吧。俺们都是这左近山村的斫柴孩子，大家斫起柴来，你争我夺，打架吵嘴，弄得头破血出，那乱闹法就不用提了。

"有一天，俺们又在树林中乱成一片，忽然来了个绝俊的大姑娘，便笑道：'你们如此乱斫柴，既打架，又斫柴无多，俺有个法儿，与你们斫下柴来还给你们分配平均，是每人一份，你们卖了钱，俺也不取，但是你们须每天多少不同地与俺送些食物。因为俺们新住在这里，虽然安了家，却不暇准备那日用食物哩。'你老想，俺们只少出些食物，便安坐得柴，自然都乐极了。于是大家的柴斧都堆到姑娘的面前，便请她立时斫柴。那姑娘却笑道：'俺斫柴，不用柴斧，你们明晨只到林中取柴，晚半晌，与俺送食物好了。'她说着，一说她的住址，竟自去掉。俺们大喜之下，各自回家。你老想，总须告知妈妈的，当时，各人向妈妈一说此事，却把一班老太婆给吓坏咧。又问知那姑娘的俊模样，便都吵道：'咱山中没得这样俊人物，没的是什么山精野怪变成人，或是狐狸精想人吃。你没见青石山上的九尾玄狐把老苍头的小子延寿抓去吃掉吗？明早你们快别去

46

取柴。'

"当时，俺们听了，虽有些发毛咕，但是，次早一觉醒来，都不约而同地跑到树林中一瞧，哈哈，这个乐儿可就大咧。原来真个有几份柴堆在那里，从此，俺们一如那姑娘的吩咐，每至晚半晌，便大家会齐，去送食物。偏偏昨天，俺妈妈向远村去探亲，不曾回头，今早俺进厨中，只剩这两个窝头，俺饿着肚，给那姑娘留下来，如今他们又嫌好道歹，不叫俺跟他们去。他们见了那姑娘，再给俺加上两句坏话，明天俺还能去分柴吗？"说着，那眼泪又落下来。

王超听了，不觉诧异之下，又是好笑。暗忖："山中妇女们真有气力，一个人儿竟会斫许多柴，换取食物，俺倒要瞧瞧她是何模样儿。"

于是望望月影，便笑道："小哥，不要傻哭，那姑娘住在哪里？你既怕她捶，我送你去好了。"

小童收泪，一面端详王超，一面笑道："不成功，你想她能有气力斫那么些山柴，准是吃过九牛二虎，她倘连你捶了呢？"

王超笑道："不打紧，俺还吃九虎二牛哩。"

说笑间，小童揣起窝头，前行引路，两人厮趁出庙，便从庙后取路，斜刺里趱向东北。王超一路留神，但见清泉白石，茂草高林，望向四外，却没多村落，至此，竹林颇多，幽僻中又有风物恬美之致。王超恰在心神俱爽，忽闻水声泠泠，如鸣珮环。又趱过不远，小樵童却一指前面一处高坡儿道："您瞧那片竹树间，有一个歪歪斜斜的小村，名叫涧溪坞，那姑娘便住在村中，门首有株歪脖儿小柳树。少时，咱到那里，俺先藏在您背后，您去叩门，怕她听了他们的坏话，见我就捶哩。"

王超笑道："不打紧，有我在此，咱不怕她。"

说话间，却见前面现出一道浅沙溪，环抱那坡，伏流杳然，其势甚远，溪上有小板桥，直接坡下。于是两人趱过桥去，径奔高坡，没得里余，果然竹树中现出个小村，是：

人家错落自成蹊，西舍东邻望不齐。

鸡犬闲闲忘岁月，余风太古未全漓。

原来这洄溪村虽是百十多户人家，却非常幽静，并且村四外都是绝好的山田并菜果园，真是泉甘土沃，大好隐居之所。王超一面浏览，不由暗叹道："俺王超风尘一生，多经患难，徒以报德未完，耿耿此心，俺将来倘寻着俺那恩人之后，了此心愿，便来此隐居，倒也是个归宿。"

怙惚间，正想催小樵童快行两步，只见那群在山神庙的樵童忽地从那小村中跑来，一见小樵童，便叫道："你好大胆，竟敢随后赶来。咱姑娘说来，单等揪掉你脑袋哩。"说话间，径由小樵童身旁蜂拥而过。

这里王超正在好笑，那小樵童忙掏出窝头，抛与王超，拔脚便跑道："您自家给她送去吧，俺还要脑袋哩。"

王超听了，一怔之下，再瞧小樵童，已自跟了群童跳跃过桥而去，一时间，斜阳在树，四顾寂寥，那村中的缕缕炊烟也便从闪金耀碧的山色中冒起。于是王超一面拾起窝头，一面暗忖道："如今天色向晓，横竖须投宿人家，俺借着送窝头，便去投宿，倒也便当。"

策杖入村，一路张望，果见那村尽处有一所人家，一色的黄泥土壁，新剪茅檐，短短的槿篱外并且有株歪脖儿小柳树。王超暗笑道："这不消说，那人家准是那姑娘的住处了，他们都称她作大姑，俺也只好胡乱呼唤了。"

沉吟间，趄至篱门，刚轻轻地唤声："大姑在吗？有人送食物在此。"

便闻里面有人走动，并笑道："你这孩儿，真也死心眼儿，他们说你拿了粗窝头，便不敢送来。如今又累你独自跑来，这是怎么说呢？"声尽处，篱门一启，趄出一人。

王超猛见，只乐得心头勃的一跳。原来来者非别个，却正是那三鬟女子的母亲。这时又是一番光景，是：

帕髻围裙操作际，烹茶松塔手中持。

似曾相识知何处，曲巷夜灯闲话时。

当时王超见那妇人竟是三鬟女子的母亲，这不消说，是三鬟女子因归还那青玉念珠之后，恐自己再去踏脚，所以奉母移居此间。"看她如此地行踪不测，必然人有来历，俺如跟随她游走各处，一来多所闻见，一来趁势寻访恩人，或能得些踪迹，亦未可知哩。"

当时王超只顾了欣然之下，想得没头没脑，有些发怔。那妇人却惊笑道："真难为老舅，你怎便寻到这里？俺还向妮子说，老舅有本事和你要那念珠，就有本事寻访你，果然被我料着了。如今她又出外去忙碌，俺烹茶方熟，你且进内歇息吧。"

于是王超也一说自己连日寻访的光景，并和那小樵童来送食品之事。说着，方取出窝头递过去。

那妇人早先笑道："真也巧咧，这就是俺娘儿们初到这里，因安家忙碌，她就想法儿叫那班孩儿们来帮忙，不想却引了老舅来哩。"说着，转身导客。

王超一路留神，但见里面院落颇为宽敞，对着倒座的客室却是所很高敞的草堂，是一明两暗，两厢中各庋日用等物。那东厢明间内，壁上却挂有许多兽皮，草堂廊檐下，有个活火炉，正在瓶笙微沸，鱼眼波翻，还有些干松塔堆在炉旁。遥望草堂后，却檐树参差，似有后院。那妇人肃客入客室，整理茶具。

这里王超倚了藜杖，随便就窗案边落座，瞧那室中，几榻秩如，除案有书卷、壁挂短剑之外，还有药篮药锄等物。那南壁上还悬有风胡铸剑图一轴，画得来山林杳冥，云气瀹蔚，很有神气。少时，日光将落，室内发暗。王超正要寻主人家，先申自己借宿之意，便

49

见窗外灯光一闪。

那妇人却笑道："这妮子只顾去忙碌，却叫老舅久候肚饥，您先尝尝这本山茶，倒还有些野味哩。"说着，一手持烛，一手擎了茶具盘笑吟吟趱入。慌得王超谢了一声，一面让座，一面接置于案。

那妇人方去关那篱门，这里王超先瞧那茶具颇为精致，是澄泥壶，竹根杯子，那金漆茶盘也镶犀嵌螺，雕镂精工，大概都系远方之物，非北方一带并京国市上所常见之物。

王超正在赏玩之下，恍然莫测。那妇人却趱来，就对面落座，一面敬客一杯，一面笑道："老舅，您瞧这些累赘物儿，便见俺那妮子总是孩气了。她只要到一处，便乱买些零碎儿，玩腻了，便胡乱一抛，便是她掇取潘将军那挂念珠，也是因潘将军特意密藏，她以为是什么稀罕物儿，又搭着那夜里您所见的那乌巾少年，也挂些孩儿调调，他偏说她没本领掇取来，她那时正因奉命的正事，还须待几日再去办，趁着闲得没事干，所以便跑向潘宅，淘气了一下子。老舅您说，她不总是孩子气吗？"

王超听了，不觉恍然于潘将军失却念珠之由，至于那奉命的正事，不消说，便是诛却那章曲坊的当权显贵了。既说是奉命，必然还有差遣她之人，她这来历，真个令人莫测了。

怙惚间，啜了一杯茶，果然舌本余甘，清芬沁肺，因随口道："莫非您那姑娘又去采茶吗？"

妇人笑道："她哪里有准儿？她因还有件正事没办，只顾向那剑门岭后趱脚。这茶，是她偶见一个峰顶崖头上长了几株，所以便随手采来哩。"

王超因听得还有件正事没办，好不心下怙惚，因想先探探这妇人的来历，便笑道："您说她总是孩气，便是俺偌大年纪，还不免孩气哩。俺自认识你母女，一向也不曾请问您贵姓，并您那姑娘的名儿，只顾了自居是老舅，岂非孩气？如今俺又特来相访，可好将您母女的大名先以见示吗？"

50

妇人微笑道："要说你老舅见问，俺应该奉告。但是俺那妮子有些古怪，恐怕俺说出，她便不依，这只好候她回头，您问她吧。"

王超听了，不便再问，只好搭讪着将潘将军遣人馈谢等事一说。妇人听了，唯有唯唯。正这当儿，却闻篱门上啪啪两下。

妇人忙道："这想是俺妮子回头咧。"

匆匆趋去之间，这里王超也便站起身形，但闻妇人在门首喊喳一阵，即又闻有人嘭的声掷下一物，接着那三鬟女子便拍掌道："娘，你道如何？俺就料定那臭潘将军一定打发老舅来，因为他那两只老眼还碌碌的，便有些歹斗，好缠人。但是这都没要紧，且丢着他这份老舅，咱先去开剥这物，治肚饥吧。"

王超听了，不觉好笑之下，又是怙惆道："慢着，这女子竟是个生龙活虎的角色，怪道她踪迹不测，少时，俺且不要说出想跟随她寻访俺那恩人之意，只在此且住些日，瞧她又有什么正事待办，再做道理。"

逡巡间，因那茶味清醇，正又慢慢地细品了两杯，便闻妇人匆匆趋出篱门，似去借酒。那后院刀砧也便越发繁动。须臾，妇人趋回，这里王超因枯坐无聊，起身散步，随手翻翻案置的书卷，却是手抄的方书药名等类。

正这当儿，便闻室外脚步响动，三鬟女子喊道："老舅快接着些，俺今天有失迎接，且罚俺三杯如何？"声尽处，母女趋入。

王超眼光一亮之下，先瞧那三鬟女子，和在京城内时的装束又自光景不同。是：

矮髻蓬松䂮囊云，荆钗斜插一支新。
娇憨英爽全神现，尽在星眸笼罩人。

且说王超见她母女两人各提食榼，双双趋入，三鬟女子是着青布短衣裤，脚下踏双鸦头青的薄底鞋。这里王超方慌得接过妇人手中的食榼。

三鬟女却笑道："老舅别忙，今天您是远客，须要不醉无归。您若醉得走不动的话，俺扶送您去好了。"

那妇人听了，正在微微一笑。王超不由暗笑道："好嘛！这精灵妮子开场板就要逐客了。"于是笑道："不打紧，俺醉了，倒头便睡，好在潘将军那里这时通用我不着，俺便在此盘桓些日，给你帮个忙，倒也不错。"说话间，王超目光一闪。

恰好那三鬟女子目光亦到，便嫣然一笑道："如此好了，但是人都有个姓儿名儿，俺们不曾问老舅姓儿名儿，老舅只管问俺们怎的？"

王超忙笑道："俺叫王超，姑娘可晓得了？"

那妇人听了，正在笑得什么似的，先接过三鬟女手内的食榼，摆列在案。

三鬟女已大笑道："您在潘将军那里献勤多日，俺怕不晓得你叫王超，那么，这个王字儿，倒也响亮，俺们也姓王，好了，至于俺的名儿，只有俺娘晓得，俺就是不告诉老舅，并且不怕鬘髻掉您揪俺哩。"说着，点头含笑，一抹鼻梁，正荡得两只耳环乱摇。

却不提防妇人道："燕哪，你可是只顾和老舅逗嘴儿，怎的把酒忘拿来？那灶上火硬，没的把酒烫酸了，还不快提去哩。"

一句话招得王超哈哈大笑，连忙拱手，向三鬟女唤得声燕燕姑娘。

那三鬟女早扭头跑向窗外，道："都是娘嘴快，燕燕莺莺地乱叫，过些日，俺常去觇望的那所在，气候快热时，他到来，你老人家还不飞飞走走地乱叫吗？"说着，一路飞跑向后院。

王超听了，虽不晓得她吵的那个他是何人，但是窃料这"飞飞"两字，或又是个人名儿。

看官，你道为何？因为唐代的风气，江湖间剑侠之流专好起个精灵古怪的名儿，如精精儿、空空儿等人，这是人所皆知的，所以王超如此怙惓哩。

不一时，这里食榼中的饭菜都摆停当，那燕燕也提到酒壶。于是由王母肃客，大家就座。王超谢了一声，先瞧咄嗟盘餐，倒也十分别致，是：

白粲黄粱次第陈，饼糕饤豆亦芳芬。
大臠鹿脯插刀匕，老酒更欣溪瓦盆。

饭时王超见那案上除鹿脯粟饭之外，还有夹七杂八的饤鲜食物，便料是众樵童所送的食物了。及至一尝山村人家的老酒，更是清淡味永，比那长安市上过于峻冽之酒却强得多了，于是笑道："俺因连日价寻访姑娘，一向也没心情吃酒，如拿得此名酒，俺越发要在此打搅几日了。"

王母笑道："您不晓得，这酒便是泂溪水所酿，因为此溪原在山泉，所以其味淡隽，但是吃多了，那后劲儿却也着实不小哩。"

王超听了，还未答语，燕燕早又满斟一杯递来，笑道："你们且莫谈没要紧，俺且问老舅一声，那潘将军既用你不着，你又来寻俺做甚？俺今实对你说，你若因韦曲坊那点命案受了官中金钱来踏缉于俺，没别的，老舅您须自量所能，须知俺掇取念珠是偶然出于游戏，至于诛那权贵，却不然了。俺虽不敢说是奉了天符法旨，却也有人差遣。如今俺还有件差事没办完，所以移居此间，就近料理。那么，老舅你倘是奉官中之命来寻俺，难道你跛了一只脚还不够，又想饶上一只不成？"说着，星眸一闪，略挑眉，随手一揭短襟，剑光赫然。

王母方微笑道："妮子仔细！"

王超却大笑道："姑娘哪，这几句当头炮，错非老舅久走江湖，真还叫你吓住咧。俺一向不与官府们往来，这是不须辩白的了，俺与潘将军寻访念珠，也不过是偶然游戏，皆因俺平生为人，虽非侠客等伦，却也素心钦慕，因此才来寻访姑娘，想小做盘桓。话既说明，姑娘且不要借端逐客吧。"

燕燕听了，正在一掩短襟，哧的一声。

王母却笑道："如今可好了，俺想老舅也不像为金钱给官中跑腿的人，那么，俺这酒却向人家借的多日了，老舅说实话，燕儿你也不用惧她咧，倒是多吃些鲜鹿脯，岂不甚好？"

王超听了，正又在哈哈一笑。燕燕却道："娘，真是快嘴，怎的俺向您说的体己话，你就向大家照本实发呢。"

王超因没的兜搭，便把来途上所见的风景，并在丹灶岭见虎和所闻的山神巡山净兽等事一说，王母听了，正在目视燕燕，含笑价想要张口。却不提防燕燕赶忙布过一大块鹿脯，道："娘，快把嘴子堵上，且听老舅开嗙，俺天天去跑山，却不曾见虎，如今咱们只好吃鹿肉吧。"说着，向王母一挤眼儿，却又抿嘴儿一笑。

王超见了，不由心下恍然，因闻得剑门岭后黄茅峪多有野兽，所以野兽等蹿向丹灶岭一带，山民们信神，便哄传为山神巡山，大家所见的白光，定是燕燕的剑气哩。王超想至此，恰在略注燕燕的短襟，擎杯含笑。只见王母却唱的声咽了那口肉，笑吟吟说出一席话来。

正是：

　　方见从容款杯酒，又来笑语过谈锋。

欲知后事如何，且听下回分解。

第六回

觇塔顶子午候白气
取异物助理得王翁

当时王母笑道："你这磨堵人嘴子，俺可玩不克化，你陪老舅且慢慢吃酒，待俺且去料理灶下。"说着，逡巡起座。

这里王超因寻燕燕已得，心下畅快，只顾了酒到杯干。不料燕燕早已推开杯子，拖过一大碗菜饭，连鹿脯带汁儿，向上一浇，举起箸来，只顾乱吃。及至王超自斟自饮的壶底朝上，这燕燕也便丢箸跑掉。待王超用饭，瞧那肉时，却已仅剩骨汁，不由暗忖道："此女豪爽之气，真真罕见，并且言语间大有来头，待俺且慢慢观察再说。"

按下当时饭毕，由王母敛具而去。当晚王超便宿于客室。

且说王超次晨醒来，业已晨曦大上，本在结束下榻，便闻燕燕在窗外笑道："老舅只顾多吃酒，却起得恁晚，俺已跑了十来里路，连早饭都做停当咧。面水在此，俺还须去整理踏露水的鞋脚哩。"

王超哼了一声，忙先从窗隙望时，便见燕燕置面盆于室外，转身跑去，那鸭青鞋上果然有晨露沾濡。王超见了，也没在意，于是端进面水用毕，倾去那水，因见晨光如沐，正要取了藜杖出外去略为散步。恰好燕燕端到早饭，并笑道："老舅你想去游逛，待饭罢，俺和你去，横竖俺还须跑山去哩。"

慌得王超接过食榼，燕燕又已趱去。这次食榼中却没得酒，只有盘餐麦饼。少时王超饭毕，那王母来取食椎。燕燕也随后趱来，便叫道："老舅，咱快走哇，料您是想逛这剑门岭，俺领你去好了。"

王超忙望她时，端的又是一番光景，是：

> 肩荷泥香鸦嘴锄，荆篮树叶铺苏苏。
> 画师粉本如摹写，一幅女仙采药图。

当务之急时王超见燕燕携了采药锄篮，因笑道："怪不得这案上置有方书，原来姑娘还颇通医理哩。"

燕燕笑道："俺通什么医理，这不过是长天大日的消遣之法，二来配些古方药物，预备应用，有时亦以济人罢了。"

王超因戏道："那么，姑娘你有药物，先给俺治治这跛脚如何？"

燕燕因笑向王母道："娘，你看老舅还有些老来少的调调儿，偌大年纪，跛了一只脚，还不由他去哩。"

王母笑道："真个的，你领老舅去逛，可别闪电婆似的，撒脚直跑，叫老舅受累。再者，早些回头，且歇歇，到晌午，你还有正事哩。"

王超听了"正事"两字，恰在心下怙惬。燕燕忙道："娘只顾吵什么正事歪事，俺误不了给您中饭就是。"

按下王母含笑之下，送客出门。

且说王超跟了燕燕出得村头，便奔剑门岭，一路所经，倒也没甚异样，因燕燕行步飘忽，不多一刹儿，已抵岭下。王超抬头望时，却与来途上所见之岭，又自不同，是：

> 卧势如龙迤逦开，劈痕石脉峙双崖。
> 终南胜境中枢处，四外群峰环拱来。

原来这剑门岭因地居山之中枢，不但四外价群峰环拱，抱气藏

56

风，并且水土气厚，多产灵药。相传当年抱朴子葛洪先生曾经采药于此，因此，俗又称为葛仙岭，上有双崖对峙，势如剑劈，以此得剑门之名哩。

当时王超正在眺望那岭上云树苍茫，十分气势，燕燕却笑道："老舅，你瞧这条小径却被俺踏光了，咱就从此上去，倒也捷便。"

王超随她指势望去，果见顺着那岭脚斜坡儿有一条蜿蜒小径，平铺细草，于是两人盘旋而上。及至岭头，王超先向岭后望时，但见青海似的一片草地，山风吹处，那草翻动，便如波纹蹙宕，向着偏东北目所极处，却有老高的一片白杨林，其叶茂密，被晨光映照，便如繁星照灭。面林不远，还有孤丢丢的一座废塔，衬着这青海似的草地，便如远帆一般。再望向岭的四外，但见烟岫云峰，重重深邃。

王超料得那草地便是黄茅峪了，因回指那杨林废塔道："姑娘，你看那所在倒也草树幽秀，必多药草，那么，咱下岭先向那里去吧。"

燕燕笑道："那所在俺可玩腻烦咧，恨不得塔的砖、树的棵，俺都数得清，如今这岭上便多野药哩。"说着，由岭上取路向东。

但见野花夹道，幽鸟鸣林，沙径间浸浸清泉，沙地间罗罗白石，那许多不知名的野药更纷苗于荆栋荟翳之中，也有生于坡陀沙石间的，风过处，就似有药香发越。王超在后，便与燕燕提了药篮；燕燕在前，用药锄拨草寻觅。不一时，早青葱满篮。及至两人逡巡迤回，还没到巳分时候。

王超自入客室，欹坐片时，又到篱外去眺望一会儿，正待转步，恰好王母来唤用午饭。王超问起燕燕，王母笑道："她只是站不住脚，大早晨和晌午，她是不会在家的。"

王超听了，也没在意。及至饭罢，日色渐西，燕燕方从容迤回。

话休絮烦，便是如此光景，早晨和晌午，王超总寻不见燕燕，问起她，她便笑道："老舅你跛着脚子，不要管闲事吧。"

转眼间过得十来日，王超除每日跟燕燕游逛山中之外，倒也无事可做，有时趁她欢喜，问起她被何人差遣来诛那权贵，并那乌巾白袷的少年是何人物，燕燕却笑而不语。王超几次价话到口边，想陈述自己的来意，却又不敢冒昧。正这当儿，那王母却偶因感冒，病将起来，卧床呻吟，离不得人。这一来，登时将个活跳的燕姑娘急得蚰蜒似的。这一日，早晨晌午居然都没出去，王超自觉老舅资格，除向草堂中问病，并助燕燕料理药物之外，便也踅向后院灶下帮同炊饭。

当晚饭毕，王超正在厨房壁灯下料理余物并器皿，只听燕燕一面在院中走，一面嘟念道："那个塔尖上的白锥石块是他老人家往年经此留的标记，如今那气只距那石块尺余远。看来，那宝贝要成熟出现了，偏偏娘病，还不打紧，又搭着那没紧慢的臭小厮前去复命，也不回头，只俺一个人跳猴儿，倘误正事，怎好？没别的，且叫老舅遛跶脚去吧！"

王超听她推倒核桃车子似的一路吵，并约略听得"正事"两字，恰在倾耳，那燕燕业已噘着嘴子跳入，便把王超所料理的器皿哗啷声，向旁一推，接着便一个万福，赔笑道："老舅且丢着这些劳什子，俺今有点儿事求您，您明天不要等天亮就须爬起，爬起就向那有废塔的所在跑，到那里，日头刚冒嘴，才正是时候。您先瞧塔尖上有个白锥子似的石块，再瞧那塔根下草地中有块方桌大小的红土地，是光滑滑的，甚是滋润，却寸草不生。您记清，照准这块地，便不要眨眼了，您就老和尚打坐似的在那地旁一坐，出气都须小些，不大一霎，那地下必要雏鸡子偎寒一般，略为啾唧一阵，接着便冒出线也似的一道白气，亮如蛛丝，经风不摇。这时，您却不许动，并有声响，那气就渐冒渐高，却是还过不了那石块儿，您记清那气距石块儿还有多远，回头报告于俺。巳时以前，您还须向那里跑一趟，到正午时，那气一般的又冒出，您还是如何记清，回头报说，您这一天的事，便算完毕。等回头俺娘病好，俺还给你打鹿吃酒哩。"

王超听了，诧异之下，正待问其缘故，燕燕已忙忙跑去。但是这一来，王超却恍然于燕燕早晨、晌午不在家之故。这不消说，是每日定刻，向那塔下觇望去了。今因母病，所以请我做她的替班儿哩。

当晚王超怙惚着回到客室，沉吟一会儿，却不解燕燕日日去望那白气何用意，及至一觉醒来，听听村柝，业已五更敲过，于是连忙爬起，结束停当，恐经过黄茅峪或值野兽，便从壁上取短剑佩好，匆匆价出得村头。因恐误时辰，便施展出当年的夜行功夫，一路好跑，一气儿下得剑门岭，那东方才微露鱼肚白颜色，但见那黄茅峪好个光景。是：

夜气晨光望不分，草头余露尚氤氲。
浑然一片如青海，举足踟躇一再巡。

要说王超虽然上了几岁年纪，毕竟还有当年的老功夫，便就熹微晨光中运用目力，先辨清那废塔的方向，这才一路价穿草行去。须臾，晨光略明，那远近间但有蛮吟雀噪，且喜没得野兽。及至行抵那塔前，东方日晕方略透红紫光气，其下白茫茫恍如云海。王超略为定神，拂拂脚上的湿露，先瞧那座废塔，想当年的规模委实可观。是共有九层，通体为赪砖白石相间而成，仰望去，足有数十丈高，虽然颓坏得四面价七穿八洞，但是还有突兀峥嵘之势。这时，那塔尖上恰还有点晨雾未净，王超正在望那石块儿不见，忽闻背后树叶萧萧然，声如涛涌，回望时，却是对塔的那片杨林。及至向塔下一瞧，果然有块赪土地。说也奇怪，四外都是油油软草，独那块地却光光的。

王超略为徘徊，便如燕燕所嘱，就那块土旁趺坐下来。闭目一会儿，再望塔尖，果然有个白锥似的立石块，从蒙蒙四散的消雾中钻将出来。王超暗暗奇怪，倾耳听那块土地，却不闻什么声响。

这时，那初出的旭日业已苍苍凉凉地从那片光气中渐透一线，阳光所射，便如金蛇万道，闪烁不定，辉映得四外峰峦闪金耀碧。更兼那片白茫茫云海被阳光一烘，端的如波之流，如烟之霏，顷刻变幻，谲诡万状，又如障起一层银凝罗幕一般。

须臾，日晕都消，清光如沐，张得王超正在心神俱爽，忽闻那块地下果微有啾啾之声。忙望去，竟真有一线白气从那滋润土中悠然冒出，初如蛇之吐芯，少时，便亭亭直上，势如蛛丝凌空，转眼间，已距那塔尖的立石块只有尺许，却凝驻不动。

王超一面呆望，一面暗忖道："她说此气经风不捻，今看来真个异样。据人家传说，金银气也不畏风，莫非那所在有什么宝物不成？"

正在沉吟，便见那气渐次下缩，倏地复归于土。王超诧异之下，逡巡跑回，向燕燕一说光景。燕燕欣然道："既如此，还不碍事。"

及至巳时以前，王超又跑去，待至正午时，所见一如早晨。从此，一连三四日，王超觇那白气却距那立石块只有七八寸远近了。每向燕燕报说，她却愕愕的，只顾搔首。

正这当儿，恰好王母病愈，王超虽歇了跑腿子，却忙坏个燕燕，每日除自去觇望那白气之外，便是调配药物，又用朱丝线漉过白鸡血和桐油，晾干了，结作个小小丝网。但是她虽如此忙碌，却面有喜色，又有时仰天，发会子怔，指儿屈伸，似有所计算。却招得王母笑道："你不用着急，他那精灵法是不会误事的。"

燕燕便没好气道："娘，快歇着嘴子吧，误了，他自挨打，干我甚事？"

王超见状，觉得好笑，却又不便问。

转眼间又过得四五日。这日，晌午大后，燕燕却忙忙地从外跑来，入门便嚷道："娘，他还没来吗？再三四日不到，事便糟了。"说着，奔入草堂，啪的声掷下手中所携的药篮道："先端了这废物货再说，左右是用不着咧。这些日，累人跑断腿，偏偏他只是不到，难道在路上跌折腿，或是生大疠呢！"说着，语音颤咽，竟有气急得待哭光景。

这时王超正在客室内闲看方书，听得燕燕无端发急，正想去瞧瞧。

便闻王母笑道："你这可是日头从西出，这么深的眼窝子，也会急得掉泪咧。如今事机已到，他虽没来，现放着老舅在此，再巧没有，你只请他去帮你料理好了。"

王超听了，正在倾耳，又是怙惚着是何事体，即闻燕燕拍手道："妙妙！还是娘会想法儿，待我掇他来，大家商议。"说着，脚步乱响，须臾复静。

便闻王母笑道："你瞧瞧，先时急得待掉泪，这时怎又斯文娘娘似的坐下来发愣呢？"

燕燕笑道："您不晓得，老舅特啰唆，凡事好刨根问底，叫人讨厌哩。"

王超听了，正在好笑，即闻王母道："哎，啰唆不妨事，待我和他说去，你连累乏带着急，小脸都通红，且歇息一霎吧。"说着，窸窣有声，似乎与燕燕整理枕席。

这里王超正怙惚着置下方书，只见王母含笑踅来道："老舅，你瞧俺家燕燕，今天可着了老辈子急咧，原是这一回事，待俺告诉您。他们这各处游行，有所作为，是奉了本师之命的，像韦曲坊那件事是奉命，自不消说。却还有一件事，便是他们本师往年时曾游此山，却见剑门岭后有些异物的灵气发现，寻来寻去，却见那塔下红土地的所在，是那异物产生之地，但是异物的精气成熟，还需年月。当时她本师便就塔尖上置那白锥似的石块，以为标记，及至她和那你所见的乌巾少年两人奉命来办韦曲坊那件事时，本师便吩咐燕燕道：'你们在韦曲坊勾当事毕，只须叫他来报我，你便到那终南山剑门岭后废塔下，就早晨、晌午两时间仔细觇候，当有一线白气从那红土地下冒起，那便是那异物的精气发现，须俟其长成熟，才

61

可致取。俺已在那塔尖上置有石块的标志，你但看那白气渐渐上升得与那石块齐，便是成熟之候。那异物虽是成熟，还要参星拜斗，吸食些月华阴精，经过七日来复之期，它方能精气十足，便有飞腾变化之能，可以远去，那时便不可捉获了。你须候它形质出现之日起，算计到七日夜里子时时分，即行捉取，方不误事。'她本师说至此，便将捉取之法说明，老舅您听，这不是怪事吗？"

王超不由忙问道："那么这异物究竟是甚东西？"

王母笑道："这个连燕燕都不晓得，因为她本师不曾说明哩。当时她本师又道：'俺预计那异物将要成熟，再遣他前去助你。当时他两人奉了师命，先办完韦曲坊那件事，燕燕便命他回报本师去了，自家便移居此间，觇候异物。当俺闹病时，老舅你是见过那气的，今天她去觇望，那白气竟与石块齐了尖儿咧。只在今夜，那异物就要出现，到七日那夜子时，就须动手提取，她为何着急呢？便是因为他还没到来，少个帮手，虽说还有几天的工夫，倘他有甚耽搁，万一赶不到，岂不误事？啊呀老舅，她本师法度厉害，非同小可，门下徒儿们若有过失，是吃罪不起的。您别瞧她动手杀人，那都奉有师命。方才倒是俺瞧她那急样儿，忽想起老舅，您跟她去，岂不甚妙？"说着，便一个万福。

王超诧异之下，一面还礼，一面怗愳道："俺还算老眼无花，果然此女和那乌巾少年都大有来历。他们这位本师，不消说更是个大大的异人了。"于是便欣然答道："只要燕姑瞧俺可以去，俺当承命。但是她这位本师是谁，现在哪里，可能见示一二吗？"

正这当儿，却闻窗外微风飐然。

正是：

灵物未曾觇眼底，异人又复记心头。

欲知后事如何，且听下回分解。

第七回

斩飞跎灵药入网
来捷足苍鹄传书

且说王母见问，含笑沉吟，正道声："这个……"

忽闻燕燕在窗外笑道："俺就晓得，娘又要快嘴子，搭趁着老舅，又要啰唆，俺师父不是黎山老姥，便是王禅老祖，老舅说他是谁，便是谁。如今闲话少说，快做晚饭，填饱了，咱快瞧那稀稀罕去吧。"说着，一路飞跑，便奔后院。

这里王超料得燕燕不欲泄露她本师姓名，也便不去追问。须臾，晚饭毕，已自夕阳衔山。王超因为防备那异物或有猛鸷之性，便从壁上取下那短剑，正在拂拭，恰好燕燕趸入，已自结束伶俐，便笑道："这异物是何物，连俺也不晓得，但是俺师父却叫俺先驱除那剑门岭后一带的野兽，然后再觇望。因为那异物通灵，产生之地，必有毒蛇猛兽等物为之护卫，由此看来，那异物或亦猛鸷可畏，亦未可知。俺今还有柄剑，老舅便用那短剑好了。"

王超因见她没佩着剑，正在张望，燕燕早从衣襟底革囊中取出镜儿大小的一盘物，那柄儿也似铜镜柄，其色青黝，闪闪作光。及至燕燕执柄一抖，铿然一声，登时寒气逼人，光满一室，是：

> 屈盘如镜敛青锋，百炼祥金淬砺成。
> 波上江心舟内铸，五月五日日方中。

63

哈哈！原来这柄剑不同寻常，却是古来有名的宝剑，名为屈环。是经药物炼就的一种精金，性具刚柔，屈伸如意，还须五月五日午时，用扬子江心之水铸成。当铸此剑时，必然雷雨晦冥，围绕那舟，恍惚有许多的蛟螭精怪，攘拿来夺。那炉火间须加以朱符丹篆的咒语，方能镇制精怪。据说当年铸此剑之人是位深通道法的道家，此剑之利，休说是水截蛟龙、陆断兕象，便是魑魅魍魉等物，也无不望影而逃哩。

当时王超忽见此剑，好不惊羡，及至由燕燕说明此剑，王超便笑道："燕姑大好福气，便得此古剑，这不消说是你本师所赐之物，可见你本师是个大大异人哩。"

燕燕笑道："老舅且收起啰唆，俺告诉你正经话，俺本师还嘱咐来，是无论见何异物，不可大惊小怪，至于提取之法，您但看俺临时布置就是。"

说话间，两人各佩了剑匆匆起行，及至到得那塔下，方才初更时分，且喜星月之光照得清晰，那片萧萧的杨林却因枝叶茂密，里面黑魆魆的。但是从暗处望明处，却甚是得地。于是燕燕引王超径入林中，正对那块红土地，相与借草而坐。

少时，月色渐高，四顾悄然，王超因见燕燕坐得佛儿似的，目不转瞬，也不敢言语。约莫将至二更以后，王超因久视目胀，脖儿发酸，恰恰微微欠伸，用手揉目，却被燕燕尽力子肘了一下，又摇手戒其勿声，慌得王超忙注目那红土。说也奇怪，只见其中有盘大一处，渐渐坟起，须臾，有一物徐徐拱出，约有尺把来高，便似大竹林中忽然钻出个大粗笋一般。王超正在屏息，那物业已略作摇摆之势，似乎彳亍慢步，又复前觑后顾，若往若还，在红土上徘徊一霎，方才倏地跳向红土之外，恰好正近于杨林。

这时，月光大上，望得分明，哈哈，说也不信，原来那物竟是个尺把来高的青衣小儿，头绾双髻，甚是活泼，闹得王超正望着燕燕一吐舌，便见那小儿倏地趋风，一阵价手舞足蹈，似乎是乐不可支，随即团团地参拜四方毕，又徘徊一霎，便仰望月光，一面手招口咽，一面乱跳得小影凌乱。

要说王超虽也久走江湖，多所闻见，但是忽见如此异物，未免毛发森竖，正在手按短剑，却被燕燕一肘之间。那小儿已自向月光舞蹈了三次，倏地一跃，便是丈余来远，只见跃，已自转向塔后，影儿不见，似乎是玩耍去了。这一来，休说是王超诧异没入脚处，便连燕燕也只顾闪闪地俊眼直眨，于是忙和王超跳向那小儿钻出之地瞧时，更可怪的，是土地如故，通没痕迹。两人因欲觇个究竟，仍然还坐杨林。

燕燕便道："老舅，俺本师曾说，这异物性已通灵，不可掘地以求，所以才吩咐俺捉取之法。你瞧它初次现形便如此活跃，到底是何物呢？"

王超道："俺虽没读多少古书，却听人家老先生们讲过，说是山泽之精，都会变化人形，有的叫尺郭，有的叫宋无忌，还往往朱衣玄冠，乘车跨马，虽是小人，倒很有大人先生的排场哩。"

燕燕笑道："哦！是了是了，怪道如今的当权要人，虽是小头小脸，通没大人之才，却都闹得好排场。原来都是些山精水怪前来混世，只会夹生地吃人哩。"

王超笑道："姑娘不要骂世，你别瞧小人儿，也有见则大吉的。当年齐桓公北伐孤竹，曾见俞儿，遂成霸主，那不是很令人见爱的小人儿吗？"

燕燕笑道："呸！凡是小人胚子，都是歹毒货，这个小人儿倘也歹毒，俺就一剑劈杀他，倒也痛快。"

说笑间，林风拂拂，约莫已有三更左右。王超正见那塔影突兀，燕燕却低语道："来咧！"

王超随她指势望去，果见那青衣小儿跳跳地，由塔后闪身而出，倏地奔向那红土地，逡巡没入。一时间，淡月空山，万籁无声，张

65

得两人好不恍惚间如临异境。及至回向村中，业已五更左右。

便是如此光景，两人逐夜去觇望，那青衣小儿也便越来越活泼，仰吸月华之后，即便各处去游戏。但是一到子时，即便没入那红土地下。及至第六日，晚饭之后，燕燕整备好朱丝小网，又取出布囊，并一具小铜钲，却一面佩起屈环剑，一面向王超道："这囊中是朱砂和五灵脂药末，是用以禁制那异物的，老舅且挈带了，并那网，临时俺自有布置。但是那异物的护卫是两虎一蛇，最为歹斗，那阳性的虎虽被俺驱逐，那阴性的蛇十分狡狯，说不定，它还在暗中守护。及至届时捉去，老舅却须当心一二哩。"

王超听了，唯唯之下，当即携了网和囊，并佩了短剑。正这当儿，恰好王母来送，便笑道："俺且贺你们此去成功，手到擒来。俺已准备下新鲜蔬果，并瓦盆满酒，夜里不困，单候老舅庆功哩。"

按下王母送客回等。

且说燕燕这次恐怕误事，却施展开飞行脚步，亏得王超还能竭蹶紧跟。及至到得塔下，方才星月初上，却见那塔顶裂的巨缝间，略有淡霭蒙蒙。

燕燕便道："今夜咱须多加小心，老舅且向林中去觇望它，待俺向塔左右并后面去望望，以防那恶蛇或来打搅。"

于是王超唯唯，自向林中坐地，放下所携之物，又拂拭会儿短剑。这夜，月色更明，王超正在四顾悄然，便见那青衣小儿又已钻出，一路筋斗，已翻到红土之外，仰吸月华毕，似乎是得意已极，啾啾两声，早已跳向塔的一带。王超留神，当即记牢它的去迹，暗忖道："这物也奇怪，每次回头，都循故道，俺今且就道口上置个标记在那里给他个老等，它回头时，一把捉住，不省了燕姑回头，还费手布置吗？"

正在沉吟间，恰好燕燕从塔右趄回，王超便一说所见的光景并自己的主意。

燕燕笑道："此物如这样容易提取，还配称灵异吗？不要耽搁，

66

您且随我来。"

于是携了囊网，引王超先到红土地上，就周围掬撒了囊中的药末，然后迈将出来，又就撒的药圈外撒了个外圈儿，却留了一处道口，便是青衣小儿由此出去的故道。

王超跟在后面，正不解燕燕摆的是何阵式，燕燕便道："俺师父说，此物性畏金声，他回头被药的禁阻，入不得红土地，又闻金声，必然惊极想跑。但是那外圈儿也不得出，它必然返奔那出去的道口，便请老舅先伏在那道口左右，觑它进了道口，直奔红土地时，便急速价正当道口，张网捉他，俺却向四外觑望，以防那毒蛇来搅。"说着，将空囊并网交与王超，即便趋向那塔脚下，伏在这草树间里。

王超不敢怠慢，便如言去伏定。一时间彼此无语，但闻那片杨林萧萧瑟瑟，一霎时，将近夜分时光，月到中天，青辉四彻。王超凝神之下，正在一眨眼，便见那青衣小儿彳亍趑入这口。这里王超悄悄急起，将那网安置停当，仍提了网、网绳儿，方伏向一旁，便闻那小儿尽力子啾啾两声，忙望时，便见它只顾在那红土外逡巡张皇，并绕着那药末，跳掷不已。王超是惊且笑，恰在凝神，便闻燕燕的铜钲大震。正惊得杨林中栖禽飞噪，再望那小儿，端的好个神情，是：

鱼跃兔趋熊若狂，惊魂无主太郎当。
几番冲突都跌倒，无奈外圈似壁墙。

当时那青衣小儿忽闻金声，果然就红土地外没命地乱跑，无奈都被外圈所阻。这里王超方喊声："燕姑仔细！"那小儿已自向道口如飞跑回。

王超这里一顿提网，方见小儿撞网，又是见燕姑抛却铜钲，喊声："不好！"倏地手提屈环剑，由伏跃出的当儿，便见塔顶裂缝间白亮亮异光一闪，与月争辉。登时由里面匹练倒挂似的，竟蹿出一条枳首大青花蛇，才倏地落地，昂起头来，就有丈把来高睛光闪电，芯焰如火。它身旁高草一时如波分浪卷，倒而复起之间，这里王超不由大惊。因为这种毒蛇就是古书上说的那驾雾腾蛇，不过极大的便名为虺，小些的还叫作蛇罢了。其性灵警腾游如风，好不歹毒哩。

当时王超网着那小儿，因它还在里面啁啾乱撞，正一面紧收提网，一面向燕燕大叫仔细，那蛇早从草头上弩箭一般，便奔燕燕。燕燕挥剑一闪，那蛇因蹿得力猛，竟自撞入杨林，一翘尾巴，腥风起处，恰和着树叶乱落。

燕燕却大喝道："好孽畜！"一个箭步赶向林边。剑光一闪，却有尺把断蛇尾倏地落地，燕燕身影一翻，人和剑刚飞入林。不好了！便闻林内如万马奔腾般大乱起来。是风鸣树动乱草萧萧之中，又来着剑光飞腾，如掣闪电，顷刻间光照满林。

王超大骇，情知燕燕是和那蛇厮并，正待不管好歹，想置下那网，前去相助，便闻燕姑大喝一声，霍地剑光一闪，高及树梢。即闻咔嚓一声，似有一段枝柯斩断下来。

慌得王超正又在大叫仔细，便闻燕燕笑道："个把小长虫，倒把老舅吓坏咧。如今那异物没得护卫，咱快瞧瞧它是个什么物儿吧。"说话间，提剑跑来。

王超忙迎上去，刚道得声："那蛇……"燕燕也不搭腔，忙夺过网，抖手从里面抓出一物，虽然不是小儿具体，却又光景不同。是：

草药清芬扑鼻香，根须尚被土花囊。
西游记里人参果，与此相较熟短长。

哈哈，这一来，真把个愕着的王超奇出大天来咧。原来那青衣小儿业已化作尺许长的一块物事，其色黝紫有光，似树根又非树根，居然仿佛具小儿形状。头上垂须，颇似短发，只是手足钩连尖锐，有似鸟爪。王超见了，正在称奇道怪，燕燕却收起那剑，却将那物装入药囊，便笑道："俺师父真也怪，叫人费了许多事，却得了这物儿，小头小脸，俺看它好煞了，也是个樟柳神的材料，邪僻物儿，俺是属老西的，就爱财，咱快到林中，收取蛇珠好了。"

王超听了，料是蛇已被斩，忙跟燕燕到林内张时，好不骇然。只见老粗的一段树柯卧地，上面却缠着那蛇，已自蛇头落地。原来那蛇因尾断痛极，尽力子向燕燕扑噬，却当不得被那剑逼得厉害，腾闹良久，又被燕燕刺中额下。那蛇痛极飞起，缠向树柯，却被燕燕飞剑直斩其首哩。

当时燕燕用剑剜取了那蛇目珠，其大如栗，只就是珠光发些红晕。两人出林，又去寻了那钲，按下这里两人欣然回步。

且说王母，约莫着两人将回，便就草堂中摆设蔬果酒馔，方料理毕，恰好两人暨来。大家厮见过，王母一见那网中之物，也自称奇，大家略为歇息，由王母温热酒。燕燕笑道："今天大功告成，总算亏了老舅，不然，俺一人休说是料理不来，便是那毒物就没法招架哩。"说着，从药囊中取出那珠，递向王超道："您看此珠，虽非夜光照乘可比，但是倘落到长安胡贾手中，也就价值不赀。今承老舅相助成功，你且将去，作个玩物何如？"

王超听了，一面推让，一面向王母一说那蛇的光景。王母听了，方在骇然，却闻远远的一声清啸，响亮异常。是：

闻道巴东巫峡长，征人听此泪沾裳。

含情最好和哀雁，谱入竹枝总断肠。

且说王超忽闻清啸，正在倾耳。燕燕已将那双珠归入药囊，便拍手道："好巧好巧，这不消说，是俺师父打发俺大师兄来咧。巧咧！还有差遣俺的事体也未可知，他辛苦到此，待俺且去接迎他。"说着，拔脚便跑。

这里王超正不懂燕燕胡吵的是什么，便闻啸声已近。须臾，由燕燕引入一客，王超猛望去，不觉登时一怔。看官，你道怎的？原来那来客虽是武装伶俐，衣冠俨然，但是与其说他是人，毋宁说他是个猴儿，因他瘦棱棱身材，只三尺有余，削颊锐啄，更衬着火眼金睛，虽是形容古怪，却顾盼间精神四射，并且虽是猴相，却面容肃静，跟燕燕入得室内，便转身面南价端然立定。再瞧燕燕的光景，似已听他说明了来意。这时，也便很恭敬地向他纳头便拜。王超因见他公然受拜，正在暗诧他好大架子，不料那来客已从怀内掏出一纸字柬，双手高擎，递与燕燕，即便也很恭敬地向旁一站。

王超至此，方窃料他是来传师命，燕燕之拜，却是拜受师命的当儿。燕燕阅罢字柬，便笑道："俺采取灵药，已自完毕，如今师兄且将去回报师父，俺俟过些日，料理毕这里的家居事体，再去回见师父好了。"

说着，便将那囊递与来客，相携而出。这一来，闹得王超好不诧异，因为那来客分明是个老猿，想是岁久通灵，已化形哩。当时王超正在怊怅着吃过两杯，即闻远远的又是一声清啸，须臾，燕燕踅回，便向大家一说那字柬之意。

原来燕燕的本师因那乌巾少年偶然患病，病方痊可，还须略待将养，又算计着提取那异物之期将届，所以特遣大弟子来助燕燕。柬中并说明那异物系千岁的茯苓精魄所结，实为炼丹药之至宝哩。王超听了，不由又暗忖："燕燕这本师真是异人，既望气得灵药，又能收个老猿作弟子。"因笑道："你这师父也特煞古怪，怎收个笨猴儿做弟子呢？"

燕燕笑道："你说他呆笨老实吗？但是他当初顽皮时，俺师父收他也很费手脚。他名苍鹄，如今却猢狲入布袋了。俺还有个小师弟，也和他一样地伶俐哩。"

王超听了，不觉又暗暗称奇。当时饭毕，大家安歇。次日，燕燕便将所有的兽皮、药物等携向山中各村去俵散，却换了许多的米粮、缯布等物，领了脚夫等负载而来，都交王母。收藏停当，王超问其何意，燕燕笑道："俺不久就须回见本师，说不定又奉什么差遣，所以给俺娘准备日用哩。"

展眼间又过得十来日，王超正要于从容间将自己想要跟了燕燕游行以便寻访恩人之意说明。恰好燕燕将路起程，王母治具，为之发脚。

当日，燕燕和王超出游了半晌，及至回头，业已上灯时分，那草堂上一桌酒饭已安排停当。于是大家坐下来，吃过数杯，王超见燕燕行色匆匆，正要说明自己之意，忽闻檐前唰的声如飞鸟翻落，便有人笑道："师姊，你准是念诵俺，又咒俺，不然，俺怎的又害病又打嚏呢？亏得咱苍哥回头，俺知你这里有人相助，俺才放下心来。如今咱师父又有法旨，你且跪听宣读吧。"

燕燕听了，正在抛箸跳起，王母却笑道："好了，好了，燕儿，你盼你飞飞弟，总不见来，如今他可来了。"

王超听了，正在也停杯站起，早见燕燕由门外拖进一人，是遍体行装，负囊佩剑。王超仔细一望，非别个，便是那乌巾少年，正待向前拱手，燕燕却吵道："如今不用娘只顾提名道姓地嘴快咧，索性俺来指引吧。"

向王超道："此人便是俺同门师弟飞飞，你们这是二次见面，却是一遭生两遭熟了。"

那飞飞听了，当即向王超长揖为礼。慌得王超还礼不迭。燕燕已从飞飞背上取下那囊，高置在案，肃然拜罢，却从里面取出一纸字柬。王超遥望去，一面料是飞飞等的师父又有什么命令，一面又是心中怙慑之间。

燕燕已阅讫字柬，一面却向王母道："如今俺师父虽命俺不必回山，却须又有远行，并且事儿紧要，不得耽搁哩。"

王超听了，正在越发怙慑，燕燕却已收起字柬，一面与飞飞添座。大家吃过两杯，这里王超沉吟之下，正待趁势说明自己之意，只见燕燕满斟一杯，却笑道："老舅，如今俺们又有远道的差遣，您在此未免寂寞，且请尽此杯，咱再期后会何如？"说着，递过那酒。

这一来，王超不暇沉吟，不由忙笑道："燕姑且慢逐客，俺今到此，虽已多日，却还有一片下情未曾陈述。俺此来，实欲追随你等游历江湖，了俺一桩心愿。因俺壮年时光，有个和俺同经患难的恩人，当患难过后，他便忽地失踪。俺那时因报恩未完，誓欲寻着他，以酬宿志，从此便抗走风尘，随处物色。不瞒你说，俺那时一番困苦，也就一言难尽，久而久之，资用乏绝。俺自恃身手虽不敢作绿林的行为，却也未免高来高去，取人家些不义之财，除自用外，并以施济贫乏，但是因此之故，俺却跛了脚子。"于是将自己被创一节一说。

燕燕听了，正在和飞飞相视一笑，只见王超略为沉吟，却又说出一席话来。

正是：

　　　方期汗漫同游去，又见主人逐客来。

欲知后事如何，且听下回分解。

第八回

鄱阳湖三侠眺石矶
圣母官神巫祀白后

　　当时王超接说道：“俺当时被创，也便折节改行，又漫游些年，只是寻俺那恩人不着，所以耿耿此心，至今不安。俺因见你等踪迹不测，定是剑侠之流，所经之处，自必多有异人来往，或者有机会得遇俺恩人，也未可知，这便是俺想追随你等之意。俺偌大年纪，更何所求？不过因报恩未毕，终歉于心罢了。”说着，不觉苍眉轩动，慨然泪下。

　　飞飞和王母听了，正在相顾动容，燕燕却将两个耳环摇得直打秋千道：“不成，饶你一百个不成。老舅，你不忘恩人是好样儿的，你这打算也有道理，却有一件，谁叫你没出息当扒手。俺们因有紧事，都走得飞快，你那跛脚，如何赶得上呢？”

　　王超听了，正恨得一跺那跛脚，飞飞忽拍掌道：“有了有了，老舅，俺教给你一个妙法儿，你只向俺燕姊扑通一跪，保管你跛脚就好，跑得跳跳的哩。”

　　燕燕听了，正笑得一面乱颤，一面伸手去掩飞飞的嘴子。这里王超料必有缘故，于是登时离座，向燕燕纳头便拜。燕燕也不理他，却向飞飞额上用指一戳，笑道：“恨煞人的，你几时学了俺娘的快嘴子来？但是俺会法，你也会治，你给老舅治治好了。”

　　飞飞正色道：“这却不成，因俺病好没多日，精气还未全足，怎

73

的运用呢?"

燕燕听了,正在笑嘻嘻瞧着飞飞。王母却扶起王超道:"燕儿,你就费些气儿,给老舅治治,不然,他老牛似的,赶不上你们,也是累赘。"

大家听了,都各大笑。慢表当时大家匆匆饭罢,那飞飞和燕燕谈过一会儿话,即就厢室自去安歇。且说王超趄回室后,且喜燕燕等允许自己追随,正在灯下歇坐,一面怙惗燕燕怎的治此跛脚。忽闻燕燕在室外笑道:"老舅,快脱上衣吧,你当个李铁拐罢呀,没来由又叫人费气力。"说话间,翩然趄入。

王超忙望她时,却又是一番光景,是:

> 晚妆初卸辉云鬟,玉臂全莹趁甲肩。
> 脚下鸦头衬罗袜,女医风度却非凡。

且说王超见燕燕来施医治,忙起迎笑道:"俺这脚跛已多年,你要用针灸刀圭并药时,须小心些。"

燕燕笑道:"俺一些不用,你能学老和尚打两个更次的坐,就好了。"于是一说治法。

王超听了,只好脱去上衣,赤露脊背,由燕燕摆弄到榻上,端然趺坐下来,一面怙惗她必施药物,或用什么手法。哪里晓得,燕燕也自登榻,却与自己背抵背,一般地趺坐下来,并嘱咐自己,须澄心定息,凡有什么觉察,不可言语。

当时两人坐稳,王超初觉燕燕的脊背绵软软的,熨偎得自己甚是舒适,继而却渐渐发热,便似她毛孔中有许多针芒钻刺入自己脊背,又似蚊叮虱咬,痒习习的,甚是难耐。少时,其热愈甚,似觉由脊背下行,达于胫脚,并且筋络抽掣,颇为麻痛。如此,约有一个更次,王超觉那跛脚便似火烧汤煮一般,并闻燕燕的呼吸也越发深长,并且垂眉定息,真似僧人入定。

约莫又一个更次，王超正在勉强忍耐，忽闻燕燕长呼一口气，便笑道："老舅，你如还有什么毛病，这一来也都好了。"说话间，即便下榻。

这里王超顿觉下体松爽非常，及至下榻整衣，那跛脚已如未跛时，在室中试行数步，好不稳健。再瞧瞧燕燕，却鬓角间香汗犹湿。王超问起她是何治法，方知她是运用罡气，达于自己的筋骨脉络，使跛脚的淤血挛筋都活泛舒展起来，所以才霍然而愈哩。

按下燕燕自回草堂并大家的一宿晚景。且说王超多年宿疾一旦去体，这一觉真是神恬梦稳。次日，方结束停当，便闻燕燕唤道："老舅，咱的角装都已齐整，用过饭就发脚了。"

王超应诺。入得草堂，只见早饭都已停当，燕燕和飞飞、王母都在堂壁下整理一副小小的行装挑担。

王母笑道："老舅莫怪，这是燕燕的主意，请你挑这担儿，路上倘有人盘问，你只说领一双儿女去朝山进香便了。"

王超笑道："这个却不敢当，俺正配去老苍头的角色哩。"

说笑间，大家就座，匆匆饭罢，各自佩了刀剑。燕燕又带了百宝囊，便挂了王超那根藜杖，由王超挑担在后。

按下王母送大家出门，直望得影儿不见，方才含笑回头。且说王超久跛的脚忽然得劲，便如久羁的快马忽然脱缰一般，这一路飞行，眨眨眼已是十来里。

燕燕笑道："老舅，如此走法，只有深山旷野间使得，若冲州过府，或值人烟闹市并大道上，如此走法，便须防有人盘查哩。"

王超笑道："你们但请放心，那避人耳目是俺当偷儿时干惯的老把戏哩。"

大家说笑之下，一路转行，只日色将落，业已趱出终南山，便寻村店宿了。当晚饭毕，王超听燕燕和飞飞闲话行程，却只吵直奔江西饶州。及至问起他们，所奉的是何差遣，燕燕却笑道："老舅不须问，若先晓得了，将来那没落子的编书先生便成了糟糕笔法，没人请教咧。"

说笑间，一宿晚景已过。次日登程，王超留神取路，果然直奔东南，每经城市大道，大家便慢慢行走。王超处处留神，所见之人，却没得自己那位恩人。话休絮烦，便是如此光景，不多几日，已行抵江西饶州，但见好一片繁盛江城，是：

水陆交冲孔道长，巍巍城郭镇西江。
鄱阳湖水涵空白，一望苍茫高鸟翔。

原来这饶州迤西境内，却有一片汪洋巨浸，名为鄱阳湖。这湖宽广可数百里，其中洲山港汊甚多，便如海之岛屿一般。那水远通西江，极为浩大，虽有舟楫渔蛤蒲苇之利，但是每值霆霖水涨，那湖泛滥起来，往往淹没田庐入口。至于涉湖遭险的，更不可胜计。

古老相传，那湖当年本是一处县城，有个酒家老妈妈，为人和气。有一天，来了个贫老道，吃了酒，没得钱，老妈妈便道："道爷只管请去，吃些酒不算什么，你再来，俺还赊与你哩。"

老道因感其意，便将所携的一根藤杖递与老妈妈道："妈妈且收此杖，贫道颇知望气，俺看此地人民浇漓奸诈，多作过恶，上干天怒，不久，此地当为洪水陷没。妈妈但日日去觇望县门前那两个石狮子，如左边那个石狮子忽变红了眼睛，你便急速移家，至二百里外，将俺这杖高置在屋顶，便可脱厄。若待至右边狮子眼也变红，便逃避不及了。"

老妈妈听了此话，且信且疑，便将个傻儿子叫过来，如言吩咐了，命他每天起早去觇望狮子。过了两天，傻子的媳妇见他每天睁开眼撒脚便跑，未免诧异，及至问知所以，不由笑得肚痛，并暗骂道："这老虔婆和傻厮没的捣得好鬼，便信那野老道胡说。老娘且捉弄他们，趁势快活两天。"

原来这婆娘是个馋懒浪张的角色，因婆婆管束得严，不便偷嘴躲懒并放骚卖俏，所以如此暗骂哩。当时这婆娘算计停当，旋悄悄泡了块胭脂，夜里五更头，跑向县前左边狮子跟前，做完手脚，仍回头困她的大觉，及至天明才起。那傻子已从外面喊着跑来道："妈呀，咱快跑吧，那左边狮子哥真个红了眼，还似乎瞪俺哩。"

　　婆娘听了，正在忍笑不迭，那傻子已雇了一头大驴子，略载资装，叫老娘骑了，匆匆便走。这里婆娘见了，好不暗喜得计，于是一面打酒买肉，一面招致了个久已不来的旧相与，两人便吃喝尽兴，大乐起来。方过得两日，这日，两人正在房中快活，忽闻街坊上争相传说，县前那对石狮子都红了眼睛。那无赖听了，想去瞧瞧，婆娘便笑说婆婆听了老道的话，并自己捉弄婆婆的一段事。两人正在大笑得意，不料天崩地塌般一声响亮，距县城二百里的地面全陷为湖，至于傻子母子，果然因那藤杖，当水至时，漫不过屋顶，母子在屋顶上遂以得生。

　　更有相传，当年许旌阳真人所斩之蛟便是鄱阳湖老怪。此等传说，无非是见那湖波澜壮阔、地势幽杳，便用古话来点缀而已。

　　且说王超等既抵饶州，由东门穿城走去，但见三街六市，人烟辐辏，颇为热闹。王超经过两三处店道，见燕燕、飞飞在前，都一径趑过，须臾，却已来至西关外。

　　又穿过一条长街，却是槐柳萧疏，人家寥落，却有处茅檐土壁的小店，有个老店翁正在门首闲望。燕燕便道："你这里有单跨院儿吗？俺们要在此歇住几日，解解累乏。"

　　店翁忙道："有有，俺这里本是挂住家儿，姑娘在此，甚是便当。"说话间，转身导客。

　　王超挑担，随后望时，果见里面院内东向有个小角门。大家进得角门，果然有个小跨院，群房宽敞，甚是干净。店翁自去忙碌茶汤，这里大家各自安置。

　　王超便道："咱为何不住城里呢？"

飞飞笑道："城里没事办，咱在僻静所在落脚，倒便当哩。"

王超听了，只好心下怙愶。当晚，一宿无话。

次日，大家起来，匆匆用过早饭，王超还以为就要上路，正去料理那挑担，燕燕却笑道："老舅，咱在此还多住些日，不必忙咧。回头咱先去瞧望娘娘，明天还有正事哩。"

王超听了，摸头不着，恰在怙愶这所在又有什么娘娘，飞飞却笑道："燕姊，咱师父可是有话，这位娘娘算是都交给你咧。俺是病愈未久，气力差些，只好去摸索大王吧。"

王超听了，正在越发不懂，燕燕却笑道："你总是好脱懒儿，俺在终南山直着眼守候灵药，你去害病，如今你又拣省气力的事儿做哩。"说话间，两人相视而笑。

王超听了，插不上嘴，便索性一声不哼，跟了燕燕等出店。那西关外虽然僻静，也有两条街坊，时当早市，颇为热闹。其中以卖雉兔鱼虾等物的为多，也有些卖燕鸠山雀等野味的，因为地近湖山，所产颇多。王超在后，正在东张西望，只见燕、飞两人又望着燕鸠等相视而笑。须臾趱出街坊，便取路迤西，约趱出二三里地，行人渐少，极目处，沙径纵横，坡坨相属，燕、飞两人四顾无人，这才施展出陆地腾云的飞行功夫，就如脚不沾地、云催雾趱一般。后面王超暗道惭愧，只好拿出当年的老本领，一面竭蹶紧跟，一面留神四外，但见好个荒僻旷朗的光景。是：

坡坨回互带平沙，村落无多野径斜。

远树依稀都似荠，涵空水气望中赊。

且说王超猫儿似的跟了燕、飞两人一路好跑，一霎时，约趱过数十里之遥，不但没瞧见什么娘娘，便连人烟村落都没得咧。但见身旁北向，约有三二里之遥，一片的水气涵空，浑然一白，并芦苇战风，萧萧瑟瑟，那远远现出的帆樯尖儿便如点点黑子一般。

王超料是将近鄱阳湖了，正暗忖燕、飞两人到此何干。那燕燕却一面走，一面回望王超，笑道："老舅，俺可告诉你，少时咱就去瞧望娘娘，你走累乏了，只一旁歇坐，却不可言语。倘被他们闻得你的生人气，一下子撮去，可了不得。"

王超笑道："就是吧，俺只装哑巴好了。"

说笑间，大家取路向北。须臾到得那鄱阳湖边，端的好大水势。但见：

> 极天水势赛沧溟，沙鸟云涛映日昏。
>
> 漫说洞庭八百里，西江分派有来源。

当时王超行抵湖边，正在极目水势，眼光为眩，便见燕、飞两人一径地沿岸取路向东。不多时，忽见前面不甚远，靠岸价现出一处很高峻的石矶，磴道盘纤，加以草树蔚然。细望矶顶上，似有红墙隐现，想是有什么庙宇。这时，遥望距矶下左近间泊着些船只，都插有小黄旗，迎风招展，并石矶的磴道间还有许多的男男女女，都一个个手持香褚，口宣佛号。

其中，小儿女们还大半背负泅水的大葫芦，似乎是都去进香一般，这不消说，都是些进香的客船并渡船了。王超觇望，及至由飞飞招呼了渡船，大家到矶下，取路阶堰上磴道，但闻矶顶上面钲鼓爆竹，十分热闹，并隐闻拟铃琅琅，又环响亮，又有哼哼的沉闷凄属之音，似乎吹角一般。王超正在张得耳目间应接不暇，又是由磴道直到矶上之间，忽地眼前豁然一亮，因为矶上地面颇为宽广，不但林木甚茂，并且坐北朝南，现出老大的一处庙宇，红墙碧瓦，好不辉煌。

这时，山门大开，那来进香的男女们出入不绝。矶下还有两只大渡船迎接他们，以便回那泊的船只，但是，他们都蹙着眉头，面容沉寂，也不知是忧是喜。那山门前夹石斗竿上却挂有方丈长的黄旗一面，上有朱书大字，是敕封灵佑慈惠白后圣修之宫。王超至此，但闻庙里人声佛号，钟磬悠扬，钲鼓如沸，闹得春潮一般。

正这当儿，却又见燕、飞两人在前面却又相视而笑。王超不敢去问这白后圣母是什么神道，只好紧跟着挤进山门。但见里面正殿前白石甬道，松柏列立，阴森森的，地势宽敞。那正殿的白石月台上却香烟迷漫，火焰赫然，又夹着花花绿绿的许多怪色。台栏四周正簇拥着许多男女，方在那里伏地膜拜，喃喃念佛。王超略为凝神，方望清月台正中设着鲜亮亮的祭品。祭品后面，又设有长案，上设九颗面塑的人头，一个个怪模怪样，甚是瘆人。祭品之左，设有桌凳，上面坐了几个衣冠整洁的船户们，都帽插小黄旗儿，面容肃然。王超游目向祭品之右，不觉吓了一大跳，暗忖道："人都说南方尚鬼，看来果然，如今祭品中用面人头已然怪相，如何这里又有这样把戏？"

看官，你道为何？原来那祭品之右，却从砖地上砌着个偌大的长方火池，里面满贮炽炭，火焰飞腾。池旁地下，卧梯似的设着九柄大铡刀，巨刃向上，照眼生光，还有男女巫觋两人。男的是金箍披发，涂得个狰狞脸子，鬼怪一般，两臂上虬筋盘结，涂着靛青，着一件画鬼脸的背心儿，衬着火焰纹的披肩，腰系一篷伞的青红短裙，下现两条黑毛精腿，跣足的腿腕上，贯着缀铃的金环，却一手持着人颅骨的画角，一手提明晃晃短刀一把。那女的是花冠翠羽，余发纷披至腰，面蒙白纱，却望不清什么面目，是肩披彩带，腰系画裙，项圈上都缀小铃，现出上身白致致的皮肉，却上画雷鼓流云，短裙下是邪幅蛇皮纹的裹腿，也一般赤了双足，是一手持一面小小红幡，手拿了个钟蒂摇铃。那殿廊下，还左右价列坐着司钲鼓的人们，一般也披着画衣，似乎是巫觋的助手。张得王超正在暗暗称奇，只见那巫觋男女彼此地婆娑作态，却又是一番光景。

正是：

　　未觇圣母威灵座，先是神巫侑祭场。

欲知后事如何，且听下回分解。

第九回

觇异景水气现围城
赐花田鲤仙报大德

　　且说王超正见那巫觋一面婆娑作态，一面响动那画角和握铃，便闻廊下钲鼓大作，闹过一阵。就这余音未歇之间，那巫觋却又联臂趋风，巡绕火池，并且口中喃喃然，似歌以祝，又一面彼此地俯仰离合。顷刻间，绕地三匝。这时，但闻角音低昂，并握铃琅琅赴节，偏那院中起一阵微风，殿上户牖嗢吘作响，就似有什么灵气一般。于是四外膜拜的男女越发佛号如雷。

　　正在闹得不可开交，便见巫觋霍地一分，一跃各高丈余。大家眼光一亮，正见那男巫在铡刀上跳走如风，却又闻一声娇叱，那池中火焰直腾起丈把来高，其中却有一人彩带飘扬，就那火堆上凌虚起舞。顷刻间，两人却又彼此易地，端的好个骇人的光景。是：

　　　　入火不燃已惊绝，白刃可蹈更奇哉。
　　　　由来禁敕传巫术，却向神祠祷鬼来。

　　当时大殿前这阵热闹，正张得王超目不暇给。却又有人由殿中拿出一只挂红的大白公鸡，后跟一人，捧定个朱漆盘儿，内置酒碗，两人将鸡酒置向祭品前，方才侧身向旁。那巫觋已自双双地跳过来，由女巫捧起盘儿，由男巫啪一刀将鸡宰掉，即便沥血于白杯，供置在案。于是那几个船户模样的人都肃然趋过来，向殿上一齐叩头，似乎是个乐神礼成的光景。

这时，燕、飞两人已自趋登殿廊，慌得王超忙跟去瞧时，只见廊檐下一色的历灯挂彩，两旁是香幡招展，殿额是金漆辉煌，围以龙凤花纹，上写黑亮亮的"白后宫"三字。及至趋进殿去，王超却急切间望不清爽，因为里面香烟如雾并灯彩晃耀之故，稍微定神，方望见里面宋桂五楹，一色的盘花古砌，两壁上彩画青红，自不消说。并且两壁下塑着文武官员，都一色的幞头象简，金盔亮甲。神案两旁，却是一班宫装侍女，各捧盘匜巾拂之类，一色的彩帔霞带，神致如生。这时，神案上是炉烟正袅，桦烛双辉，从烟光迷离中望去，早见神龛上黄幔高揭，缨络纷垂。龛外两旁，有两个高髻盘云湘裙窣地的女童，是一个捧印，一个抱剑。那龛内正中，却端坐着个宝冠璀璨、金容满月的神道，端的是裳仪月态，顾盼不凡，上穿日月龙凤袄，下系山河地理裙，这不消说，便是燕燕要瞧望的那位娘娘了。

当时王超觇望一会儿，因殿中人众杂乱，便和燕、飞大家由殿后院的便门趋出，倒觉心神一爽。因为这石矶俨然小山一般，矶顶上也甚宽阔，不但林草甚茂，并且下临湖面价，还有一处高崖。原来靠着湖岸左右，有两座山，一名龙潭，还在此山之东二十余里之遥，与此山夹湖而峙，此山便名为石矶山。这两处所在，因有山根插湖，风浪都甚险恶，舟楫至此，往往失事。因此那龙潭山上还有一座乌大王庙，庙貌崇焕，就如白后宫一般。古老相传，这白后娘娘为水神，那乌大王便是山神，两人俨然分地而治哩。按下这份篱落之谈。

且说王超因奔驰良久，不觉累乏，正窃幸跛脚得愈，便见燕燕当头，一径地蹑登那高崖，须臾大家都到崖顶。王超先望那上面，大可十余亩，甚是平坦，除草树外，却杳无人迹，这大概是樵牧绝迹的所在了。那临湖的崖上，却还有几株大树，清荫四覆，并略有乱石纵横，王超就崖上巡望一会儿，正待去瞧湖景，只见燕、飞两人却都凑到那大树下，且不瞧望湖景，只顾向地下含笑端详。

少时，燕燕却笑说："老舅快这里来歇歇腿子，你瞧这所在，又高又豁亮，差不多全湖在目。俟明天，咱弄了锅灶来，在此吃个酒，岂不快活？"

说话间，两人径自借草面湖而坐，又一面注目湖水，相顾而笑。王超见状，只当是湖中有什么景儿，忙凑去坐下，望那湖中时。

但见：

> 水天一气混茫茫，灰雾蒸腾作异光。
> 螺屿沙洲都不见，拍空巨浸现中央。

这时，日已稍西，日烘望气，却霏起一片薄薄的灰雾，遮了全湖，就如一眼无边的大灰幕。但被那西斜的阳光射入去，那雾一团团、一片片，连滚带散，却幻出许多的光怪色彩，各掣金蛇，如展绛绡，如裂帛纹，如宕水晕。王超因多时没说话，至此心神一爽，正在连连喝彩，便见湖风略起，灰雾渐消，那湖中远近的洲屿便如螺髻玉盘似的浮现湖面，一时间风定波平，水纹如毂。

王超极目向东，恰见数十里外夹岸价又现出卧蚕似的一座远山，也自莽苍苍甚有气势。燕燕却笑道："老舅，咱脚下是石矶山，您所望的却是乌大王的龙潭山，那都没有瞧头，你偌大年纪，游行各处，可曾见过我这样儿稀稀罕吗？"说着，和飞飞拍手大笑，随即往偏北向一指。

王超只当是又有什么大山，及至随她指势望去，不由一怔。因为那偏北向数里远近，并不曾有山，却从那湖的中流水面上愣现出灰白白的一围水城，高可三丈余，下面为水气蒸涵，望不甚清，上面便如团团的一团灰白练，还略具起伏凹凸之势，又似乎蜿蜒活动。那团的中央，又有两只大船樯凝然不动，就如搁浅在那里一般。更奇的是，灰白围外的湖水，只顾旋涡乱卷，横铺着截住水路，有时激浪喷涌，訇然一落，其声若雷。

当时王超望罢，不由暗暗称奇，正待问其缘故，燕燕却一面起身，一面笑道："老舅不必问，咱快赶回去，准备肴酒，明天来此再瞧，准还有稀稀罕哩。"

王超听了，正在纳闷，飞飞却遥望那龙潭山笑道："燕姊，稀稀罕也罢，不稀稀罕也罢，横竖咱师父是把这里交给你咧，俺只好去寻老乌玩玩，脱个小懒儿哩。"

说笑间，大家下得那崖，依来路即便归去。那王超一面纳罕，一面竭蹶紧跟。及至到得店寓小跨院，却才日色将落，大家略为歇坐，掌上灯烛，匆匆晚饭毕。

要说王超，虽是老当益壮，但是上年岁的人奔驰终日，未免也觉累乏，正待扫榻就寝，燕燕却笑道："老舅且别困觉，今天咱是紧箍咒，且料理事儿吧。明天你跟俺们去瞧稀稀罕儿，却不要空手了，背锅携物事，都劳您的驾。如今夜市正热闹，您且去买办肴酒油椒并铜锅一具。最要紧的，还须买两串燕和斑鸠。"说着，便取出钱钞置案，方和飞飞相与含笑。

这里王超不由暗忖道："这个闷葫芦真把人闷煞，他们奉命到此，毕竟所为何事呢？白日在崖上所见的那灰白水城的光景，好不奇怪，人家都说海市能现城郭等幻象，难道还有湖市吗？如今他们又叫着买燕和鸠，这又做何用呢？不要管他，待我且和她磨牙再说。"于是向燕燕一问那灰白城是何物，并要紧地买燕鸠何用。燕燕听了，方在含笑价目视飞飞，飞飞却大笑道："你瞧老舅，真快闷煞咧，咱师父吩咐的这件事，咱虽不甚了然，但是大概是晓得，咱只顾闷着老舅不打紧，只恐将来听书的诸公也有点儿不大痛快，那么，就算我是编书的先生，且来个倒插笔何如？"说着，便笑嘻嘻说出一席话来。

看官，你道怎的？原来那闽中仙游县地面，有一个豪侠巨富的大商人，姓王，单名一个信字，人称水仙王。他为何得此雅号呢？因为他有一辈祖上，名叫王熙，是个饱学秀才，不但不富，并且家道清寒。王熙年将半百，还是一领青衫，因有祖贻的一片洼下靠溪涧的田地，倒有十来顷面积，那地因为近溪涧，其中崎嵚坡坨，以溪流纵横，浑如漏筛一般，虽非不毛之地，却也除草树乱石外，不宜耕植。偶然种些蹲鸱杂豆之类，却也收获无多。

王秀才因越过越穷，不觉慨然想弃儒而贾，逐十一之利。当晚，与老妻商量停当，恰待次日去寻地牙等人出脱那田，好作资本，不料当夜忽梦那片田内开遍了许多的异样鲜花儿，根头赛如大蒜，短短绿叶，一箭内苗，上开十来朵五瓣黄蕊的花儿，其色如玉，香沁肺腑。王秀才梦中遍望去，但见溪头涧脚，并流泉乱石之间，直然地无处不花，好不有趣。正在诧异之下，又恍惚闻人作歌道："好心田，养花田，无子无根富万年。"当时王秀才遽然醒来，便向老妻一语所梦。

老妻却笑道："你没的穷疯了想万年富，倒是那田不出脱也罢，好歹是咱的点根基世业，并且你秀才价哪会做买卖？没的把田赔了去也是白搭。人生都有二斗谷的命，咱且穷混就是。"

王秀才听了，这才死心塌地，仍去教他的学。王秀才穷虽穷，却还是好行其德，这时的财力虽来不及，他只就其所能，行其心之所安，譬如乡有公益善事，他都去奔走助力，劳瘁不辞，并为人排难解纷，如乡里有争讼等事，得他片言，两造无不悦服，因其为人公正之故。过了两年，又恰值岁歉，王秀才没法支持，只好售却住宅，就那田的溪边盖了几间草房儿，胡乱住下，依然开着学塾。虽只有些天地玄黄喊一年的高弟，但是脩脯所入，倒也能于添补日用之外，足觅一醉。每当散学之后，便提壶趑向溪边，一面饮，一面哼唧两句诗，倒也其乐陶陶。久而久之，却又得了个酒友，此人名叫张沛，当年还是王秀才的同窗挚友，因他其笨如牛，念书不成，只好弄了只小渔船打鱼为生，每天西市散，卖鱼得钱，必买些肴肉果饼等物，方才回家。这溪是他必经之路，所以和王秀才两个，一个出酒，一个出肴，是每日价不见不散。

这一日日斜时分，天气清澄，溪流如镜，王秀才怡然独酌了两杯，高起兴来，拍手价唱起张真兀的《渔父》词，恰在声满寥空，忽闻对岸柳下溪边泼剌一声，水花四晕。王秀才也没理会，正又斟起一大杯，洒向溪中之间，却闻身旁有人道："喂，王老哥，今天俺却晦气，一个鱼也没捞着，倒提了一副空网，没奈何，待我干吃两杯杀杀鸟气吧。"

王秀才扭头望时，却是张沛，背负空网，手提小鱼篓儿，由岸旁小道中趑来。

王秀才便笑道："老弟来得正好，今天却有酒无肴。"

张沛听了，一面取下所负的网要置地，一面正吸溜着嘴子。忽见那柳下溪水中咕噜噜水泡一冒，张沛久打鱼，自然识得，于是撒下网去，猛地一提，便大笑道："活该咱们还有肴，您把这家伙整治起来，这才是鲜酒活鱼哩。"

说着，一面去折柳条，一面将网内鱼贯起。这里王秀才瞧那鱼，虽尺把长短，倒生得好生异样，是：

方额朱睛光映旸，乌鳞赪尾体斑斓。

非鲂非鲁森鬐鬣，失水来供七箸间。

当时王秀才正暗诧此鱼异样，忽地溪风大作，天空笼起一片乌云。须臾分布四下，遮住日脚，已有三五点雨星儿飞洒下来。张沛便叫道："他妈的，人家是雨落天留客，俺赶着回家，倒是雨落天撵客了，王兄且把这尾鱼交老嫂好好烹调，咱们明天再吃好了。"说着，递过那鱼，忙忙趑去。

这里王秀才因见那鱼双眼开合，似有乞怜之状，不由心上恻然，于是解脱柳条，放鱼入溪。及至自己跑回家中，却闻溪上大雷暴雨，闹过一阵。须臾，雨过天晴。当晚，王秀才就寝，恍惚中，还在那溪边张望那酒友张沛，忽见一乌衣书生长揖道："适闻法歌，不觉流连，遂遭拘束，足下长者，宜得天富星照临，尊居后篱下有无尽窟金，何不取之，以资行沽呢？"

王秀才因见那书生风流潇洒，正在凝视，却忽闻房后泼啦一声，忽然醒来。但见月色映窗，还恍惚似那书生飘然而去，于是唤醒老妻，一言所梦。倒招得老妻笑道："你虽穷，倒专会做富梦，如今不是富万年，又篱笆下有藏金咧。你再做富梦，挈带我也做做，虽是梦，毕竟也解穷。那篱下只有粪土垃圾，那么，你做屎财主，俺穷老婆子也跟你沾光哩。"王秀才听了，不由嗒然兴尽。

不料次日晨起，到屋后去小解，忽见野色豁然。原来那篱笆已朽，经暴雨后已自仆地，围着篱根下却生出了许多鲜花儿，就如那夜梦中所见，正在舒英吐馥，密密层层，约有数百头。这一来，招得左近村人都闻香寻来，大家称奇道怪之下，就有人愿出百文老钱买一头的。王秀才虽不欲卖，却当不得他老妻见钱眼开，于是顷刻间，数百头只剩了十来头，就得了百余串老钱。那来晚的人们虽愿加倍出价，王秀才却不肯再卖了，因为想留些修根结子，以便明年广为繁植，必然更多得钱。当时老两口欢喜之下，方知那个富梦竟没白做，王秀才怙惚会儿，梦中那乌衣书生或是什么神人，却不解他为何来指示自己，只好日日去浇灌护持那花儿。

及至花枯叶茂，满望它修根结子，不料那大蒜头烂掉后，根和子都无。王秀才去访问那买花的人家，亦复如是。正自念财运有限，哪知次年，自己那片田中却满生那异样花儿，并且头棵肥大。奇怪的是，一出那田界，便一棵也无。当花开时，那来买花的人都接踵价舟车相属，只此一年，王秀才便得钱数万贯。于是就田边大起花厂，多雇人专司售花。

及至次年，田中花生越盛，有人问此花何名，王秀才却大瞪两眼，便有人道："如今鲤仙祠乩语最灵，咱何不去请乩示，问此花名呢?"

原来此溪之上流，还有九鲤湖，此溪便通湖水。相传古有仙人，在那里跨鲤上升，左右有八鲤前导，其中一鲤因吞了些小鱼虾，却被仙人斥落在湖，每当风俗之夕，往往现形出没。人若瞧见它，必有喜庆事，因此，土人为之立祠，便名鲤仙，那湖也便以九鲤为名哩。

当时王秀才听大家如此说法，于是具了香烛果品，雇了小船，大家便由溪逆流而上，不多时，行抵湖边，果然好个山环水绕的所在，是:

> 谁从此地溯仙踪，山色湖光一望中。
> 跃鲤当无夸逸事，琴高风度想无穷。

当时大家停船，相携上岸，王秀才见那鲤仙祠高据湖滨，甚有野趣，暗想，人老了，毕竟腿脚发懒，这鲤仙祠距家下非遥，自己却一向没来逛过。怆悢间，跟大家步入祠去。里面是松柏蔚然，甚是幽静，正殿上高揭鲤仙祠的匾额，两旁有副对联，是:

> 平稳风波尊水国，丰穰田亩仗仙家。

遥望正殿中，龛幔深垂，炉烟微袅，神案上还有签筒等物，于是大家入殿，当有庙祝来伺候一切。及至焚香拜罢，由那庙祝揭起龛幔时，这里王秀才不由一怔，因为龛中那位鲤仙的面容活脱便是自己梦中所见的那乌衣书生，不过这时是星冠羽衣，别有仙姿而已。当时王秀才正在暗暗称奇，当由庙祝命大家拜毕，向至壁下净几前由庙祝平了沙盘，安好乩机，又择一人，相与扶稳。那王秀才暂放下心头怆悢，正在大张两眼，想瞧鲤仙指示是何花名。只见乩机已自沙沙地徐动，俄而旋转如风，先现出一行字，是请王秀才谈话，

89

慌得王秀才连忙趋进，那乩盘中早现出许多狂草字迹，由庙祝口诵，大家记录下来，先叩谢送神毕，然后细瞧乩示，却得诗一首，其词为：

溪中遭网蒙仁德，篱下茁花报善心。
花号水仙繁岁岁，心田好处结仙根。

王秀才一见这诗，不由心下恍然，方知梦中所见的那乌衣书生便是鲤仙，想是偶然出游，遭厄入网，因感自己放生之惠，所以生这仙花，以报自己哩。当时王秀才向大家一说缘故，这异事哄传起来，大家便呼王秀才为水仙王，以至代代如此相呼，此是后话不提。

且说王秀才当时回到家下，因感仙佑，便越发广行善事，真是一年富似一年，别人垢得眼红，买了花去，千方百计地加意培植，还是一年便完，唯有王家那田中越生越旺，于是年年地舟车远载，行销四方，岁入金资，不可胜计。那王秀才直至年届九旬余，方才病殁，临终更无他语，唯以散财济众、广行善事谆嘱后人。

从此水仙王家世代有美人之目，直至王信的辈儿上，真是富甲闽中。那靠溪的一片大宅，好不气势，又兼王信豪侠疏财，广结交游，自上辈便多财善贾，南北各地的商号甚多，王信又扩充起来，本宅中是奴婢数百，骤马成群，远近宾客到来，便置酒高会，笙歌达旦。

王信有心爱的一奴一妾，奴名黑儿，原是闽南海边蜒户中的黑厮儿，生得猴儿一般，通身如墨，碧绿的两只眼睛，不但精通水性，狎波涛如平地，并且多力善射，慧黠矫健。妾名香女，玉貌如花，自不消说，并且身有异香，如佩芳阑，或微醉汗淫，其香愈烈，远闻百步。王信每当游行，这奴妾两人无不相从。王信虽业商，他的见解却非但逐十一之利，却是借行商各处，一来游玩山水，舒旷胸怀，二来是谨守祖训，随地遇机会便行善事，如输财助边，散粟岩饥先进事，不一而足。乃至名闻朝廷，温诏褒嘉，长安贵游，争欲识面，累次劝其出任，王信却笑谓所亲道："人岂守知足之诫，吾等承先业，既以富闻，岂可还慕显贵？但当用财，为天下助养元元，比之出任所得更多哩。"大家听了，无不佩服。

这一年，扬州地面来了个新刺史，名叫荀班，此人本是闽中寒士，当年向京国求官时，多蒙王信资助，又作书揄扬于长安公卿间。那荀班既任扬州，一来念王信之德，二来因重修蓄厘观将次落成，欲大会宾客宴赏之，寻思不可无重客以荣盛会，于是驰书招请王信。王信得书既游兴勃然，欲访琼花古迹，又因自己在扬州也有商号，就势去察看一番，岂不甚好？于是先回书应允，然后一面雇官船二只，一为自己的坐船，一载行李辎重，并商伙奴仆人等，一面选了随众十余人，便择吉起程，经由水程，取道而西，以便北上。

正是：

远道书来荀刺史，清游兴发水仙王。

欲知后事如何，且听下回分解。

第十回

解腰缠散金济众
开夜宴碎玉沉珠

按下当时王信携了黑奴、香女登舟，自有一番热闹。

且说王信一路上轻帆半饱，顺流而下，舟中无事，无非眺望风景，或命香女浅斟低唱一回。

行了数日，甚是安适，不料这日，将入江西边界，忽闻前途道梗，正在泊舟差人去打探之下，只见两岸远近间有许多的男男女女，都作队络绎而来，一色的鸠形鹄面，褴褛如丐，菜色可掬。也有扶老携幼的，也有挑担背筐的，里面是破烂家具、锅炉等物，无所不有；还有将小儿女们挑入担中的，大家虽是奔忙，看光景也没有什么投奔着落；有的哭天抹泪，有的四顾徘徊，还有坐地望天大哭的。顷刻间，大家都散向各村中，但是两岸上来者还是接踵而至。

王信诧异之下，亲自至岸上，去问他们时，方知前途道梗之故。原来前途有一股山贼窃袭，大肆劫掠，专烧抢富庶村镇，有三四县的地面都被其害。山贼散后，逃难的百姓们方才各返所居，收拾余烬。哪知祸不单行，又有一股山洪暴发，湮没这数县的人畜田庐无数。这时，山洪虽退，灾民无归，所以都流离道路哩。

当时王信听了，好不恻然，寻思自己所带的金资约有数万，本为的是随时济人，如今目睹如此惨状，焉能袖手呢？沉吟一会儿，便命开船，到前途县治城外停泊。只见那灾后的光景，好不萧条，是：

> 鸡犬声稀市不哗，炊烟淡瘦几人家。
> 当关榷吏垂头坐，安得税钱付酒家。

当时王信不暇浏览，即便命仆人跟随，转而入城，去晋谒县官。俗语说得好，是："树的影儿，人的名儿。"水仙王的大名，那县官是久仰的，又知他久有善人之目，虽未见面，早已略猜他必有什么善举，于是倒屣相迎，宾主晤面。谈次间，在县官之意，以为王信便是怜恤灾民，能出个一二万金，托官中赈济一番，也就很难得了。不料王信因灾区甚广，竟只留数千金自用，将其余的八万金都作赈灾之用。这一来，倒把县官闹得目瞪口呆，虽幸灾民有福，遇此善人，但是当此荒乱之时，他携此重资，泊舟城外，倘有疏虞，那还了得？于是一面代灾民额手称庆，一面坚请王信入城且住，一来保重，二来还有些赈灾的事体，彼此价便于商议。

王信笑道："令君不必如此，俺以善意待人，自不致招人恶意，俺少住几日便去，令君如有呼唤，俺便来听教就是。"

于是回向舟中，即命人辇金入城。这一来，王善人大赈灾民之声哄传远近，各区灾民都扶老携幼从四外接踵而来。登时将个县官儿忙作一团，便一面选公正士绅襄办善举，一面派人去分头购粟，又就城外四路上分设粥厂，那小小荒城外，登时人众如蚁，佛号如雷，好不热闹。王信见已就绪，又闻得前途道通，便想明日起程。

这日，日色稍西，入城去辞别县官，及至回头，刚行经一处粥厂外，只见厂门间却围拢了许多人，又闻里面有厂人们吵道："你这老师父，虽是吃不甚饱，也得快去，等明日再来吃。因为大口小口的粥，都有定量，不能增加，若大家都要多吃，俺们便没法办咧。"

王信听了，恰在前行两步，只听有人响亮亮地笑道："俺今天资卖得符儿钱，所以来此打搅，俗语云：'斋僧不饱，不如活埋。'俺没吃粥时，趁着饥火，还能行动，如今半饥半饱，困懒发作，哪里能行动？只好坐在此，等明日吃粥了。"

王信听了，正在好笑，早见围的人都笑道："他倒会撒赖，真成了老和尚不动坛咧。"说笑间，大家一散。

这里王信入去一瞧，却是个游方老衲，背负化缘袋，正在合掌价向那执事的厂人坐得四平八稳，地下还置着空粥碗，似乎是还要讨吃。虽敝衲芒鞋，颇有风尘之色，但是却神清气肃，着实有些精神。

王信本是世代行善的人家，又敬信佛门弟子，因见那老衲无理取闹，不由上前笑道："师父吃粥不饱，还不打紧，且随小可去，找补些晚饭何如？"

老衲听了，一抬头。那厂人早已急道："你不快去，你瞧都惊动厂主儿来咧。"

老衲也不理他，只望着王信的面色点点头。及至由王信领老衲趔上船，恰好日斜风定，澄波如练，一派晚景，甚是有趣。于是王信便命仆人等就船头设了纹毯，安了矮桌儿，主客两人对坐下来。那岸上人们见王信陪了个老和尚要用晚饭，正在都相与好笑，早有仆人从后舱行厨内将出一席晚膳，果然是富人便饭，不同寻常。

但见：

金波蜜醴趁兰饎，煎炙蒸炸热气浮。
酒肉淋漓饷老衲，开斋戒律却堪愁。

当时王信见仆人们端上自己的晚饭，都是肥浓荤品，这才想起是僧人不能用的，便忙问仆人道："你们好没眼色，如今师父在座，还不快换桌素斋来。"

仆人听了，正在唯唯，不料那老衲却大笑道："居士不必拘执，古德云：'酒肉穿肠过，佛在当中坐。'贫僧戒律，却不在口头上，但愿鹅生四掌，鳖着两裙，你有酒肉，只顾拿来，待老僧与他解脱畜生罪业何如？"说话间，更不待主人来让，便一手擎杯，一手举箸便吃。顷刻间，杯盘狼藉。

这里王信正诧这老衲好生爽快，老衲已抛箸摩腹道："贫僧饱德，无以为谢，但是俺看居士面色，颇现晦气。今微物相赠，请谨藏舟中，如前途或有险厄，便不足为害了。"说着，从负的袋中取出两道朱符，道："此名天女吉祥神符。"又笑道："贫僧也因这灾区来此卖符，但是却不遇贾主，如今看来，还是善人福厚哩。"

慢表老衲下船，向王信道声珍重，飘然自去。且说王信当时命人将两符分贴两船之上，以为是游方僧人的口头话儿，也没在意。

次日，匆匆开船，不消两日，却已舟入鄱阳湖口。那湖素以风浪险恶著闻，王信至此，又想起那老衲的话，自然不无勤劳心，于是吩咐舟人，只张半帆，慢慢行去。但看澄波如镜，微澜不生，两岸远山，迎送如画，更有跑大溜的船只，一个个饱帆呼风，满湖中就如野凫浴波一般，直至天晚泊舟的时分，却还是风平浪静。王信放下心来，携了香女，出舱眺望，那泊舟所在，好不野趣得紧，是：

靠岸村墟迤逦开，市桥遥接水萦回。
渔人趁市知何处，小艇如飞逐客来。

原来这泊船的所在，已是鄱阳湖的中路，地名黄芦墟。这村儿，便名坝墟，出得如黄鱼紫蛤，又有一种蓴菜，其味甚隽。这时，那市头墟桥边，正有些小贩船，望见官船停泊，早赶来两只，鱼蛤蓴菜，都鲜美非常。王信大悦，命人都买了些，送向厨下准备晚膳，又和香女徘徊一会儿，却已苍然暮色平压湖面，及至入得舱中，歇息一会儿，早又一轮大月映上船窗，但闻水禽啁啾并凉波响送。王

95

信忽想起赈灾之事不久就要完成，古人云："腰缠十万贯，骑鹤上扬州。"俺斥却金资，虽略减行色，但是有这场善举，也就不虚此行了。想至此，心下怡然。又见月色可爱，不由倾然兴发，便命左右就船头上满挂明灯，铺设锦茵绣垫，就金漆矮桌上摆列晚膳。

这时，初更敲过，月色大明，恰好如晚妆初罢。王信先命黑奴就船头上焚起一炉龙涎妙香，然后携了香女，出得舱来，但见好一门湖山月色，是：

蟾魄澄辉一派寒，湖波如练镜中涵。
洞庭夜月传佳景，对此空明景一般。

当时王信和香女对面落座，由侍女斟上酒来，王信一面饮，一面顾盼。但见灯月交辉，妙香徐袅，那香女的俏庞上就如起了一团珠光宝气一般，果然是良夜明月，美酒名花，王信大悦，恰在满斟一杯，醡向湖中，恰好由左右捧上鱼蛤尊羹。王信举箸一尝，端的别有风味。须臾，酒至半酣，已有二更天后，月到天中，分外明朗，倒影波心，便如银蛇乱掣之下，又来着晶球乱滚。那香女酒入玉肤，温香渐发。王信也有薄醉的光景，不由向香女笑道："久不闻卿击瓯清歌，今对此佳景，吾当吹笛以和之。且命黑奴作回天魔舞，倒也有趣。"

说话间，早有左右取到瓯笛。原来这击瓯乐曲，却是闽越间一种逸调俚歌，其法以竹箸乱敲瓷瓯，全在手法的疾徐抑扬间，一般的也会五音繁会，妙协律吕。至其歌曲，大概如巴渝的《竹枝词》一般，含思婉转，靡靡之音有淇濮之遗风，当时的诗人，颇有咏击瓯的篇什流传一时，这都不在话下。

且说王信、香女两人接笛瓯在手，这里黑奴也便略为扎扮伶俐，就一旁拓开舞场。先是香女竹箸轻捻，一手旋转那瓯，淅淅零零，叮叮当当，略试手法，接着便玉笛飞声，和音赴节，端的是芒亮玓铮，和着一片水声，响入云霄。这时，黑奴也就便一旁徐徐起舞。一时间，光影凌乱，矫捷如飞，真有惊鸿游龙之致，须臾舞罢曲终，月光越发亮如白昼。

王信大悦，恰在满浮大白，哈哈大笑。不好了！忽地由湖心飕飕飕刮起一阵扶摇风，一个浪头直卷起数丈高，小山似向下一落，左右雷鸣一般翻花急溜，箭也似便奔这里船头，并且水溜中现出白练似一条怪物，风头到处，其腥异常。这一来，舟人大惊，乱吵之下，那黑奴不暇他顾，赶忙先扶王信入舱，方掉转头来扶香女，说时迟，那时快，便见怪物仿佛就船头间影儿一晃，接着便闻香女失声惊呼。

那风头向回一卷，两船簸宕之间，但见满湖中好个光景，是：

月暗风鸣水涌波，栖禽惊噪树摇柯。

曲终舞罢佳人杳，风景煞来可奈何。

当时风回处，少时便息，仍是风平浪静，一天皓月。及至王信惊定，忙走出舱来，自寻香女时，哪里还有影儿？但见船头间遗下一只绣履，及至由黑奴说罢所见所闻的光景，王信不由望着那滔滔湖水，顿足大痛。虽不知那香女是惊惶中自家失足落水，或是被那怪物攫去，也只好先命黑奴泅水去寻寻，再做道理。明知如此水势，香魂难返，但是如能得其遗蜕，也可少释悲痛。

当时黑奴奉命，换了水衣，一个猛子扎入水去。好在他素通水性，颇能在水内换气睁眼，先就泊舟左近泅寻良久，又施展开蹚波分水的功夫，就略远处细寻一会儿，及至上得船来，业已天光大亮。王信见香女没得下落，不由越发伤感。当日便停舟不发，一面盛备祭筵，临水价哭祭了香女一场，一面出重赏，募善泅者，务要寻得香女的下落。话虽如此说，但是过了两日，仍是玉碎珠沉，杳无消息。

这一日，日西时分，王信闷闷地随便揣了些零钱上岸散步，一路迤逦，不觉行近那坝墟村头，却见晚市将散，那卖黄鱼紫蛤的儿童们一个个携了筐篮，歌呼嬉笑，趱向村中。王信见状，不由想起和香女那夜里在船头吃酒尝鲜、乐极生悲之事，而至今人已杳，便是寻得她的遗蜕，未免也是环佩共归月夜魂了。怅惘间，步入村坊，却见一片残阳斜照入萧疏闾巷，越觉增人闷闷，并且各家门首都贴了风调雨顺的黄纸斗方，门墙下插着一炷香，虽似乎是求雨的光景，但是墙上面却没有贴着五湖四海九江八河龙王爷的神位。王信见了，懒懒地正待回步，忽听道旁有人唤道："您这位客官，想是要吃茶吗？难得明日便是俺这一方香会的日期，俺因往来的香客多，所以今天便准备了许多的好茶点，您要吃茶，是雨前龙井、银针香片，一应俱全。点心是吹筒麻花、荷叶薄脆、五香干丝、椒盐蒸饼，您要用当口的，还有灌汤肉包、三鲜大面，再不然，来份笋豆茶蛋、八宝面粉，就别提多么好味道咧。如今趁着座位清静，您先来给俺发个利市，何如？"

王信听她数来宝似的数得有趣，不由望去。原来那道旁恰有处很野趣的茶坊，门首槐柳萧疏，衬着一架松篷儿，里面白木茶案，十分干净，一旁食点案上，果然堆些夹七杂八的食物。这时，恰好没得茶客，那案旁却有个面如春风的茶婆，笑嘻嘻向着自己招手哩。当时王信正无聊赖，便信步趱入篷内，拣茶座坐了，一面随意要些茶点吃着，一面随口道："妈妈，你这里的生意还好吗？"

茶婆笑道："托你的福，还罢了的。不过平日价小村中往来的客人不多，生意清淡，如今明日就是很热闹的香会，那四外来的香客，男男女女甚多，趁这当儿，我倒可以做点生意哩。"

王信道："你这里有甚香会，便很热闹呢？"

茶婆笑道："您没见咱村中家家户户都贴着风调雨顺，并插香吗？"

王信道："如此说来，想是向龙王爷求雨的香会了？"

茶婆笑道："怎么求雨？原来您不晓得，待俺告诉您，也去烧份香，不但求财得财，求子得子，就是心头有什么为难之事，向那神要祷告一番，也保管你逢凶化吉，遇难成祥，真是灵应非常。不过大家因那神道虽然灵应，作福一方，却有个粗暴性儿，有时不高兴，便会刮起怪风，下起暴雨，不但满湖中船只都翻，便连湖岸四外百余里远近的地面，也都拔木倒屋，田地都毁。因此每逢那神道香会之期，大家都贴了风调雨顺字样。至于那神道，说来却甚是异样，不但灵应，并且是两口儿，女神名为白后圣母，男神名为乌大王，据说着当初一日，他两口儿曾附神巫，传言于当地人众，说是奉了玉皇爷的敕旨，来坐镇此方，理应享受香烟血食，并且玉帝命他们不得长年同居，须各镇一山，是白后圣母应居矶山，乌大王应居龙潭山，两山便在这村前面的左右湖岸，都下临湖水，相距约有十余里之遥，玉帝却命他两口儿每年一度相会，便如牛郎织女的故事。当时神巫虽将神言传出，但是那时当地人众一来不肯就信，二来两山上如修建神祠，也是浩大工程，这笔巨款一时难于凑集，于是便纷纷议论之下，将神言因循搁起。哪知没过得几日，那神巫又传神言，即命克日兴工，以安神位，不然将有灵示警。大家听了，虽是心下惴惴，但因众议不同，巨款不凑手，未免又搁起些日。这一来不打紧，那时正当秋收农忙，稼禾大熟，忽地狂风大作，洪雨如注，加以冰雹，不消顷刻，满湖船只都翻，自不消说。并且将百余里外的待刈稼禾毁个一干二净，那室庐人畜更毁掉无数。从此大家这才不敢不信，便如神言，克日在两山上修建神祠，石矶山是白后圣母之宫，龙潭山便是乌大王庙，不但当地人历年价春秋两祭，事奉甚虔，便是来往的客船也都去烧香上供，求个水程上的平安。平日春秋两祭，香火虽盛，还不足为奇，唯有他两口儿相会那日，名为圣交节，那香会之盛、祭品之礼，就不用提咧。明日恰是圣交节的香会日期，您不妨也去烧份香，瞧个大热闹呢？"

王信听了，不由心中一动。

正是：

　　排闷闲谈闻异事，衷怀有触祈神庥。

欲知后事如何，且听下回分解。

第十一回

水仙王夜探圣母宫
石矶山胶舟旋涡溜

当时王信听茶婆说罢，不由心中一动，暗忖道："什么神道，便如此灵异？如今香女堕湖，正是那两位神道所管的地面，俺明日且去烧香祈愿，那神道如果有灵，俺或能寻得香女的遗蜕，稍慰伤感，也未可知哩。"

当时王信寻思得当，便一面向茶婆一问明日香会的所在，却是在石矶山圣母宫中，一面又啜了两杯茶，即便付了茶钱，慢步回船。一宿晚景休提。

次日早晨，便向黑奴等一说自己要去烧香祈祷之意，一面命将船开向石矶山左近，寻处停泊，一面命左右准备了祭品高香，即便打鼓开帆，向石矶山驶去。一路上，但见湖面上有许多的男女香客，都乘了快拨船去进香，船桅上还挂着小黄旗，上面写"朝山进香，带福家回"的字样，望去湖面上恍如一片黄云乱飐。

不多时，将近那石矶山二里余之遥，由船人们寻好停泊的所在，抛锚下碇。一切都毕，大家用过饭之后，已自约有巳分时光。这时，早有些待雇的快拨船望见有官船停泊，晓得是进香的阔客，便都如飞撑来。原来这石矶山根，一半儿插入湖中，石水吞吐，山道曲折，必须用当地人这种快拨船方能直抵山下，取路登山哩。

当时由黑奴雇了拨船，靠了官船，先将祭品高香等用提篮装上拨船，然后扶了王信，同登那船，一路曲折，撑向山根。不多时，已将近那登山的盘道，王信一面徙倚船头，见那山根间水石相搏，旋窝儿飞鼍，其声砰訇洞心。一面仰望那盘道时，端的好个光景，是：

> 苍莽山形如虎踞，萦纡磴道赛蛇盘。
>
> 游人香客浑如蚁，佛号钟声上下间。

这时那山根间不但泊了许多的载客拨船，并且磴道间的游人香客已是蚁儿相似，亏得那磴道宽平，大家还不甚拥挤。当时王信整整衣冠，黑奴携了提篮，主仆二人一面命船夫在此伺候回头，一面随众趸登盘道。但见行经之处，竹树交荫，泉石咽响，好鸟送音，野花吐艳。

那盘道约行里余，每值宽敞或转折的要路间，便有卖香茶的小棚儿，以供客人歇息。不多时，峰回路转，磴道将尽，约趸过数里，似乎已是山腰的中路，忽然地势豁然，道两旁松柏甚茂，早坐北朝南下临湖面价，现出那白后圣母之宫。端的是碧瓦红墙，十分庄严，但见居中山门，并两旁的便门间，游人香客，纷纷然出入不绝。遥望里面，但见灯彩辉煌，香烟缭绕，磬声悠扬，只顾不绝。

这时，王信有事在怀，也不暇细瞧一切，及至随众客挨挨挤挤，和黑奴趸入山门，一眼便望见居中甬路上一座数尺高的鼎式炼香炉，里面堆燃香烬，焰腾腾热气逼人。那殿前的白石月台上，是彩栏四围，左右价各置长案，上面摆列着诸般祭品，十分丰盛；除还有两把扎彩的交椅，上面是绣花云锦的垫披，颇为辉煌；椅旁设有茶几坐凳，有四五个衣冠修洁、似乎是会首模样的人坐在那里，方在品茶闲谈。

当时王信见状，也没理会，本想就入大殿去焚香祈祷，无奈这时大殿内的香客游人等男女纷纷，已是拥挤不堪，又搭着新来的许多人们也是乱哄哄地都奔大殿。王信没奈何，只好和黑奴闪向厢廊间，暂为等候。直候至堪堪的日色挫西，殿内人们方见稍稀。

王信正想入殿去叩拜圣母，忽闻山门外鼓乐声动，接着便吹角摇铃，乱成一片。这一来，殿内人都纷纷跑下月台，趋就两厢廊翘首外望。连那几个会首也肃然站起之间，便见先趱进一班乌巾皂靴、花袍丝绦的乐工，各执凤箫象管龙笛鼍鼓，奏起一套《鸾凤和鸣》之曲，绕行那焰腾腾的香炉一匝，然后分队，就两旁一站。一片仙音正在缥缈入云，便闻尖厉厉一声长啸，登时由外面联臂价跳进两个男女巫觋，一色的裸体披发，头籍花圈，只腰胯间围一方彩布，通身彩画着雷鼓流云，并插有飞蛇、喷火猛兽等花纹。下面是垂着金环，赤起双足，上面是肩披彩带，拖长丈余。男的持一只颅骨画角，女的握一双撼山摇铃。这时，早有会上的执事人向那铁香炉内抛入许多的檀木高香，又有人掇了一大盆白酒倾入，但见轰的一声，那带绿焰的火苗儿直腾起丈把高，照得人面目皆青。

王信因人多蔽目，正就廊间高处跷足而望，便见那男女巫觋已自环绕那炉，一面口中喃喃然，似歌似祝，一面婆娑起舞起来，加以一片仙乐，趁音赴节，正闹得满院中人都呆望。但觉灵风飘拂，就似真有什么神道往来之间，便见那男女跳舞的光景，又自不同。是：

联臂趋风闹满场，冲烟跳火带飞扬。
撼铃画角相和处，肃肃灵风起殿旁。

当时男女巫觋越跳越凶，有时超越香炉，就从火苗中盘旋腾踔，直闹过良久，方由那队乐工引了那男女巫觋，一路价吹吹打打，复出山门。这时，大殿中却越发清静，因为那些香客游人已自都挤到厢廊间看那巫觋跳场乐神，这时，虽是巫觋已去，大家却还谁也不动，仍在那里都各外望，似乎是还等看什么热闹的光景。

当时王信都不管他，因见天色将晚，便和黑奴趸入大殿，一面焚香摆祭，行礼如仪毕，又默祷了会儿心头之事，一面仰瞻那位白后圣母的金容，却也没什么异样处，不过黄绫幔的神龛中，端坐着一位金妆玉裹、云仪月态的娘娘而已。倒是两旁侍女官等都塑得明盔亮甲，玉佩明珰，奕奕如生，并那殿壁上的彩画青红，颇为可观。

当时王信和黑奴一面游览，一面正想由神龛后趸向殿后瞧瞧，忽闻山门外又复鼓乐声动，接着又闻会中执事人传呼肃静，又来着山门外爆竹砰訇，乱过一阵。王信、黑奴赶忙出殿，仍就厢廊下觇时，只见那月台上的几个会首已自都趋下月台，向着山门外肃然拱立，若有接迎。那台上的执事人也都忙乱着收拾祭品等物，顷刻都净，只剩那两把扎彩的交椅。

王信见状，正在不解其故，便见先时所见的那班乐人并男女巫觋，又复吹吹打打，摇铃吹角，从外面趸入山门。但见其中却多了一群花花绿绿的人众，是当头四个庄汉，也都新衣新帽，十字披红，四人并行着，是每二人各舁定一乘山兜儿似姝彩舆，上面却坐定两个十三四岁的童男童女，都一色地敷粉簪花，彩衣绣裤，并且头上还插一面寸余来大的小黄旗儿，坐在舆中，纹丝不动，乍望去，便如木偶人儿一般。

王信诧异之下，再仔细一瞧，不由暗道奇怪。原来那童男女却都被彩缎缚了手足，虽是装束得十分华美，但是却都愁眉泪眼，面无人色，剽栗之状可拘，并且两舆后面都跟定三四个村人，虽也一色的衣冠齐整，披红挂彩，只是面容惨白，比那童男女剽栗之状也差不多。这一来，张得王信正在越发诧异之下，又是见自己身旁挤着一位老者，方在攒眉微叹的当儿，便见这班人众就月台下分左右站定，却由那男女巫觋从彩舆上分抱了童男女，径登月台，就那两把交椅上东西对面价安置停当。这时，台上祭品等物都撤净，却放出一片青宕宕的场儿，就这台下的音乐大作之间，那男女巫觋早又各自就腰间掖起铃角，竟是四手相持，合舞起来。这场跳舞却与先时光景不同，是：

> 风光旖旎又缠绵，联臂挨胸复靠肩。
> 婉转之余更颠倒，诸般丑态现当前。

当时巫觋男女彼此地忽离忽合，一面流目送盼，若拒若迎，一面搂搂抱抱，摩摩蹭蹭，既已浪舞得丑态百出，偏那乐声也便靡靡往复。须臾舞罢乐止，王信因人多拥挤，正要命黑奴在前开路，以便出庙，忽见台上有执事人高喝净宫。这一声不打紧，但见那几个会首同了巫觋乐人等，先自匆匆趱出山门，随后游人香客等便忽地一声，潮水似向外一拥，并且都形色仓皇，唯恐落后。

王信见状，也正待和黑奴忙忙拔步，那身旁的老者却笑道："你老兄不必忙，如今虽是净宫，距夜里子时还早，咱和他们乱挤去怎的？"说话间，那山门间的人众也便稍稀。

及至王信等和那老者随后趱出，便闻里面撞钟搏鼓闹过一阵。王信一面走，一面四顾瞧时，却见执事人等和看庙的老道也匆匆趱出山门，唯剩静宕宕一座圣母宫，和两个童男女而已。这一来，直将王信诧异得没入脚处。因见那老者说话和气，又恰同行到一处茶棚跟前，因邀他入去，要了一份茶点，一面歇坐，一面彼此地客气了两句话。王信不由问他道："你老人家那会子说如今虽是净宫，距夜里子时还早，是怎么个说法呢？并且既是净宫，怎又缚了两个童男女置在里面呢？"

老者笑道："原来你老兄不是当地人，竟不知这些离奇事体，好在俺也不是当地人，前两年才流寓到此，还颇知此间怪风俗，咱们倒不妨谈谈。若向他们当地人讲说他们最信服的白后圣母和乌大王，那还了得？"

说着，便叹息之下，又面含微笑，离离奇奇，说出几句话来。

那王信不听时还倒罢了，听了时，不觉将自己来祈祷的一片心

105

事抛在脑后，却登时触动了好善尚义的性儿，要趁夜里来觇探一切，以便救那无辜的童男童女。

看官，你道怎的？原来每年价这圣交香会上，当地人们不但须靡费许多的金资物力备办香会并祭品等等，还须由那巫觋就各村中选出一双童男女来充祭品。据那巫觋说，这日里到夜间子时，那圣母和乌大王的神灵便双双地到宫中相会，所以入夜后，便净宫，不许有人在内触犯神灵。那童男女形式上虽说是充作祭品，其实都是有善因缘法的人，合该跟着圣母、乌大王去成神，所以次晨，那会首们和各村父长并童男女的家属人等，到宫中去谢神时，那童男女便踪迹不见，至于他们是否去成神，或丢掉性命，却也无从晓得哩。

按下那老者说罢，叹息着连称离奇，谢扰自去。

且说王信因触动了好善尚义的性儿，不由一面吃茶，一面怙惙道："据老者所说的话，那圣母、乌大王大概不是正气神道，说不定还许是什么妖物邪祟，所以附巫觋传言，蛊惑这一方愚民，索人的香火血食供养还不算，并索生人充祭。此等妖神罪不容诛，俺倒要去觇觇光景，给此方人民除害才是。"

沉吟间，付过茶钱，和黑奴下得山来，仍乘那拨船回到官船，一面命那拨船在此伺候，一面向黑奴一说自己之意。及至晚饭毕，已自初更时分，王信虽没得什么高强的武艺，但是因好客之故，家居时，门下也颇有武功朋友往来，所以王信兴之所至，也学得些踢跳，又有家藏的苗刀一口，端的是削铁如泥，吹毛可断。于是歇息半晌，约莫又交二鼓，便和黑奴如自结束伶俐。王信佩了苗刀，黑奴因颇善射，便佩刀之外，又挟了弓箭，主仆二人上得拨船，便奔石矶山脚而来。

当晚虽没得大月色，却天气清朗，繁星照野，路径都约略可辨。须臾，到得那山脚下，王信望那盘道间的夜景儿，却又是一番光景，是：

草树微茫藏夜气，磴级隐现映繁星。

山风吁喁传幽籁，峭壁浓阴一派青。

当时王信主仆正待下船去取路登山，不料那船夫一面忙忙停船，一面毛眎眎地道："人家都说这夜里冲犯了神道，不死也得脱层皮。你二位最好是不必上山，如必要去的话，俺却不能在此等候，俟明早俺再来接你们好了。"

按下船夫说罢，见王信等下船后，即便忙忙而去。

且说王信由黑奴扶掖了，仍由那白日所由之路逶巡登山，一路盘旋间，但闻禽噪弥林，虫鸣暗草。下望湖中，倒见山光洸漾，一片虚白，上下间波的流声、树林内外的风声，渢渢萧骚。夜静之下，却越发其声远闻。须臾，将到那圣母宫前，忽觉眼一亮。原来这时，不但山门前的悬灯都点得一片通明，并且山门大开，里面大殿上的灯烛并月台甬道间的悬灯矗灯都点得一条烛弄似的，直射出来。当时两人步出山门，但见好个幽寂而神秘的所在，是：

灯彩迷离境寂寥，殿深台静望中遥。

神居魔窟浑难测，唯见繁星照夜高。

这时那大殿上早已窗槅都卸去，一片明敞，连香火神案都已移在东壁下，上面的供品却与白日所设又自不同，是一具可案的长木盘，摆着九颗面塑的人头，都彩画得面目狰狞可怕。那西壁下，却设着一具鬼脸青的大酒瓮，足有一人来高，醺醺酒气，只顾四溢。

再瞧那神龛前设神案的空地上，却设起一座很宽大而华丽的云床，上面是锦帐深垂，金钩高挂，满殿中亮如白昼，悄无人声，唯见龛内的圣母金容，似含微笑，加以众侍从之身影憧憧，或若趋跄，或若相顾语，既已觉得满殿神秘，阴气可怖。偏那月台上彩椅间的童男童女这时价垂头闭目坐在那里，已是声息都无，也不知吓得是生是死。

当时王信见状，一面寻觅伏身之地，一面约略着已将交三鼓时分，刚行至月台下，却见东厢下距月台旁不远有一老大的石碑，碑后正好伏身，那黑奴却也望见那山门西偏钟楼旁有株老大的细丝柏树，主仆方各就所寻之处伏身停当，忽闻山下湖面上飕飕飕刮起夜风，接着便闻水声大震，隆隆訇訇，便如春潮忽发、疾风暴雨一般。刹那间，那风头似也扑上山来，但闻草木经风，萧萧不已。

这里王信觉得有异，方拔刀在手，一面又遥呼黑奴留神的当儿，那风头早已捎挟尘沙并腥气扑入山门，就满院中悬灯都摇、檐铃乱响之间，王信便先从碑后张向山门间，不觉暗暗称奇。原来那风过后，山门外竟飞空价现出一条白气并一条黑气，虽只粗如船缆，长十丈余，却光亮无比，白如新缲之丝，黑如初研之墨。这一来，张得王信不知是何物来，正在提刀逡巡，没做理会处，那两条怪气却已厮赶着飞上月台，倏地就台上前后追逐，左右盘旋。但见满台上白黑亮光，条条缕缕，闪闪烁烁，有时并驾齐驱，有时衔尾矢矫，纵横飞舞，其疾如电。

这时，腥气越发觉得中人欲呕。王信至此，只好姑且一手掩鼻，便见那两气忽地纠缠作一团，或如乱掣彩带，或如乱滚花球。少时，竟飞入殿内，直撞入那锦帐中，一时间，灵风飒然，灯光都绿荧荧的下缩如豆。王信虽料这白、黑怪气断非神道，定是什么妖邪等物，但因要睹其究竟，也便提刀且自注目。哪知还没转眼间，那怪气还自纠缠着破帐飞出，接着便灯光大亮。王信正在眼光略眨，那怪气早又倏地从那东壁下长盘间一掠，便一径地投入那西壁下的酒瓮。更奇怪的是，那酒立时上涌，势如飞泉，登时喷洒满殿，却一些酒气也无，竟似乎酒的精华被怪气吸尽一般。

王信至此，虽是越发诧异，但因惦念那童男女，正要回眸去瞧，便闻瓮内骍然一声，这怪气便如二龙出水般突地飞出，不容分说，径自分形价直扑向那童男女。于是王信大怒，更不暇呼唤黑奴，

108

一个箭步，从碑后跃上月台，方向靠东的白气一刀砍去，恰好黑奴也便大呼之下，弓开箭发，但见靠西的黑气中一声怪啸之下，倏地灭迹，却有一物坠落台下。这里那白气也便破空飞去，却洒下鲜血数点。这一来不打紧，但闻满湖中波翻浪涌，狂风大作，半晌方定。

王信不暇理会，先将刀归鞘，和黑奴去瞧那童男女，端的好个可怜的光景，是：

> 呼吸犹存余一息，神魂未复闭双眸。
>
> 面无血色身僵挺，好似回生刀下囚。

当时王信主仆不敢怠慢，便一面与他们解了束缚，一面拍唤醒来，又与他们按摩良久，两人方才神志稍复，血脉周流，哇的声哭出。问起他们来，却都是当地左近村中的男女，被那巫觋指定，来当牺牲的，于是王信、黑奴各扶一人入殿去，命他们就地卧睡，以复精神，又到台下捡起那黑气中所落下之物一瞧，王信不由又惊又怒，方知这白黑怪气定是什么精怪妖邪。原来那落下之物却是一片其坚如铁的怪鳞，腥臭异常哩。

当时王信一面和黑奴且就月台上歇坐，一面不由暗忖道："俺本想祷于神道，求得香女的遗蜕，不想神道宫中反有如此的精怪妖邪，遗蜕虽不可得，俺却无意中救了两人性命，倒也罢了。但是俺的行程也不可只顾耽搁，明晨不如早早开船启程为是。"

怙惚间，略一盹息，早已天光渐亮，忙和黑奴匆匆地取路下山。恰好那拨船也便划到，于是回到自己的坐船，即便启程。

这里办香会的首事人等次日早饭后，同了巫觋到得圣母宫，一瞧童男女居然还在，大家自有一番大惊小怪，虽是首事人等又见了那血迹和怪鳞，又问知童男女被人解放的光景，大家未免越发惊怪。但是那巫觋等却会说是偶有精怪妖邪，却被神道显灵驱走哩。

109

正是：

　　仗义救人虽好善，行舟被困却逢凶。

欲知后事如何，且听下回分解。

第十二回

运玄功龙气周行
炼罢剑日华补益

按下众会首人等听了巫觋的鬼话，越发将圣母、乌大王崇敬有加。

且说王信开船后，便按水程，由石矶山的偏北向扬帆行去。约莫趱过数里，但见湖面愈阔，弥望价烟波浩渺，遥望前路湖岸之西，和石矶山扔摇对峙价却现出一座大山，便是那乌大王所居的龙潭山。那山虽峭拔不及石矶，却苍莽迤逦，山脚半插湖中，很有气势。这时，王信闷坐舱中，倚窗闲眺，由黑奴烹进香茗，王信不啜那茗还倒对此湖光山色心下略畅，及至啜过一杯，不由心下伤感，只觉眼前风景无非是动人悲思。

原来那香女慧黠柔婉，不但吹弹歌舞悉中人意，并且服侍王信，事事熨帖，即如平日价王信啜茗，都是她亲手去烹，火候水味好不妙绝。如今黑奴的老粗手胡乱地烹将来，自然令王信触景生情，有玉人何处同出不同归之感了。当时一面凄恻，一面见那湖波如镜，恰在置下杯子，慨然一叹。不好了！忽地自舟前卷起一阵狂风，便如一蠹高塔般，吸着湖水，扶摇直上。舟上舵师并篙师等方喊得声不好，其余水手们还来不及去落那饱帆之间，说时迟，那时快，便见那被风卷起的水倒翻天似的向下一落，其声如雷，顷刻间，四面价湖水一开，就那王信的两舟前现出个大可数亩、又深又黑的旋涡，吸得两舟恍如漂然一叶，唰的一声，已陷入旋涡。当时两舟这一阵随涡乱转，好不骇人，端的怎生光景？

但见：

四周湖水如壁立，一眼旋涡似井深。

帆破樯斜舫欲侧，与波上下任浮沉。

当时王信吃这一惊，早已跌晕在舱，恍惚中，便如千军万马互相蹴踏一般。也不知经过若干时，忽觉耳边黑奴呼唤，及至醒来，定神良久，忙和黑奴到船面上瞧时，不由且喜且惊，喜的是经此狂风险涡，两舟居然无恙，不但人众无损，并且船身亦无损毁；惊的是船四外但见白蒙蒙有如晨雾，并且由那雾气中现出一团灰白色，似乎是团城般的物儿，说是水气又不甚似，并且略具蜿蜒蠕动之势。但闻那围外波乱浪滚，声如鼎沸，哪里还望得见什么水程路线？当时两舟上的人们彼此地惊叫一会儿，通没做理会处，还亏得王信略为定神之下，即便吩咐开船，想冲出那围外，再寻觅路线。舟人们听了，赶忙揿舵下篙。哪知白费气力，那两舟便如搁浅在那里，休想移动分毫。其实那围中的水并非是浅，还在汹涌如故。这一来，大家不由得越发惊叫。王信至此，正在越发吃惊，不好了！便见那灰白围城忽地徐徐只顾向两舟箍来，围圈越缩越小，倒激得舟四外之水只顾上涨，堪堪就没船舷。王信见状，正又惊得目瞪口呆，忽闻两舟上骤然有声，恍如裂帛，同时由中舱内射出两道瑞彩缤纷的金光，不但奇亮射目，并且光晕四闪，便如万支金针同时撒出，一径地直奔那灰白色围城。大家大诧之下，正都一齐怔住，便见那围城被金光所逼，即便倏地外拓开去。及至金光徐徐收敛，这里王信却望得分明，不由一面合掌向空，只顾念起佛来，一面暗幸得遇异人，相赠神符，怪不得他说自己面现晦气，当有险厄。

看官，你道如何？原来那两道瑞彩金光便是由那老衲赠王信的天女吉祥神符上所射出哩。从此，两舟人众被困多日，幸得舟中粮糗颇多，尚可支持，不过那围城因有神符护舟，不能折逼罢了。

插叙既明，书接上文。

且说当时王超听飞飞等说罢他本师命救王信出险的一切情节，不由暗暗称奇之下，忙问道："据此说来，咱所见的那水气围城，准是什么水怪，你们想知是什么物儿了？"

燕燕道："这个连俺们也不晓得，因为师父传命，没说出是什么物儿，只叫俺们用煎炙燕鸠的香气引出那物儿，便用剑气斩之，并命俺斩石矶山之怪，飞弟去斩龙潭山之怪，同时动手，不可怠慢。你且去购办明日应用的诸物，俺们临阵磨枪，也要准备准备了。"

飞飞笑道："燕姊的枪快，不需要磨，倒是俺的枪不甚快，须着实地磨，免得临阵瞎抓哩。"

按下飞、燕两人一面说笑，一面且自歇坐。

且说王超当时取了些钱钞，慢步出店。这时初更才敲，街坊上夜市正开，但见灯火辉煌，喧哗叫卖，倒也十分热闹。那茶馆酒肆还有客人出入，王超不暇细瞧，须臾行抵那街的尽头处，便是老大的一片市场。

但见：

界划区分百货陈，行情市语闹纷纭。
灯台明亮围长路，夜市争来买办人。

当时王超一路溜瞅，趄过半段市场，正怙惙这燕鸠罕物，或者不易寻，忽闻一股油脂脂的香气直扑鼻。王超循香望时，不由大悦，原来距身旁不远，却有个卖炸货肴物的酒摊儿，正有些短衣顾客，似乎是小贩水手等模样的人在那里一面围坐吃喝，一面谈笑。慌得个穿围裙的老板娘只顾就食案上流水似的给他们取酒取肴。细瞧那肴，却都是些炸面筋、炸粉花、炸麻花、炸油条、炸薄脆、炸枣糕、汤圆等的素食，那高灶的油锅中，油沸正欢，香气发越，里面正炸着黄澄澄、香腾腾、翻上翻下、又焦又脆的大片鸡蛋饼儿，并且靠灶的棚壁上，居然挂着两串没燖毛的燕鸠，约有十来只。

这时，那老板娘正端了新出锅的蛋饼向食桌上安置，恰好王超一步趄入。王超见那妇人年约三旬上下，生得白白净净，喜眉笑眼，髻蒙青帕，腰束围裙，撒脚裤管下踹一双尖翅翅三寸有余、四寸不足的平底扎花绿牙锁口的小鞋，颇有几分姿色。逡巡间，还未及开口，便见一个胖客人向一个瘦子客人一挤眼儿，微嗽一声，那瘦子便笑嘻嘻向妇人一招手，接着回手就鼻头上尽力地一嗅，然后唤道："喂，阿嫂，快过来，听我吩咐。俺没钱，吃不起鸡蛋饼，劳您贵手把给我两个汤圆、一根油条好了。"

妇人听了，恰待伸手去取，那胖子却拍手大笑道："我的妈，你上了他的当，他因赌输得精光才来抄你的白食，还寻你开心，你想单单的两个汤圆、一根油条，你妇道人家把起来，什么模样？他因闻不着你的油头，瞧不清你的花鞋，所以先招手，抓个香瓜儿，又叫你过来，总之你是耍骨头抓俏皮，不必理那小子，还是俺规规矩矩，也有钱吃得起鸡蛋饼，那么，你给我热热地来两片儿好了。"

众客人听了，又见那胖子一面说，一面做鬼脸的神气，正在哈哈地笑，那妇人却望望王超，然后回头笑骂道："我不看人家这位老客面上，先给你们一顿肥耳光再说。你瞧人家站在这里，低了头，连话都不说，哪像你们两个现世报只顾满嘴喷粪？"

众客听了，正在发笑，那胖子又自言自语地道："你穿了好体面的大花鞋，自然招得人家不肯抬头，不愿说话了。"

一句话招得众客正又在哄然都笑，王超忙笑道："主人家且慢逗嘴打趣，俺到此并非吃酒，你挂的那两串雀儿，想是卖的了，价钱凭你，快说来，俺买去好了。"

这妇人笑道："原来你这老客也是个油嘴子会说笑话，那两串雀儿虽是人家买卖的，但是俗语说得好：'货不当时，一钱不值。'因为燕鸽鸠莘之内的物儿，如今因鄱阳湖中出了水怪，现出围城似的水气，困住两只客船，弄得满湖中兴风作浪，来往的船只都没法行走。因此当地人们和客商们，大家齐合了斋戒三日，每日早晨赍了高香祭品，都向石矶山并龙潭山焚香祈祷，祈白衣娘娘、乌大王大显威灵，捉降水怪。这三两日间正是斋期，大家都忌荤，所以这两串雀儿没人来买。您的口音是远方人，想是待渡湖的客人了？如今要开荤买这雀儿，岂不是说笑话吗？"

那胖子听了，正又望着那妇人挤眉弄眼，王超忙道："俺买去，并非开荤就吃，是熏腊了，俟过得斋期再用哩。"

慢表那妇人说了价钱，当即收钱交货，且说王超拎了燕鸠，又就市场间购了一只提篮，买齐了油、醋、椒、盐并小锅、小铲等物，又买了两瓶白酒并熟食肴肉之类，都装入提篮，这才一径慢步回店。刚一步趑进客室，只见室门虚掩，窗纸上灯光暗淡，里面又静悄悄的。王超以为是燕、飞两人已自安歇，一面将提篮且置檐下，一面慢推室门，向内瞧时，只见燕燕、飞飞各据己榻，端的好个运用玄功的光景。是：

气运周身正九回，息匀神定似泥胎。

伐毛洗髓微功候，会见纯青剑气来。

原来这时，室内案上的灯烛已自结了个紫巍巍的大花儿，燕、飞两人正在运起九转回龙的运气静功，乍看去，就像呼吸都停，肃如石像。若说王超，虽也颇知趺坐的静功，但是却还不曾见过这样的九回回龙剑气合一的大玄功，正在见两人虽是肃如石像，却面目上的气色华泽异常，尤其是天庭和鼻端隐现黄色，就似有宝光腾起一般。当时王超见状，不由一面逡巡，一面怙惬道："那会子，他们说临阵磨枪，又说明日将用剑气除怪，不消说，这会子用起气功，

115

便是明日的准备，虽是他们面目上都精神饱满，气色有异，但是却还不曾见剑气在哪里，想必是明日临用时才出现，亦未可知哩。"

王超想至此，恰待轻步掩入去暂且歇坐，忽见眼前奇光一闪，明亮无比，登时觉室内簇起一片冷森森、白晔晔的寒光。慌得王超忙望燕、飞两人，不由大悦之下，便知是两人的剑气已自出现了。

看官，你道怎的？原来这时燕燕、飞飞都自鼻孔中徐徐地垂下一道白气，初如电闪，继如蛇之吐芯，倏伸倏缩，末后，才倏地直垂，如一条玉箸般凝然不动，虽是细裁如箸，却寒光射目，令人起栗。那燕燕的白气长约尺余，飞飞的白气却长约八九寸的光景，两人就似一面聚精会神、一面互相赌赛一般，刹那间，各人的白气已自从鼻孔中三伸三缩，飞飞似稍为吃力并迟钝，那燕燕却从容迅捷，似乎是游刃有余，毫不吃力。张得王超欣羡之下，恰待还想看剑气出现，便见两人忽地相视一笑，即便各自下榻，燕燕便去挑亮那灯，飞飞却笑道："燕姊，还是你的剑气精纯，俺就相差得多，且待俺明晨再用些功夫，如临事再不济事的话，你千万助俺一臂之力才好。"

燕燕笑道："你不要还没见着怪物先慌得什么似的，师父既命你斩那龙潭山的怪物，想来你的剑气是够用的。咱们打坐了这一大会子，怎的老舅还没回头，莫非买不到燕鸠，他倒在街坊上吃醉了吗？"

王超听了，大笑道："俺倒没吃醉，却看你们的剑气看呆了，如今你们且安歇养神，且待俺焐剥这燕鸠，以备应用好了。"说话间，取了提篮，推门踅入。

燕燕一眼望见那提篮中除燕鸠外，还有酒瓶并肴肉等物，便笑道："老舅还说没吃酒，这不是吃剩的肴酒吗？"

王超笑道："你不晓得，明天你们去斩怪，俺跟去当厨司，既对此湖山风景，又瞧你们由鼻孔出剑斩怪的大热闹，岂可不吃酒助兴？那时俺醉倒，仗酒气熏软怪物，也算助你们一臂之功哩。"

燕燕听了，正在一笑，飞飞便道："老舅别说利巴话，俺们的剑

116

气是随心运用，是官骸中都可放出，岂必定由鼻孔？如果你老人家醺醺醉倒，酒气冲天，只怕熏不软怪物，倒把俺们的鼻孔熏塞了，放不出剑气哩。"

按下大家说笑之下，燕、飞两人见王超买到应用诸物，放下心来，即便各自安歇。

且说王超将那两串燕鸠提到店灶下，一面㸑剥，一面不由寻思道："明日俺跟他们去斩除怪物，虽有一把佩刀防身，却还少些暗器可以打远。那怪物既伏在靠湖的两山中，大概不是山精便是水怪，他倘冷不防地蹿出，俺先给他一暗器，岂不有趣？可惜俺当年所用的五只纯钢联珠镖，久已丢掉，这时夜市没散，待俺向铁器作坊中寻之，便是寻常铁镖，也可以将就应用哩。"

怙惚间，㸑剥停当，提向室内。只见燕、飞都已沉睡，王超也不惊动他们，取了钱钞，又复趱向街坊。因那铁镖是冷货，连问了两处铁器作坊，却俱没得，后来还是那作坊老板向王超道："俺这里旧货铺或有收买的旧镖，也未可知，不过他们是收冷货，单等卖缺儿，价儿贵些罢了。"

王超听了，如言寻去，果然寻到三支梭子式的旧镖，虽然光泽暗淡，却还锋芒耿然，掂了掂分两轻重，甚是合手，并且还有熟皮镖囊，便于佩带。及至王超买毕回店，业已二更天后，一宿晚景休提。

且说王超次日也老早爬起，结束停当，先将应用诸物都归入那只提篮，也不暇去瞧燕、飞两人，便取了一盆净水，自就院中厢房的石阶只顾淬砺那镖，须臾积锈都去，竟是三支明亮的好利镖。王超得意之下，反复掂弄，正待将镖入囊去瞧燕、飞，忽闻燕燕在后面笑道："那飞飞只顾临阵磨枪，老早爬起便去忙不迭，怎的老舅偌大年纪，也成了无事忙在这里磨这劳什子做甚？"

王超听了，回头望时，但见燕燕业已结束得伶伶俐俐，是：

短衣窄裤衬腰身，矮髻低垂笼鬓云。

带系香罗潇洒甚，鸦头利屣蹑来新。

当时王超见燕燕已自结束伶俐，便料是要起行了，因笑道："燕姑，你不晓得，俺因跟你们去，只有把佩刀，没得暗器用，所以昨夜里俺又巴巴地买得这镖。如今诸般停当，你快去寻你飞弟来，咱就快去吧。"

燕燕笑道："依我说，老舅只带那佩刀，准备着砍取柴草，煎那燕鸠，便已够用，这镖只好留着打雀儿耍了。如今飞飞因为总信不及自己的剑气足用，还在后院空场中只顾瞎抓，比老舅还忙。咱快去撺他来，商量起行好了。"说话间，相与趋向那客室后的空院。

王超一眼便看见飞飞，不由大吃一惊。

正是：

龙气周行虽炼到，日华补益更添来。

欲知后事如何，且听下回分解。

第十三回

显剑术白气斗妖鼍
闹龙潭赤丸奔因客

　　上回书说到，王超和燕燕趑入后院，一眼便望见飞飞，不由吃惊。看官，你道为何？原来那店院中地势既高，又甚空旷，这时晨光如沐，那东升的日轮苍苍凉凉，正在从晨霭渐消中扬辉耀彩，端的是日华灿烂，清气侵人。那飞飞这时便如疯癫了一般，仰着脸子，直勾勾的眼睛，却一面散发披襟，一面向那日光手舞足蹈，并且不时地张开嘴子，用手抓掬日光，向嘴内且抓且咽，居然听得他喉内咯咯有声，接着便腹内辘辘作响，便如把日光吞下去一般。连王超、燕燕已将趑到眼前，他都似并不觉得哩。

　　这一来，张得王超正在惊诧，燕燕却笑道："不必扰他，好在时光还早些，咱且去稍候他一会儿好了。"说着，两人趑回室内。

　　王超向燕燕一问飞飞何故作此狂态，方知飞飞因恐自己的剑气不足，或者制不得怪物，所以又运玄功，采服纯阳之日华，补益自己那口由丹田里炼就的剑气和一至大至刚的罡气哩。

　　当时王超听了，这才心下恍然。不多时，飞飞也便趑来。

　　这时，业已日色大上，恰好由店人端到早膳，三人用毕，各自结束停当。王超带了佩刀镖囊，然后拎了提篮，跟在燕、飞后面即便匆匆出店，取路价直奔那石矶山而来。方趑过不远，便见由湖岸的来路上有许多人们，都一色的衣冠齐整，视端容肃地相与结队而

119

来，随路价纷纷地散向各岔道而去。土超料是些向石矶山、龙潭山祈祷的人们了，便将昨夜去买办燕鸠所闻的话一说，倒招得燕、飞都各好笑。

不多时，道途间来往的人们渐稀，三人便施展开飞行功夫，约有巳分时光，早已行抵那靠石矶山的湖岸间，三人抬头望时，但见好个静悄光景，是：

　　天光云影水中摇，山径微风破寂寥。

　　乌雀不闻人绝迹，唯余草木响萧萧。

原来在这祈祷的斋戒期中，当地人们并客商等，除大早晨去登山祈祷外，其余游人是禁止上山游玩的，所以这时湖岸间十分静悄，已有两只渡客的小划船在那里，以备明晨渡香客们再去祈祷哩。

当时三人觇望一会儿，且喜山上静悄，正好便于行事，于是驻足稍息之下，燕燕便向飞飞笑道："如今咱该就此分手，各行其事了。依我之意，是我先动手，先救被困的船人要紧，待俺得手，你再见机行事，一来动手有次序，便不忙乱，二来俺先事毕，便可抽空儿帮助你。"

飞飞笑道："燕姊说好便好，俺刻下便笨雀先飞着，等你和老舅到这山上安置停当，俺且远远地先瞧个热闹好了。"说着，向那对岸之西的龙潭山一指。

这里王超望去，因见那龙潭山和石矶山夹岸价遥遥相隔，足有十余里之遥，又须渡过这老宽的湖面，方能觅路登山，不由逡巡道："如此说来，只恐这小划船还渡不得这么宽大的湖面，怎么去登那山呢？"

一句话，招得燕燕、飞飞相视而笑。燕燕便道："老舅真会怄人，俺不说给你，又憋得慌，俺若不因你是个累赘兵，这会子早飞到山上，还用什么船做甚？飞弟和我一样的能御剑气而行，休说是

120

十余里之遥，便是千八百里，也可以展眼就到。老舅不信，且叫他玩儿个把戏你瞧好了。"说着，向那龙潭山一指。

这里王超忙望时，但见一道白光由飞飞站的所在倏地腾起，电也似由湖面上只一闪。再望飞飞时，已自影儿没得。王超至此，方知这剑气合一的作用竟如此神妙，一面价又健羡之下自惭形秽的当儿，早由燕燕唤过一只小划船。及至两人渡过，仍循盘道登山。

到得那下临湖头的高崖之巅，先望那灰白色的水气围城时，却又是一番骇人的光景。是：

　　白波飞霪沉雷响，灰气围船似闪星。
　　围外旋涡争起伏，便如水底戏鱼龙。

这一来不打紧，却又将个王超张得目瞪口呆。

看官，你道怎的？因为王超初次跟燕、飞等来瞧这水气围城时，那水气还不似这次郁蒸得很，其中也没有什么亮光。这次，不但水气加旺，并且其中碎光闪烁，有似繁星明灭，又似什么鳞甲闪光。至于围城外，初次所见不过是波浪汹涌，这时却波浪中现出四五个大小不等的搅水旋涡，不但只顾在那水气四外隐现周旋，并且由涡中喷起三四丈高的浪头，或矗若冰柱，或散若水帘，每一下落，其声砰然。那涡四外的湖水奔注，便如百道飞瀑映着日光，悬流溅沫，闹得水气四外，势如鼎沸，仿佛那旋涡中有什么物儿喷波鼓浪一般。

张得王超正在发怔，燕燕便笑道："老舅别只顾看景致，俺师父既叫俺们用燕鸠让什么怪物出现，想来必有道理。如今时光不早，咱也快动手安置吧！"说着，便就崖头相度地势。

恰好紧临崖壁边有处平坦之地，并有一株粗可两人合抱、高可数丈的老松，浓阴覆及亩余，有一枝老粗的平挺横柯直伸向崖外，有丈余来远，下临湖水，松风谡谡，遮得日光一些不透，好不凉爽。于是两人即便安置，王超放下提篮，先用佩刀砍了些柴草，然后取石块支起地灶，安好小锅。这里燕燕也便将燕鸠作料，并肴酒等物，都就灶边一块大石上排列停当。王超一面将油入釜，取携来的火种燃着灶下草，一面和燕燕就大石旁相与藉草坐下来。

王超便笑道："俺这些日跟你们东跑西颠，总没空好生吃酒，如今活该托什么怪物老官的福，带我也开开斋，尝尝这大五荤的燕和鸠，倒也有趣。如今趁着油没热，燕鸠还下不得锅，咱且趁着现成酒肴，先闹一口好了。"

说着，取一只酒瓶，递向燕燕，自取一只，刚要拔塞就口便吸，燕燕却笑道："老舅且慢嘴子馋，依我说，你这酒，不如俟俺斩完怪物，你再吃个痛快的。这会子你先吃醉，倘冷不防地怪物钻出，一口价吞你下肚，俺可不管。"

王超大笑说："不打紧，俺这老头皮，便是怪物也不喜吃。燕姑，你且先瞧着锅，待我先得一口儿就是。"

说着，双手举瓶，一仰脖儿，刚刚地一口咽下，不料登时攒起眉头，连忙放下那酒瓶，直叫晦气。

看官，你道怎的？原来王超只顾了说笑，自己取起的那瓶儿却是当作料用的醋瓶哩。这一来，招得燕燕恰在一面笑，一面挑明那灶下的柴火，便见锅内油滚甚欢，青烟冒起。及至燕鸠下锅炸起，香气发起，恰值王超因闹了口酽醋，一时没好气，便赌气拾起那醋瓶，哗的一声，一瓶醋都倾入锅子里。在王超虽是赌气，哪知这一来，倒暗合了煎烹之法，因为醋为百味之祖，最能发越煎肉炙鱼等类的香气。那鱼肉将熟时，必须用适量之醋一烹，其香始升，尤其是镇江恒顺厂的出品更妙。如今燕鸠既多，就须这瓶醋方合制法，诸公不信，但问厨司自知，作者却不是属老西和大妈，爱吃醋哩。

当时王超因为倾醋太多，正慌得取起铲，就锅内一阵翻腾。这里燕燕早又抓起椒盐撒入，这一来，那燕鸠的奇香大发，顺着高崖上的松风吹向湖面。

端的是：

奇香不数易牙味，散馥腾芬四彻开。

物性所嗜谋口腹，自然引得老饕来。

当时王超忽闻这阵奇香，不由大悦，也不管什么怪物不怪物，正待伸手铲起一只，先尝异味，一面又要抓过燕燕面前所置的酒瓶之间，不好了！便遥闻水气围城的所在，骍然有声，浑如裂帛。忙望时，不由大骇，因为这时，那围水气忽地似活的一般，不但颇现蜿蜒蠕动之势，并且从中的闪烁星光越发加亮，不但此也，并且那水气外的四五个寄怪旋涡也越发在那里闹得翻江揽海，互相排虀，大有湖水壁立之势。

王超骇然之下，又觉好瞧，也不暇回望燕燕，只喊声"燕姑快瞧！"的当儿，倏地湖面上腥风大作，浪涌如山，连看两岸上的草树萧萧，全湖震宕，但觉耳边便如万鼓骇震，一轮晴日被那风挟起的水气尘沙所迷蒙，也便光辉暗淡。

一时间，水气天光都变成白郁郁、灰渣渣的颜色。王超至此，恰在越发骇然，见那四五个旋涡砰然有声，那水激起丈把高，就这里起落之间，登时化为四五道银花似的急溜儿，其势汹汹，迅疾如箭，一径地都向这高崖东边奔将来。并张溜外所挟的波浪，也便直向上涨，登时满湖面势如鼎沸，那片水声真是訇訇礚礚，澎澎湃湃，说甚广陵钱塘，八月潮来，更奇怪的那溜头上水都喷起，便如趵突泉一般，还没转眼间，那前行的两道水溜业已将近崖下。

这时，那燕鸠的奇香越发大发。王超至此，虽料是那四五水溜中定有什么蹊跷，但是因那崖下的水只顾飞涨，堪堪地将及崖腹，大有将漫过崖顶之势，正慌得不暇回望燕燕，只喊得一声："燕姑快些准备！"自己也便霍地跳起，还未及掏镖在手之间，说时迟，那时快，便见那前行的两道溜头忽地向下一沉，宕开那两旁的高浪，便如忽现出两道黑沉沉的水沟。王超因那两旁的高浪依然壁立价只顾

123

上涨，正望得目不转瞬，忽闻燕燕在那老松的横柯上唤道："老舅仔细！"

王超百忙中仰面一瞧，原来燕燕因为要远望全湖，并照顾那在龙潭山的飞飞，也不知从何时，已自飞上那老松的横柯，这时却在那柯端的老枝丫杈间，趺坐得四平八稳，便如在店中用那九转回龙的功夫打坐一般。你看她视端容寂，并且合掌当胸，好不写意。

当时王超见她风鬟雾鬓，衣袂飘飘，上凌青冥，下临无地，分明似飞仙一般。恰在一面暗暗称奇，一面忙回望崖下。不好了！便见两道溜沟忽又汹汹地如飞上涨，登时由里面四爪分波，摇头摆尾，现出三丈余长、粗如水桶的两条怪物，端的好个凶相。

但见：

> 头角峥嵘鳞甲全，白如匹练势无前。
> 猛凶势如蛟龙拟，并论威风有老鼋。

当时王超忽见由那两道溜沟中倏地出现两条白鼋，虽是心下一惊，但因有燕燕在此，却也不惧，百忙中恰在一面掏镖在手，一面想呼唤燕燕。忽见白鼋后面，那三两道水溜中，也隐约地现出白亮亮鳞爪，如飞抢来。这一来，王超料是其中都是白鼋，这才不由着了老急，不但因自己只有三支镖恐不够用，并且因那水涨得飞快，倘平了崖头，这四五条凶实家伙，一齐抢将来，那还了得？王超想至此，急中生智，一面忙唤燕燕快些动手，一面也想爬上那老松，暂避水势之间。不料那水气围城间，忽地震天价一声响亮，接着便腥风越大，狂吼如雷。

王超不望时倒还罢了，一望时却险些惊落崖下。因为那一围怪水气已自影儿没得，两只被围的船船身都现，距那船旁不甚远，却由水中仰起老大一段白鼋的上身儿。端的是粗如水瓮，头赛巴斗，两只凶睛眈眈然亮如烈火，更衬着白铁似的亮鳞，便如忽现出一条

124

银蟒。你看它张牙舞爪，咧开血似的大嘴，挟着身旁鼎沸的水势，既已十分了实，偏它身后十数丈之外忽又浪头一冒，登时现出个白亮亮的大尾巴，猛望去，料它那身躯足有十数丈长短，便是如此光景，也一径地直扑这崖而来。

当时王超虽是惊极，但因前行的那两条稍小的白鼍已自乘着飞涨的高浪，张牙舞爪，堪堪地要扑上崖头，慌极中，不暇再望那大鼍，于是略为定神，大喝一声，嗖嗖地连发两镖，正中两鼍之额。那两鼍往下一沉，浪头向后倒卷，虽登时水低数尺，无奈后面抢来的那三两道水溜中，已自又现出三条略大的白鼍，接着那水势又复飞涨。

这时，王超手中只剩一支镖，正慌得不知所为，便闻燕燕笑道："老舅不要慌，你且留着那支镖，只顾吃酒瞧热闹儿好了。"

王超听了，忙仰望时，只见一道才长尺余冷森森的剑气白光突地从燕燕合掌的指端飞出，电也似只就崖下的水面上略一游走，闹得王超眼光一眩，又是见那白光仍飞入燕燕指端当儿，便闻崖下水波大震，似乎是那涨水遽然降落。王超忙下望时，端的好个可骇的光景，是：

断鼍肢体乱沉浮，猛涨忽平水倒流。
一阵腥风又吹到，奇情骇绝眩双眸。

当时王超忽见那崖下的猛涨遽平，其声如雷，就这湖面上白浪滔滔，往回里下一卷之间，忽地水色漂红，其中却沉浮着数段死鼍，尚自鲜血犹殷。这不消说，是燕燕的剑气一到，都登时斩断了。这一来，王超大悦，惊奇之下，忘其所以，正待依了燕燕的话便抓酒瓶，不料一股腥气早又从那困船的所在倏地扑来。王超忙望时，几乎惊倒。原来那昂头掉尾的大白鼍已自由水中全身出现，白花花的，鳞甲放光，四爪分波，逼得湖水都悬流瀺沫，那浪头一个挨一个，

125

只顾向两旁摊瘫下去。

这时，那大白鼍却越发昂起上身，足有丈把来高，圆睁着两只怪眼，大嘴翕张，哞哞有声，似乎是见那小鼍等被人斩杀，愤痛之下，便没命地抢来，并且大嘴张时，从那血溇溇似烟似雾的水气中，还隐约地透些极亮的黄光。这时，那满湖的风浪越发大作，不但石矶山下一带风激水汹，滔天浴日，便连那老远龙潭山下一带，也蒸起白茫茫的一片水气雾气，不但上蒸价将及山腰，上面的草树峰峦都浑然一白，并且山根下的水气越冒越旺，竟铺着水面，风行如飞，似乎是老宽的一道水线，竟向这石矶山的方向飞驶而来。

王超这时虽是在百忙中，但因飞飞方在那龙潭山，恰在一面见那水线来得奇怪，一面还想望望飞飞的踪迹之间，便闻燕燕喝声："好孽畜！"一道白气的剑光竟从那老松上嗤然飞下，直奔那抢来的大白鼍。便见那鼍似乎一惊，霍地全身一沉，其声訇然，激起的浪头足有两三丈高。

王超以为是鼍已跑掉，却又见那白气只顾在水面上漂瞥往来，似有所觅的当儿。说时迟，那时快，便见那鼍沉的所在，忽地现出那鼍的一张大嘴，端的是水气霏霏，深阔若井，四面湖水奔注，砰砰作响，每一喷涌，则浪接青冥，并且腥涎四溅，秽气扑人。再瞧那白气越发的奇光作作，只顾在它喷的腥浪上迟回不下，就似乎恐怕腥秽所污一右。王超至此，一抖机灵，又趁那鼍嘴喷水将毕，恰待不管好歹，先给它一镖的当儿，便见白气倏地下射。

这里王超一面眼光略眨，一见那白气将及鼍嘴，却又嘘然退回之间，便闻哞的一声，那鼍就水内一个蛰龙抬头，外挂个乌龙摆尾的式子，早又訇一声全身出现。这次不但张牙舞爪，越发凶实，并且由嘴内登时喷出一道二尺余长比黄金颜色还艳明亮亮的黄气，但见那气是：

奇光闪闪耀锋芒，艳比黄金彩色强。

126

物老成精能作怪，内丹结就现当场。

这一来，直将王超望得目瞪口呆，百忙中因不晓得那黄气是何物事，正待喊唤燕燕，便见那黄气不待白气射下，早已如飞上迎。两道奇光顷刻在半空中飞腾来往，交斗起来，端的是电掣星流，翻飞上下，或互相进退，或前后驰逐，忽离忽合，矫夭变化，不可端倪，便似半空中祭起两件法宝，各显其能。并且那两气的光彩也越斗越亮，便似两敌越杀越勇一般。

这时，满湖中虽是水气越盛，似罩灰幕，却当不得交斗的黄气、白气，只顾射出条条光华。少时，竟两下里搅作一团，翻飞驰逐之间，黄、白的光气浑合，又幻出一种异彩，有时出入于水气之中，辉映得那水气也便缕缕霏霏，幻出许多不可名状的光气。好笑王超只顾仰面向空，瞧得起劲，却不料湖面上又复水声大震，忙望时，便见那大白鼍不但尽力地摇头摆尾，四爪狂舞，一面价张着大嘴，伸缩那道黄气，似乎是竭全身之力以应敌一般，并且鳞甲开张，白花花的，就如鳞缝中都霏水气，一时间，你看它鼓浪冲波，好不凶实。

王超料它是尽全力使用那道黄气，一面暗忖："燕燕这当儿也必然是手不停挥地使发那道白气。"可是仰面忙望燕燕时，不由又是一怔，因为这时，那白气虽是飞腾得如云中游龙，但是燕燕却依然在那松的横柯上趺坐得如石佛一般，不但连那合手当胸的手指动也不动，并且索性地低眉闭目，恍如入定，唯见她额门上却光气异常，似有一团宝光笼罩而已。王超不晓得燕燕是默运玄功，纯以神行，使发了那道白气，要先破那道黄气，然后便斩那鼍，正诧望得没做理会处，便闻湖波大震，接着便眼前似一道流星般倏地一亮，忙望那黄气时，却已光色欠亮，四围射出的芒晕也便隐现不定，似乎是被那白气攻击得恰在猛地下沉丈余，那追来的白气却越发奇光焕发，便如一道流星直刷过来。这一来，王超大悦之下，料是燕燕得手，

127

正在百忙中见那大白鼍一面狂舞着，恨不得翻转湖底，一面张口，嘘弄得那黄气倏地往上一矫，去敌那白气的当儿，不好了！忽闻那龙潭山的方向，隐隐地有声如雷，又如春潮汹涌，挟风雨以俱至。王超忙望去，不由大骇。

看官，你道怎的？因为由龙潭山下平铺着溜来的那道老宽的水线，不但水气蒸起数丈高，有似乌云，并且其中正现出一头其大如拳、其亮如火的赤丸，端的是芒焰条条，如旭日始升，照耀得那乌云似的水气闪金耀碧，就如一条锦鳞怪龙来戏红珠，一径地便奔那白气，竟似乎要助黄气来个两下夹攻一般，但是两下里相距还约有数里之遥。

当时王超一面骇然之下，料是那龙潭山的怪物发现，一面又思忖飞飞，怎的这时还不施展剑气之间，便见那赤丸乘着水溜，跳宕如飞，转瞬已冲来里余。这里王超正替燕燕着急，便见那水溜忽地向斜刺里一卷，登时改了奔的方向。

正是：

　　　　眩目只疑助黄气，惊心又复奔危船。

欲知后事如何，且听下回分解。

第十四回

闹鄱湖王超看剑气
斩猪龙苍鹘助同人

　　且说王超见那奇怪赤丸乘着水溜直奔将来，似乎是要助黄气夹攻白气，正在替燕燕着急之下，不料那溜头忽地向斜刺里一卷，其迅如飞，一径地便奔那还在搁浅的两只船。这一来，王超虽料是那赤丸一到，两船人们必然没命，但是也可如某正在百忙中又怙惙飞飞的剑气怎的还不施张展。便见那龙潭山腰间，从烟岚草树一片青苍中，突地飞出一道略带赤铓的白气，登时奇光四射，那山脚湖中霏起一片烟雾似的水气，经那道赤铓白气一射，便如赤日当空，一时间阴霾都开，顷刻间翻翻滚滚，消个净异，这才露出那龙潭山的山容真面。

　　王超仔细向那山腰间望去，不由把怙惙飞飞的心登时放下。原来这时，飞飞正卓立在腰间一处大磐石上，便如独占鳌头般方在用手指挥那赤铓白气，端的好个飘飘欲仙的光景，是：

　　　　曹衣出水见清奸，吴带当风更洒然。

　　　　剑气阳刚如赤日，会看除怪救危船。

　　书中暗表，原来飞飞唯恐自己的剑气或不够用，所以欲待燕燕得手之后，自己方才发作，为的是万一剑气不能制伏怪物，以便燕

129

燕有暇，可以兼顾自己，来助一臂之力。所以自己且在那山腰间一面寻望怪物，一面且觇燕燕的光景。及至见那燕燕的剑气斩却四五条小些的白鼍，又和那大白鼍喷出的黄气交斗起来，飞飞便料知那黄气是那鼍年老成精，以本身精气修炼的结晶内丹。人物一理，人的精气可以炼成剑气，所以它也能结为内丹，其功用与剑气一般，也是十分厉害。飞飞想至此，倒不暇寻望龙潭山的怪物，却满想燕燕登时得手，斩却那鼍。

不料黄气居然和白气酣斗良久，飞飞正望得有些着急，便见黄气光减，往下一沉，白气却光彩焕发，随后直追。飞飞料燕燕是将得手，正在心下大悦，哪知那黄气又复夭矫上迎，依然苦斗。这一来，飞飞不由十分着急，因自己这里还没得什么怪物出现，百忙中倒要施展剑气，且助燕燕的当儿，早闻得山脚下水声有异，便见有老宽的一道怪水溜直向那黄、白二气交斗的所在冲去，并且溜头上现出个异样赤丸。这一来，飞飞料那水溜中定是龙潭山的怪物，赤丸自然也是它的内丹，所以自己也赶忙现出剑气哩。

暗表既明，书接上文。

且说当时王超忽见飞飞出现，正在指挥那道赤铓白气电也似追向那奔船赤丸，虽窃喜船人有救，但是却又惊那水溜一路价奔腾澎湃，便如急潮般，堪堪地已将届那船，不但那高跃的赤丸忽地如夕阳将没，遽沉于水，激浪如山，并且那水溜霍地一开，化作一个又深又黑的老大旋涡，接着由涡中红光一闪，那赤丸重复跃起。闹得王超又待瞧赤丸，又待瞧追来的赤铓白气，百忙中又闻得那大白鼍闹得水波怪响。又待瞧那黄、白二气交斗的当儿，忽地那赤丸又向下一落，接着便旋涡一开，腥风大作，登时由水内现出一条长可十数丈、头角峥嵘、鳞甲森然、黑油油的怪物。此物非他，却是一条具体而微、似是而非、野心最大、食人没够、妄想在水族中称孤道寡，仗着些虾兵蟹将、王八鳅鳝等要统治水国，僭位为王，恣食水国中亿万的诸般水族，以遂其搏噬饕餮之大欲的混账东西，其名儿就叫猪婆龙。

这种孽物，你别瞧它似驴非驴、似马非马，摆在那里，也不够样儿，但是却也非同小可，大概水国连衰，老龙王执掌不来，这孽物就乘间而起。虽不一定能成大事，但是当时水国并诸般水族却大遭其殃咧。

且说当时王超忽见那怪物却是个绝大的黑魆魆的猪婆龙，看那凶实光景，似乎比那大白鼋还要厉害，正在又替飞飞着急，便见那猪婆龙摇头摆尾，一面张牙舞爪，直奔那船，一面激得湖水壁立，展眼间，由它口中喷出的水已自一条雪练般打上那两船。王超正在暗道不好，说时迟，那时快，便闻两船中忽地一声霹雳，接着便射出一片金光，上烛霄汉，不但登时护住船身，并且射得水都倒流，竟将大猪婆龙涌退出里把地外。

王超一面大骇，一面又是见那猪婆龙越发狂舞，掉动那老粗的大尾，鞭水雷鸣，蹬开四爪，还要逆流而上之间，便见半空中亮光一闪，那飞飞的赤铓白气早已由它后面如飞而上。那猪婆龙似乎觉得，赶忙地沉身入水，略向斜刺里一蹿，未及回身价出水应敌，那水面上还露着二尺余一段尾尖的当儿，那赤铓白气已自倏地下斩，尾尖立断。那赤铓白气倏地飞起，方在半空中只顾游走，似乎是俟它再出。

这一来，却又将王超望得目瞪口呆。看官，你道为何？原来王超见它沉水所在，水气波涛，如此闹得凶实，便料它是尾尖被斩断，负痛之下，只顾在水中挣命。少时，如果还敢出水，那凶猛光景自然是越见可惊了，哪知正怙惙间，却不见它那十数丈的身体出现，却见红光一闪，那赤丸却由水内直跃起十数丈高，便如一个炮打灯的流星起火一般，并且就唰地往下一落间，那赤丸登时化为一道赤气，虽是细裁如带，却赤晕四射，奇光耀眼，绝似一条飞天蜈蚣，就空中略一夭矫，便一径地直奔那赤铓白气。

王超方在暗暗称奇，便闻下面水声又震。王超以为是那鼋出现了，及至赶忙望去，不由目瞪口呆之下，又暗忖道："怪不得人都说神龙变化，身体的大小无常，这猪婆龙虽非神龙之比，它也能以变化身体并变幻那精气的赤丸，就此看来，它的作怪道行却着实不弱，怪不得飞飞只顾恐自己的剑气不够用哩。"你道王超怔望之下，为何又如此思忖？

原来那水声处，十数丈的猪婆龙业已化为尺许长的身体，却越发地光亮异常，鳞甲如铁，正在水面上飞腾夭矫，一面价摇头摆尾，却昂首向空，似乎是使发了那赤气哩。这一来，直闹得个作壁上观的王超目不暇给，因为又要想瞧那黄、白二气交斗的光景，又要瞧飞飞的剑气是否能制这变化多端的赤气。正在百忙中东西张望，但见全湖中白瀜瀜的一片茫茫，势如蒸釜初揭，也不知是云是雾，或是连天的水气，但觉耳中如万鼓齐鸣，眼前是水光乱炫之间，便见高空从一片白茫茫中忽纠结着现出两道光华，定睛望时，正是那赤铓白气和那赤丸变化的那道赤气，那赤铓白气不过尺余，略与飞飞的白气相似，那道赤气却长可数尺。这时，赤铓白气是直挺挺明亮亮，恍如飞剑，那赤气却越发作怪，虽然是气，却夭矫蜿蜒，便如软蛇一般。两气才一出现，便倏地纠结荡开，一边是白森森恍如剑耿神锋，一边是红焰焰赛如彗星拖尾，赤、白二气相映之下，化作一片异彩，及至两下里倏地又合，交斗起来，端的好片奇景，是：

排空驶气各飞腾，罡剑丹精互逞雄。
赤白相交呈异彩，会看变化更无穷。

当时王超见那赤、白二气交斗之下，彼此地来往离合，于白茫茫水天之间，便如电光火焰般点点闪明，条条掣彩，并且都越斗越亮，似乎是各奋全力，已自战酣，那赤铓白气不过是飞腾攻击，迅捷之至。至于那赤气却奇怪非常，简直地形态无常，不可端倪，或铺展如一方红罗，或拖拽如一条赤练系着它飘飘瞥瞥。一面幻诸怪状，一面那白气只顾兜盖纠缠地攻击将来，好不凶实。并且那白气向它斩斫，便如抽刀断水一般，分明白气过处，已将赤气斩为数段，无奈它才断之下，不但登时复续，越发光亮，并且接着便变幻其他形状，又复如飞应敌。

这一来，张得王超诧极之下，百忙中又要瞧那黄、白二气交斗的光景之间，便闻燕燕唤道："老舅快吃酒，且待俺斩这孽畜与你下酒好了。"

说话间，便觉眼前白光大亮，恍如疾电一闪，接着便闻崖下水声大震，似乎是向湖心卷去。慌得王超忙望那黄、白二气时，已自不见，但见一片红水中，却沉浮着数段鼍身，顺流而下，一时间，崖下的涨水遽落。

当时王超忽见那偌大的怪鼍竟被燕燕斩为数段，不由惊喜得手舞足蹈，还未及仰望燕燕之间。忽闻那赤铓白气和赤气交斗的所在，又复水声大震，慌得王超忙又先望那水面上的缩体猪婆龙时，不由吓了一跳。

原来这时，那猪婆龙业已复还原形，昂起少半段上身，还足有四五丈高，铁鳞闪闪，就似从鳞缝中都飞光彩，你看它张开大嘴，端的是舌卷赤焰，牙排利锥，尤其是瞪起两只大的凶睛，映映生光。那两只前爪正在向空价只顾狂舞，却又就水中掉尾激水，一时间闹翻水面，就仿佛交斗得意，十分欢跃一般。

当时王超略为定神，情知有异，忙又望空中那交斗的两气，却险些惊呼起来，因为这时，那赤气却已化为个数寸长的小猪龙形状，通体如火，光彩异常，正在攫拿那赤铓白气，十分迅疾，那赤铓白气却只顾游走闪避，就如只有招架之功、并无还手之力一般。并且那光彩也便越来越暗，让那小猪龙逼迫得盘旋逡巡，竟自大有倏然下堕之势。这一来，张得王超大惊之下，一面料是飞飞的剑气难制猪婆龙，一面正要喊唤燕燕快放剑气之间，便闻那龙潭山上清亮亮的一声猿啸，接着便有一道青滟滟、冷森森的剑气由那山上破空而来，端的是光照满湖，比电还疾。

这里王超眼才略眨，便见那剑气到处，小猪龙登时粉碎，那赤铓白气也便趁势下斩猪婆龙。就那两道剑气又飞回龙潭山的当儿，王超再瞧湖中时，哪里还是先时的光景？是：

依然净练泻澄波，山光湖光入望多。

阴郁都开妖孽尽，祥风丽日见清和。

这一来不打紧，闹得个想吃酒瞧热闹儿的王超便如做梦一般，百忙中只认那青气是燕燕的剑气去助飞飞斩却猪婆龙，却又不解她的剑气为何变色，并且来自龙潭山。恰在怔怔地呆望湖面，便闻燕燕在背后笑道："老舅，你这回瞧够了热闹了吧，怎放着酒不吃，只顾呆望？如今咱事体完毕，且俟飞弟陪了远客来，咱大家吃个痛快好了。"

王超听了，回望时，只见燕燕也不知何时已由松树上跃下，方在笑嘻嘻站在自己背后，一面置下酒瓶，一面拎着只香喷喷的肥斑鸠，只顾大嚼。但是发角腮窝儿间也自香汗淫淫，这不消说是施展剑气也大费气力了。

王超见她累得汗还未敛，便越发以为猪婆龙也是她的剑气所斩，不由乐得手舞足蹈，因笑道："还是燕姑的剑术高强，不但能立斩两怪，并且能变化颜色，莫非你还有分身法儿向龙潭山去助飞飞，不然，你的那道青气怎从那山上飞来？如今飞飞为何还不见到，难道他还在龙潭山搜寻什么怪物不成？"

一席话，夹七杂八，却招得燕燕笑道："老舅不要胡猜，今天是活该那猪婆龙该死。飞飞正制不得它，吃紧当儿，俺还未及用剑气相助，恰好俺大师兄苍鹄那猴儿忽地跑来，他那青光剑气是专有月华纯阴之精，合以自己的罡气修炼而成，随意价变化多端，不一定只当剑用，比俺和飞飞的剑气却灵妙得多，所以能一下成功。但是

134

他是属野猫进宅的，无事不来，这不消说定是俺师父又有什么差遣俺们的紧要事体，少时，他和飞飞到来，便知分晓。"

王超听了，方恍然于所闻的一声猿啸之故。燕燕又笑道："飞飞这会子还没来，不消说他是因俺苍鹄师兄素不茹荤，在那山上采取山果儿，以供远客。咱且吃酒等候好了。"

说话间，两人正要坐地吃酒，忽闻崖上一处疏林里内飞飞笑道："燕姊，你和老舅倒自在，那会子俺和那猪婆龙挣命，若不是大师兄来得巧，真还坏咧。可恨燕姊许了愿不算，那会子也不助俺一家伙，这会子却和老舅没事人儿似的要吃自在酒。如今咱当着大师兄评评理，先罚你和老舅似的吃口醋，再说正经。如今大师兄又奉师父之命携有手谕咱们的柬函，一定是又有什么要事差遣。燕姊你只顾不管我，我就不跟你去咧。"说话间，林影开处，踅来两人。

王超望时，不由暗暗称奇。

正是：

山忆终南曾识面，传书二次见丰姿。

欲知后事如何，且听下回分解。

第十五回

起爱念莹鸿得罚限
述师谕燕燕说裴家

当时王超见林影开处，趄来两人，是飞飞在前，果然拎着些青枝绿叶的山果儿。后面却是个瘦小身躯、道装打扮的人，竹冠云履，腰系吕公绦，背负小黄囊，颇有飘然之致。仔细一望他那张清癯干削、火眼金睛、精神饱满的怪脸子，谁说不是苍鹘呢？

王超至此，暗暗称奇之下，不由又怯惴道："怪不得修道家都说，人畜修道，理无二致，全在自己的功行如何，如今苍鹘竟能脱胎换骨，俨然人身，好不令人羡慕哩。"

恰在一面思忖，一面见苍鹘由背上取下小黄囊，双手高捧，面南而立。便见燕燕向飞飞笑道："如今俺没空儿和你斗嘴，咱且拜领师命，请师兄吃些果儿，也叫老舅痛快吃酒好了。"说话间，和飞飞叩如礼毕，苍鹘却由囊内取出两封柬函，交与燕燕。

这时，王超一抖机灵，正在将飞飞所采取的山果儿都置向酒瓶旁，以备饷客，便见苍鹘向燕、飞两人道："如今俺奉师命，除传谕你等外，还须即赴莲花山，收取莹鸿师弟所已采得的药物，你等读过师谕，也不要耽搁，随后起行，照谕行事就是。"

说话间，抓取了几个果儿装入黄囊，又向大家打个稽首。慌得王超还礼不迭，一个猫腰大揖作下去，还未及直腰之间，忽觉眼前青光一闪，恍如掣电，再望苍鹘，已自影儿没得。

这一来，张得王超恰在揉拭老眼，燕燕却笑道："老舅瞧了大半天的大热闹，难道还没瞧够，这会子又直着眼瞧俺大师兄跳猴儿？如今消停下来，咱快一面吃酒，一面待俺们先瞧瞧师父的两道手谕，毕竟是什么事体，也省得叫人心里闷个大疙瘩哩。"

说话间，便和飞飞、王超，大家动手，一面铲出小锅内所烹的燕鸠，都置向摆列的看酒之间，一面大家坐下来，也不用什么杯箸，只给他个手抓便吃，递瓶便饮。唯有王超，这大半天，除打两只镖外，但作壁上观，并不曾费什么气力，但是他当张望时，惊心骇目，左顾右盼，又要瞧白鼍，又要瞧猪婆龙，百忙中两下里铔气内丹又在空中交斗，累得他一颗头时而俯，时而仰，外挂着东张西望，还替燕燕、飞飞着急，暗使白搭的劲儿。五官并用之下，竟然累得肚饥口燥，这时只顾对酒开怀，一面价大吃二喝，却不道他心头闷了个大疙瘩。

看官，你道怎的？原来燕燕、飞飞两人看罢那两封柬函，却只顾相视而笑。

飞飞便道："咱这次被师父差遣，又须跑老远的腿子。"

燕燕道："正是哩，咱先到莲花山逛逛，然后再到辽阳玩儿，玩儿倒也有趣儿，俺想老莹这三年的光景，没见咱们的面，忽然见着咱们，又和咱们被师父一同差遣，想也十分欢喜哩。"说话间，两人又复相视而笑。燕燕便道："老舅快吃酒，咱早些回店歇息，明日还须趱路哩。"

王超趁势道："你们只顾瞧柬函，自家心下明白，却不道把我闷了个大疙瘩，且请说那两封柬函中的事体，也叫我心下明白，多吃些酒，岂不有趣？"

燕燕笑道："依我说，你少吃些吧，回头咱们到店中消停下来，待我说明一切，给你下酒。如今且待我三言两语说说这白后娘娘和乌大王，叫你心下明白，这也是俺师父柬函中这会子才谕知俺们的哩。"

及至王超听燕燕说毕，方知那鼍、龙两怪物久据鄱阳湖，为害多端，复假托神道，索居民之血食供养。至于每岁用童男女做祭品，那白鼍便是白后娘娘，猪婆龙便是乌大王。

我师父因积修外功，游行各处，偶化装为老衲，既望知湖中有怪，又见那水仙王虽携美人，却面现晦气和有好些日的灾难，所以一面赐之天女吉祥神符，保护其船，一面命苍鹄传书，命飞飞、燕燕等前来除怪。果然那水仙王的船夜泊湖中，香女被小白鼍等吞掉，水仙王和黑奴又在那圣交节白后宫中刀斫箭射，伤了那大白鼍并猪婆龙，所以白鼍幻作水气围城，欲吞两船之人，不料被神符所制，不能近逼，只好困船多日，却被燕、飞到来，连那猪婆龙一并斩掉哩。

交代既明，书接上文。

且说王超听燕燕说罢，不由一面连连饮酒，一面欣然道："原来你等的本师竟有如此神通，竟似半仙之体了，怪不得你等都有惊人的本领。俺想半仙之体的人，大概能未卜先知。俺游行多年，寻俺那位恩人不着，俺想你本师只须心血来潮，外挂个掐指一算，定知他的下落在哪里，你本师现居哪座名山哪个洞府，快请说来，待俺马上就去参拜他，叩问俺恩人的下落好了。"

一席话招得飞飞哈哈大笑。燕燕却道："老舅，别顾讲古词儿咧，如今时光不早，咱也该回店歇息，且待俺们发放了困船，毁掉了两怪的宫庙，再来个热闹瞧，如何？"

说着，便和飞飞略一举手，早由各人指端飞出两道剑气，是一道奔困舟的所在，一道先奔白后宫，转奔龙潭山的乌大庙。都各飞电往来似的，眨眼又飞入指端。

这里王超还在眼光乱眩之间，早见水仙王的两船竟自顺流扬帆而去，隐约间，还似见船上有许多人都在向空叩拜，这大概是疑有神佑了。王超望得心下痛快，恰在瓶底朝天，只顾狂饮的当儿，便闻那两处宫庙间呱啦啦霹雳连震，接着便青烟直冒，冲天火起。端

138

的好个惊人的光景，是：

> 阳罡到时真火发，燔天灼地势熊熊。
>
> 鼍断龙屠仗飞剑，扫穴还须借祝融。

这时，两处大火烧起，惊得湖两岸的居民们都奔走乱吵。因湖中风波已息，这崖下的渡船等也便渐集。燕燕等都不管他，便和王超循磴道下崖，由渡船渡上湖岸，及至一径地循路回店，业已夕阳将落。

这时街坊上早聚拢了许多的男男女女，大家正在七嘴八舌地讲说湖中现出死鼍、死猪婆龙并那白后宫、乌大王庙同时被火烧毁等事。大家疑神疑鬼，讲说得十分离奇。但是其中，那有胡子的老人们也有说那鼍龙便是白后、乌大王的，因为假托神道，享人血食，并用活人上祭，并不时地兴风作浪，为害于人，所以触动天怒，不但诛它，并且火焚其居，给一方人们永绝淫祀。不料此语一发，却招得老太婆们都一面合掌念佛不迭，一面唾道："罪过罪过，你不要倚老卖老，只顾作践神道。依我说，这定是神道有灵，斩除怪物。那宫庙是赶这巧当儿，该有火灾，咱还须与神道重修庙宇，再塑金身才是哩。"

按下街坊人众纷纷讲说。且说王超跟燕燕等趑入店内，已自上灯时分，大家略为歇息，早由店人送到晚膳，大家且吃且谈之下，王超忍不住便问道："这会子可消停咧，快请燕姑把你本师的那两封柬函的事体说出，给俺下酒，何如？"

燕燕笑道："老舅不要忙，待俺先说明那第一封柬函中的事体，便是俺本师门下共有四个弟子，是苍鹄居长，俺次之，飞飞又次之，还有一个，名叫莹鸿，因他年岁小，便排居最末。俺和飞飞都是贫苦人家的孩儿，师父说是骨相性格宜于修道，所以撮取俺们收在门下，传以剑术。

"苍鹄从前本是云南点苍山白鹄洞中很淘气的一只野猿，也有些旁门左道的小道行，喜得他虽是淘气，却不涉邪淫。师父说他心正性灵，于修道有缘，所以也便收入门下，因他居点苍山白鹄洞，便给他取名苍鹄。

"唯有莹鸿的来历，说来且是有趣。因为俺师父有一年曾去游东海崂山，一日，偶游至山脚下一处海汊间，只见山脚一带高阜间林木蔚然，却是远近间许多山果儿场，其间隐现村落。这时山果儿正熟，青青红红，馨香扑鼻，再望向海汊间，但见碧水掘空，沙岸上平铺着满是被潮水冲刷的石子，一个个闪烁晶莹，五色相宜，经日光一照，便如一眼无边的一片云锦。

"当时俺师父因行得疲倦，便就山脚间一处高坡长林间歇坐下来，恰在一面眺望风景，一面想用些打坐静功。便见沿着靠山脚的港岸慢慢地摇来两只渔船，船面上有三个精壮渔人，是一个摇船，一个整理提网，那一个却只顾向港岸上东张西望，并且向两人悄悄说话，似乎是寻觅什么物儿，却怕惊动那物一般。少时，张望的那人向岸上一处乱石堆积间一指，摇船的即便停船。俺师父循他指处望去，便见那乱石间有块卧牛似的扁平白石，石上面却卧着个蓬头赤足、破衣褴褛的孩儿，约有十余岁的光景，正在那里仰面酣睡，并且白石旁乱丢着许多果核果皮，还有烧尽的柴草并烧得半生不熟的大鱼。俺师父见状，好笑之下，又在暗忖：'那张望的渔人，或是来寻这顽皮孩儿。'不料那渔人由船登岸之后，一径地便奔那山果场间一处村落。

"须臾，竟由那村中领出十余个壮汉，各持杆棒并绳索，大家虽是忙得径奔那孩儿，却又彼此地摇手示意，一面价放轻脚步。其中有三人生得粗实实的，尤其雄壮，是两人空手，一人持绳，那领人的渔人行至半途，即便转奔渔船。不多时，那班壮汉已自将到那孩儿跟前，大家更越发地悄手蹑脚，有的还向那片乱石间溜瞅。俺师父见状，不由怙惚道：'这海港沙岸间，时有海马、海豹等恶物出水晒阳，隐伏在沙堆乱石间，人不理会，想是那孩儿卧处左近有此恶物，被那渔人张见，所以领人来，一面想唤醒那孩儿快离此地，一面捉捕恶物。'俺师父想至此，正想望望那乱石左近是否有无恶物，不料那前行空手的两人和那持绳的人一面领众壮汉都各提杆棒围向那孩儿四外，一面便都轻步价径奔那孩儿，不但不去唤醒他，并且似乎怕惊醒他一般。

"俺师父不解其故，正在略为眨眼，说时迟，那时快，便见那空手的两人老壮的两膊一抖，一个捉住那孩儿的两臂，一个捉住两腿，接着围的众汉也便一声喊起，那持绳的人如飞趋进。三人正待缚起那孩儿，并望得俺师父好生诧异之间，便见那孩儿大号一声，鲤鱼打挺跳起来，趁势反捉住那两人的手，只一抢，两人早都跌出数十步外。那持绳人回头价刚跑出十余步，那孩儿早又一跃丈余高赶将去，就下落之势只用一足，就他后肩胛间一蹬，那人登时一头抢地，球儿似滚出老远。俺师父正在诧异那孩儿气力颇大并身手伶俐的当儿，那围的众汉早又杆棒如林，蜂拥而上。大家虽是噼噼啪啪将那孩儿一阵好打，无奈他跳跃如飞，大家想要捉他，哪里成功？

"俺师父至此，心下不忍，正待去喝住众人，询其缘故，便见那孩儿似乎是被大家打得着了急，忽地从杆棒间蹿出，接连两个箭步，一个扎猛，竟跳入港内。俺师父只认他是情急投水，正惊得忙忙站起，又是众汉赶去，连那渔船上的人也都呼'捉！捉！'之间，便见港内水声砰訇，一阵大乱。原来，这时那孩儿已自被那船上的渔人们一网下去，打个正着。方连网带人直抛上岸，却被众壮汉大家动手，连网捆缚停当。大家正乱吵着：'快堆柴草，活活把他烧杀哩。'

"及至俺师父上前去，一面止住大家乱哄，一面一问缘故，方知那孩儿本是这左近村中一个最苦的小业障，四五岁时便父母双亡，无家无业，他没奈何，便就这一带村中沿门乞讨为生。村人们都可怜他，有的给他剩饭，有的给他破衣，便叫他夜里在村庙中存身。及至他长到七八岁，大家见他颇为伶俐，又甚有气力，便叫他给人

141

佣工，虽是活计不错，无奈他顽皮异常，和村童们踢跳打架还不算，他又天生地捷如猿猱，走及奔马，并且还是天生的精通水性，能在水中潜伏并能视物，每每领头儿和村童们跳墙爬寨，升树上房，并在海港中泅水玩耍。那主人家一来因他闹得村坊不安，二来怕村童们跟他玩耍，或跌煞，或淹煞，惹出祸害，所以便没人再叫他来佣工。那一带村人们大半都种植山场，并就港下捕鱼为业，不料自辞掉他的佣工之后，那山场中的佳果每熟，便被他饱吃并作践狼藉。谁要在港中捕鱼，他便硬去讨烧吃，不给他，他便跳入水，跟了船斗个翻江搅海，还把船弄翻。大家既没法禁止他胡闹，又休想捉住他打顿出气，并且长此被他搅扰，大家的生活也没法安心去做，因此狠狠心，商量要设法捉住他，即便烧杀，永除祸害。

"这日，那船上的渔人们探得他在那石间吃饱了又自酣睡，所以便约会了众村人前来捉他。

"当时俺师父既询明缘故，又见那孩儿骨骼、精神有异，便向众人道：'你等青天白日要烧杀活人，如何行得？俺是远方游客，既见此事，焉能不救他一命？你们既嫌他搅扰，待俺携他远去，岂不甚好？'

"众人听了自然欢喜应允，便放掉那孩儿。从此，俺师父便收他在门下，给他取名莹鸿。

"老舅，你别瞧他在俺师父门下来得最晚，但是他聪慧伶俐，又天生的气力、资禀均异于常人，所以他学起剑术十分迅速，不过四五年早已内外的功夫兼修猛进，竟超过俺和飞飞，唯有比起苍鹄来，还稍逊一筹。按理说，他既本领如此，俺师父凡有什么差遣的事体也该派他前去咧，哪知却又不然。因为俺师父说他脑后生有脏骨，令其性气不定，到外面或见所欲之事，就恐乱性之下，或败所事。因此，凡有差遣，都派俺们，单单不派他去。他和俺们相形之下，未免又羞又急，却也无可如何。

"一日，俺师父因有朔方节度使贺某在任上横征暴敛，无恶不作，滥杀平民，指为寇盗，斩级报功，尤其是他虎子，十分狡黠，助父为虐，因为交结长安权贵，特打点了十数万金的金珠珍宝，便命那贺公子前赴长安，干办一切。俺师父欲诛戮恶子以警贺某，并取那项不义之财以做赈济贫民之用，便命苍鹄去，在他赴京的中途某地，如命行事。这一来，闹得莹鸿不由技痒难耐，便死乞白赖地求俺师父派他前去，俺师父也欲也借此事试试他的性气如何。但是既允其所请，打发他去后，俺师父又有些放心不下，当时莹鸿哪里晓得，及至兴冲冲一路飞行，趱至那中途某地，业已入夜，约有二更时分，只见贺公子的三只官船正泊在河下，前后船上都是仆从护卫人等，已自静悄悄地都已入梦。唯有贺公子那船上恰在灯烛辉煌，笙歌嘹亮。当时莹鸿忙飞上船，伏身一瞧，但觉五色迷离，眼光乱眩。原来中舱内红烛高烧，盛珍宝的箱箧罗列，那贺公子正拥着四名美姬在那里夜宴听歌。莹鸿先瞧贺公子，倒也生得清秀文雅，竟不像恶人模样。再瞧那四美姬时，老舅，你说怎么着？他当时竟心下怙惄，只顾逡巡呆望，也不知是怜惜贺公子，还是爱那四美姬，一时间却不忍动手。

"正这当儿，忽地苍鹄飞来，这才诛掉贺公子，和莹鸿摄取了那项珍宝而回。

"原来俺师父因放心不下，所以又派苍鹄随后赶来哩。当时俺师父既询知莹鸿临行事的一切光景，便吩咐他道：'学道人，第一先须断贪嗔痴爱的念头，方能剑术有成，驯至精修入道，俺一向不肯差遣你去勾当事体，便因你性气未定，今果然因怙惄贺公子不像恶人，又恋慕那美姬们的姿色，动了痴爱之念，几致败事。今且罚你向辽阳莲花山中幽居三年，一面潜心精修剑术，求定性气，一面与我采取那山中的诸般药品，以备我炼合丹剂之用。我今已开有药名单儿，你可以照单采去。但是那山中还有两种灵药，须俟你罚限将满时方才成熟，俟将临时，俺再传谕于你，或遣人助采。'说着，取出药单，交与莹鸿。莹鸿如命去了。

"如今俺师父因他的罚限将满，不久便该采取那两种灵药，所以遣苍鹄来传谕于俺和飞飞，斩鼋龙事毕，就此前赴莲花山，助莹鸿采取那两种灵药。如今苍鹄已先赴莲花山，一面传谕于莹鸿，叫他候俺们都到，再行采取，一面却携取他三年中所采得的诸般药物，回奉师父。老舅可听明白？这是俺师父第一封柬函中的事体。

　　"至于那第二封柬函中的事体，却是师父叫俺三人采灵药事毕，就近价去救辽阳地面的一位忠义侠士。俺师父并且说明这侠士的来历，并刻下被困光景，但是这段来历情节，话太长，说起来足够嚼咀先生们编一本小书的。俺也不说书混饭吃，且省些唾沫，不谈吧。"

　　王超笑道："如今俺闷得大疙瘩才解了一半，如何不谈？"

　　燕燕听了，只好一笑之下，便又要如此这般说出一席话来。哈哈，诸公听至此，且不要忙，如果只顾叫燕燕姑娘嘟那樱唇香唾，又长篇大套地谈起，不但在书中笔法上有点儿呆板，便是诸公，也似乎不忍再劳乏她那张小嘴儿，想叫她舒适舒适才好。那么，咱就闲言少叙，快来个代述笔何如？

　　且说往年间，长安城中，皇帝朝端，有一位忠直大臣，此人姓裴，单名一个肃字，论族望则清听世传，论门第则科名代有。裴公以进士入仕，端的是文武兼资，慕义若渴，疾恶如仇，壮年时曾屡领封圻，所至善政，不可殚述。年至五十余岁，却蒙诏内擢，官居大金吾之职。裴公的夫人于氏系出名门，有桓孟之德，足为裴公贤内助，自不消说。更可喜的是，裴公膝下还有一位公子，名颐，年方二十余，生得堂堂一表，英俊非常，并且文武才略，颇有父风。有时偶然出外游猎，长安人们望见他那英俊丰采，无不称赞，因此，人都呼他为花斑豹。他手下还有个自幼伴读的书童，名叫柳珏，生得黑黝黝的面庞，猿臂蜂腰，十分矫健，一身好体面的武功，与公子不相上下。人家因其随公子出入，好着青衣，便呼为黑鸦儿。

　　那裴公既仕官适意，又家庭间有贤妻令子，人生乐事，也算罢

144

了，按理说，就该优游自得，笑口常开才是。然而他却不免有时节独居探念，往往攒起眉头，看官，你道为何？

原来那时期中，却有个奸佞权臣，官居辅相，仗着一张佞口，蒙蔽圣听，窃权自恣，颠倒朝政，自不消说。并且专会逢君之欲，因此甚蒙恩宠，言听计从。此人名叫崔瑾，一时朝士都相语以博陵公。你想自古来忠佞分途，原如冰炭不同炉，如今朝端既有此权相，那裴公弥念国事之下，自然要怅然不乐了。

正是：

忠怀贤士虽忧国，当道枢臣尚弄权。

欲知后事如何，且听下回分解。

第十六回

闹花灯大吏查御街
起寇警权臣肆毒焰

　　且说裴公因朝有奸相，往往窥测圣意，尊以奢侈游观，兴筑土木，征求四方珍奇即好等事，恰在不乐之下，去参刻那博陵公的当儿。不料博陵公偏又要点缀升平，以矜他燮理阴阳的治效，便是这一年，收成颇丰，冬月里又落了两场普遍的大雪。于是博陵公进言于上，说是圣德巍巍，感召得阴阳调和，所以连年丰收，又有这瑞雪兆丰年之象，宜于明年元宵就午门外御街大放花灯三天，并请圣驾临观，万民瞻仰，以示与民同乐、共庆升平之意。

　　时裴公闻得他这道本一上，不由勃然大怒，因为这时节，不但各处的强悍藩镇拥兵跋扈，成了尾大不掉之势，乱象已萌，并且各行省中，螟蟓水旱，盗贼窃发，灾区甚广。今奸相反倒上这样本章，贻笑天下，有累圣听，自不消说无端地靡费国帑。尤有可虑的是京城重地，良莠杂处，天子游观夜出，万一有奸宄之徒来犯属车之清尘，自己可在职金吾，诘奸有责，那还了得吗？当时裴公盛怒之下，就要上本谏止，还亏得夫人、公子情知上本无益，才把裴公这股子倔气给婉劝消下。

　　光阴迅速，转瞬间新年已过，将届元宵。从初旬间起，那官中办理放灯的执事人等便忙得不可开交，那四方的商贾大贩并江湖杂技人等，也便潮水似都来赶会。尤其是京城妇女，都忙着制备盛装、修饰车马。及至十四日白日里，那各街坊上已自游人如蚁，红尘杂沓，端的好片帝里风光，是：

> 风城春色渺无边，紫陌红尘一望连。
> 更喜雪消大又霁，元宵佳节闹喧喧。

不多时，金乌西坠，玉兔东升，那午门前御街上早已花灯齐放，灯月交辉。其中那三座大灯山，一是百鸟朝凤，一是玉烛盘龙，都高可数丈，金碧辉煌，便如平地价簇起三座火焰山，明烛天半，照得那金阙觚棱、宫树霏微都历历在望。不多时，箫鼓喧阗，百戏铮錞，又有京师坊曲许多闲汉并花拳绣腿的少年们，都扮了各种的龙灯神火、各高跷台阁等类，一般的彩旗灯招，串走街坊。这时，倾城游人便蚁儿相似，红男绿女，白叟黄童，既已如潮水似流来流去。又有些贵家妇女，都扎括得花娘娘一般，一个个锦绣遍体，兰麝从风，或乘香车宝马，或相与携手款步，端的是珠玑瑟瑟夹道香尘，那条锦绣天街中便平添了十分春色。不多时，那午门楼下，羽林列队，踏街的御前侍护也连骑而出。

须臾，午门内一派仙乐奏起，灯彩辉煌。那楼上则有当驾官高喝肃静，由宫监等卷起珠帘，从那御炉香气氤氲中望去，却已宝座巍然，宫扇双分。那随驾的紫袖昭仪早已娇滴滴喝声："驾到！"那扈驾百官一个个撩袍端带，俯伏齐呼万岁之间，那居中业已坐下了赏灯皇帝，这一来，那四面八方的游人便如万派朝宗，都趋大海，你说谁不要瞻仰大驾？登时那午门楼下，虽鸦雀无声，却不免万头攒动。

慢表这里十分热闹，且说裴公自黄昏时分便在本衙中拨遣了军健番手，去巡查各城门并热闹场所。少息一会儿，已上灯火，便命左右传呼伺候冠带，要亲去巡防。

正这当儿，只见公子领柳珏趋来，要随侍自己前去游玩。不多

147

时，衙外伺候。要说这大金吾的仪使威风，端的非同小可，全副仪仗之外，那马前还有两条黄闪闪、明亮亮镏金盘螭头的金棍。此棍便是御赐的，因为京师重地，金吾要职，有巡查奸宄之专责，须重其威权，所以特赐此棍。凡遇有冲犯仪仗的不逞之徒，无论王公士庶，一概打死无论。因如此的气派威风，便有仕宦当作执金吾，娶妻当得阴丽华之叹哩。

慢表衙前仪仗头踏等并随行的京营军健、本衙番手和仆从人等都一字排开，且说裴公领了公子柳珏，出得衙来，早有左右带过两匹高头大马，由柳珏服侍着裴公父子上马，鸣锣喝道，头踏移动，即便慢慢起行。

这时，月到天中，分外明朗，裴公在马上缓辔望时，端的好一片帝城灯月。及至转过几条街坊，将至御街口，因遥望见那午门楼，知是皇帝在内赏灯，恰待下马来步行而过，忽闻头踏中一阵喧哗，连喝："捉！捉！"那马前的军健番手方奔去数人，这里裴公早望见头踏开处，却由一匹横冲的马上跃下一人，一面指手画脚，一面跳踉不已，似乎是不服捉拿的光景。裴公见了，正在诧异此人好生倔强，便见奔去的军健等一拥齐上。哪知那人不但不服捉，并且放开手脚，和军健一场好打。

但见：

　　拳如密雨脚飞风，矫捷飞腾健体同。
　　略带跄踉沽酒态，是何醉汉逞豪雄?

当时裴公忽见个醉汉竟敢冲犯头踏，并且肆横无状，恰在勃然大怒，早见众军健等都纷纷倾跌。那人掉臂大笑，正在指手画脚要拉马跑走，这里柳珏早如飞奔走，只矬身一个旋风腿，那人仆地便倒。及至由柳珏揪住他，和军健拥向裴公马前，那人还自咆哮挣扎。裴公忙望那人，不觉又心下沉吟，暗忖自己执掌京营，一向是军纪严肃，如何竟牙将们在街坊酗酒，又擅敢冲犯本官的头踏呢？

看官，你道裴公为何如此沉吟？原来那人虽然醉态可掬，却结束得甚是齐整，头戴将巾，内穿玲珑细铠，外罩团花短战袍，勒绦佩刀，分明是个京营牙将的结束哩。

当时裴公沉吟之下，不由越发大怒，便喝道："你这厮，好生大胆，既遇本官，不知回避，又逞强不服捉拿，这还了得？"

左右人等方在一声喝跪，那人却模模糊糊地乱舞道："什么本官，俺的本官方在午门楼上领班会驾，哪个稀罕你这本官不成？"

这时，左右仆人们却认得那人，便向裴公匆匆数语。这一来，裴公不由剔起眉梢，大怒道："好你个相府恶奴，竟敢擅充京营牙将，酗酒胡闹，又敢冲犯于俺。"

说着，目视马前执金棍的军健，正待一声喝打，那人料事不妙，酒吓醒，也便跪倒叩头之间，只见公子裴颀却向裴公低低数语，于是裴公点头道："你此话倒也有理，且便宜这厮，打他四十军棍就是。"众军健一声雷喏，登时将那人一把按翻，直打得皮开肉绽、血流满地，那裴公方才缓辔而去。

说了半天，那人毕竟是哪个呢？原来那个当朝权相博陵公，也自知作恶多端，恐怕有人怀恨行刺，所以本宅内专有一班护院的家丁，都有些武功本领，这还不算，那宅中又有五六匹凶狮子似的獒犬，以防夜间有警。那人名叫田成，便是护院家丁之一。他为何穿京营牙将的军服呢？原来他因这大灯节上，逛灯的小娘儿是多的，这时，唯有巡街的京营牙将最出风头，所以他如此乔装，无非是抖飘儿，想叫小娘儿们多瞅他两眼。不料酒醉后胡撞，却叫屁股遭殃，并且险些和那打死无论的金棍碰碰头。至于裴公改用军棍责打，却是因公子说天子在御午门楼赏灯，如御街上打杀人，恐有不便哩。

慢表活该晦气的田成狼狈而去，见了那博陵公，自然有番口舌。且说当晚，裴公又就御街上巡查一会儿，然后转向各城门，直至落灯，方回衙安歇。

及至次日，正是元宵，那城中更越发热闹，上灯后，裴公用过晚膳，寻思自己虽已分派多人，都去巡防弹压，但是不知他们勤怠何如，倒不如私行一回，觇觇他们的光景，以记功过。当时裴公想得停当，便只着便衣便帽，仍命公子柳珏随侍了，带了四名军健，大家步出衙来。先到各城门略中巡查，只见所派出的人们都在泛地上殷勤将事，裴公放下心来，又到各热闹街坊逛过一会儿，一路迤逦，不觉已至慈恩寺大街。这条街俗又名为相府街，因为其中便有那博陵公的宅第。慈恩寺是京国最著名的大丛林，这时，自然也是盛张灯火，一片价彩幡招展，梵唱悠扬。尤其是那高塔上，层层地遍挂灯彩，远远望去，明烛全城，真有华严楼阁之概。再就是博陵公宅第前，灯彩最胜。

当时裴公逡巡间，决出那街口，刚转了个胳膊弯儿，恰值有一队乡间妇女都跑得尘头土鬓，一面眼张失落，一面嘻嘻哈哈，手拉手，横着队冲将来。那裴公忙令军健们让路，自己和公子等方向道旁一站，只见众妇女便似家雀叫窝一般，却回头一卷，有的跌跌撞撞，有的吱喳乱骂。裴公望去，原来她们群中忽夹着个彪形大汉，是头戴范阳毡笠，身穿褐色短行袍，腰束华带，胁下佩刀，邪幅斜缠的腿裹下，踹一双黄皮快靴，一手挂条杆棋，十字搭肩背的勒绦间还背着小包裹，并且生得粗眉大眼，野汉模样。满身行尘仆仆，在那妇女群中眼张失落，便如羊群骆驼般，一面抹额汗，一面却问众妇女道："喂，你们晓得相府街在哪里吗？"

众妇女听了，正慌得越发乱跑，早有军健们把那汉揪住道："你是哪里来的野人，怎在妇女群中乱撞？"

那汉一瞪大眼道："什么野人，俺是从卢龙节度衙门来的下书人，因初到京城，不知相府街在哪里，偶向她们探听，怎便是乱撞呢？"

裴公听了，不由心中一动，因为那权相博陵公一向交通藩镇，暗漏中枢的消息，这汉子既从藩镇而来，又探问相府街，其中必有蹊跷。于是便命两军健先押那汉到本衙中听候研审，一面却又转向街上巡查一会儿。即至回到本衙，略为歇息，即便吩咐伺候，一声呼，那二堂上登时灯烛齐明，军健役吏两旁列立，公座上坐下裴公，命军健带过那汉，略问数语，即命左右搜括，却从那汉贴身价搜出一封书札。裴公不拆看那书札还倒罢了，看了时，不觉冲冲大怒。

看官，你道为何？原来那书札正是卢龙节度使高瑰给博陵公的，其中情节，却因边境不靖，高瑰畏葸，想求博陵公设法儿将其改调安善之地。其中还有一纸礼单，上列诸品，除寻常土物外，还有黄米、白米、玉米若干。

当时裴公略为沉吟，便知这黄米等物定是金银珠玉等一份厚赂，因为专札上右使人张恺的名字，便怒喝道："张恺，你这赍来的礼物等品，现在何处？"

张恺情知隐瞒不得，只好说出现寄顿在某店中，自己先去寻崔相府下堂。裴公听了，一面命暂押下张恺，一面派人去取到那份礼品。果然不出所料，那黄白米等都是金银珠宝等，粗估去，就有十余万金之谱。当时裴公盛怒之下，本想明日上本，揭参崔相，又有高瑰的书札并张恺为证。那于夫人却劝道："如今那老贼圣眷方降，他所作为，比此事还大的甚多，有多少言官都噤若寒蝉，不敢去撄圣怒。咱职非谏臣，何苦与他结怨？此项赃赂，既经老爷查获，倒不如默收了，做个善举。如今霸陵桥的堤塘石坝岁久失修，何不以此赃赂为此善举，多少羞羞那老贼的面孔，也就是咧。"

那裴公听了，虽是点头称善，但是忠直读书人，这股子倔气总要想法出出的。于是一面放掉张恺，一面却致书于崔相，先说明捉获张恺，查出高瑰的私书并赂遗，末后，却又有几句道：

　　阁下位居首辅，清节著闻，竟有不肖武人潜致重赂，意存尝试。肃恐有玷阁下清誉，谨收此赂，为霸陵石坝之举。唯公垂察，并冀益修清德，为天下望，勿使浅人妄自窥侧，幸甚。

按下这里裴公作好书札，连那高瑰的私书并入函，便派人送向崔府，且说那博陵公自见那家丁田成哭诉被裴公责打之事，已自恨怒非常，及至又见了裴公这封书札，不但恼羞成怒，并且痛惜那十余万金的厚赂。当时不免顺了裴公的口气，复书来深致谢意，但是心头那个恨疙瘩可就大咧。

过得数月，事有凑巧，忽地岭南道上起了一番寇乱，这股寇匪却是当日裴公在节度任上时相机招抚的，约有数万人，首领名任大椿，原是一班海寇，经裴公招抚后，大椿得了军官，裴公便安置他们在雷琼沿海一带。当时大椿感那裴公，驻防海下，甚得其力。及至裴公调任京职，那后任节度不但不善驾驭，并且橄调大椿，想分其众，以便慢慢诛除。那大椿既惧诛，又自恃防海有功，于是恐愤之下，便登时领众哗变，连陷数郡，甚是猖獗。当时警报到京，那崔相不由大悦，因思这等机会，正好借刀杀人，于是轻轻向朝廷进了几句谗言。那裴公便得了个贻误封疆、招寇殃民的死罪，登时革职，拿付刑曹，不但开刀问斩，并且连家属都流戍岭南。

正是：

蜂虿有毒从古说，朝衣戮市竟含冤。

欲知后事如何，且听下回分解。

第十七回

花斑豹遭难山神庙
黑鸦儿夜探权相府

　　当时裴公既遭此惨祸，那于夫人也便急痛之下，跳楼殉夫。一时家产入官，家人星散，自不消说。

　　就中单表公子裴颐在监视之中既痛父遭人陷害，又无亲人来看顾，那番困苦光景，不必细表。还幸得定了流戍岭南罪名，这才心下稍安。但是一寻思起柳珏，又未免诧叹不已。因为柳珏和自己虽分为主仆，却情同兄弟，如今患难中竟不一来看顾，可见也是个无义之徒了。

　　过得些日，由官中发下公文，又派了两个押犯的解役，一名路桢，一名汪汉，两个都是久惯当差的公人。

　　慢表这裴颐起解的消息传出，闻者无不太息。且说这日，路、汪两解役由宫中领了公文盘费并犯人的口粮银，因明日长行在即，须要到家下略为安置。两人行至一处岔路口，正待分头回家，只见一家酒肆前有人招手道："二位头翁辛苦了，一路福星，可好扰俺个钱酒吗？"

　　汪、路望时，却是那崔相的家丁田成，公人们有什么不识窍，又知裴、崔两家结怨的事由，于是三人到得那肆内的静室中，一面吃酒喊喳，一面由田成取出二百两纹银道："你二位先拿些茶资去，回头俺家爷还有重谢哩。"

公子虽说是少年壮健，但是自入监后，备受折磨，又加上一路来奔驰辛苦，至此，已枷磨项破，铐槽腕伤，偏偏路、汪两人又抛却平坦大道，单拣崎岖小径行去。公子脚下本已鞋袜都破，至此不免血流殷踵，一步一颠。

这一日，趱过十余里四无村落的旷野，却来至一处大山脚下，公子抬头望时，好一片荒僻光景，是：

坡坨回互带平皋，山势逶迤一望遥。
草树萧萧相映处，四围但有野风飘。

当时公子见这荒山脚下一片价荆莽塞路，碎石粗莘，越发地崎岖难行，望望日色，又已平西，不由瞧瞧自己殷血的两脚，向路桢道："头翁，不是俺故意怠懒的话，这两日咱只走崎岖小道，俺脚下委实都破，咱今天可好早些落店，明日走些平坦大道中吗？"那汪汉听了，方嘻地一笑。

路桢便骂道："你这贼配军，少要装公子调调儿。咱老子陪你吃辛受苦，还没言语，你倒怨天恨地地要走大路，那么也好办，俺就送你上西天大路。"

说着，方恶狠狠一扬水火棍，却被汪汉一使眼色，便笑道："路哥息怒，你瞧他两脚真个都破，没的去趱了，明日上路，也是累赘。前面山坡便有山神庙，咱且就庙前少歇一会儿，早些去落店就是。"说话间，当头引路。

这里公子一步哼地强挣去，须臾到得那山神庙。公子抬头望时，但见四外价都是长林丰草，杳无人烟，那山坡上一带枯树林间，便是那山神庙。虽说是庙，却已四围缭垣都塌坏得七穿八洞，两扇东倒西歪的山门也虚掩在那里，庙前荒草没阶，是个久无人迹的光景，那庙前倒还有半段夹立石的旗杆，约有一人来高。当时三人来至庙前，公子望见枯林间那片软草地，不觉哎呀一声，扑坐在地。方在

154

呻吟，那汪汉却向四外望望，便笑道："裴公子，不瞒你说，俺们也要盹息一霎，但是俺们睡熟了，说不定你就跑掉。没奈何，你且屈尊些吧！"说着，将公子撮到那旗杆前。

公子方见那旗杆旁有两块断裂的石碑，那路桢早凶神似赶来，不容分说，解下腰带，一面将公子三环五扣，就旗杆捆缚停当，一面向汪汉道："汪哥，你去瞭风儿，这点儿勾当，算是交给我吧。"

公子听了，暗道不好，他又见汪汉趋登庙阶，背倚掩的山门，向四外瞭望之间。那里路桢早唰一声拔出佩刀，先就杆石上磨了两磨，然后指着公子，哈哈地冷笑道："裴公子，话是不说不明，你今死在眼前，却不要怨俺们心狠，你是冤有头，债有主，你家和崔相爷的小过节，大概你也心下明白，俺们并非是贪赃害命，却因崔相爷的吩咐，俺们不敢违拗，他叫俺们割耳为证。那么，请你先忍些小痛，然后上西天去快活吧。"说着，又开左手，抓住公子的头巾，右手又一磨那刀。

这里公子长叹一声，神魂如醉，刚见刀光一闪，忽闻那掩的山门微微一响，接着便啊呀扑通一阵乱响。公子忙睁开闭的眼睛，只见那汪汉凭空地由庙阶扑跌到那断碑旁，一头撞地，竟似乎跌昏。那路桢也被他撞翻，似乎是绊了脚，正在一背朝天，端着脚乱骂。说时迟，那时快，便是由庙门间花绿绿身影一闪，一个箭步蹿到一人，不容分说，先就路桢背上啪一脚。路桢吭哧一声，刚一挝挲手脚，来了个王八爬沙，那人早端起块断碑就他背上压了个四平八稳。那汪汉还在发昏，那人更不客气，也如法地取碑，压置停当。

这时，公子恍如做梦，但见那人破衣褴褛，尘垢满面，也望不清什么面貌，似乎是个乞儿模样，正在暗忖这是何人，怎便来救俺性命，便见那人拾起路桢丢的佩刀，先将捆带割断，然后扑抱自己，竟自放声大哭。一时间，声满寥空，好不悲壮，是：

深山虎啸侔斯响，大海龙吟拟此声。

155

仗义艰辛来救主，谁人解识黑鸦情。

当时公子定神一瞧那人，不觉也落下了两点热泪。

看官，你道那人是哪个？原来便是黑鸦儿柳珏。他怎的便知公子有难，赶来相救呢？诸公别忙，那两个鸟解役着实可恶，咱且叫他多驮会儿石碑，待我叙叙这柳珏来的情节如何。原来当裴府难作、家资查抄之时，于夫人跳楼殉节，公子入狱，家人星散，那柳珏也便随众逃出。但是他却暗做计较，一来想去刺崔相，二来想探探公子定罪的消息再做道理。及至裴公被斩之后，柳珏一痛几绝，恐被人家认识，又因单身逃出，无以糊口，便索性做了乞儿，夜里露宿僻静之所，白日行乞，本想是伺崔相出入，即便动手。不料崔相的护卫森严，难以靠近。

事有凑巧，正这当儿，恰值崔相府中方在大兴土木，要在后园中修筑一座赐书楼，因为崔相为人虽奸恶异常，却偏有父才，当时时有燕许大手笔之目，他自侍从小臣不数年跻升宰辅，也便从这文学上得蒙圣眷，不但崔相文才好，便是其子崔祜也才调无伦，有雏凤清于老凤声之誉。这时，已官居翰林学士，也甚承圣眷，那皇帝既爱崔相的文学，特地赐他的御书秘籍颇多，因此，崔相要筑楼庋藏，以记恩遇哩。当时柳珏既探得有此机会，便想入府去相机行事，又知那工头都每日侵晨，在自家门首招募小工儿入府去做工，日暮方给工资各散。

这日侵晨，柳珏到得那工头门口，抬头望时，倒也十分热闹，是：

分曹列队尽工人，肯向纷纭笑语频。
都道相宅工价好，街头买醉莫逡巡。

这时，那工头门外业已集拢许多工人，一个个都挺胸凸肚，显出壮健神气，以备工头雇用。大家见了柳珏那褴褛寒乞的神气，正在好笑，但见宅门启处，趄出两人，前一人是工头的仆人，后面一个五十余岁的老头儿便是工头，生得赤红脸膛，慈眉善眼，笑眯眯甚是和气。那柳珏跟了大家，方在上前一拥，那仆人忙喝道："你这小模样儿，憨头吊脑的，哪里会当小工，还不快去？"

柳珏听了，因一时不得主意，真个一愣之下，挂些憨状。这一来，倒招得那工头笑顾仆人道："你不要大呼小叫，恶吓人家，咱这不是选驸马，讲模样怎的？"

于是向柳珏道："憨哥儿，你只要有力气，不落后，就成功，你怎小小年纪，就当苦力呢？"

柳珏随口道："因俺家下有个老娘，天天吃不饱，所以俺出来挣些工钱，养活老娘。"

工头道："可怜可怜，那么你跟着走吧，只要你能做工，明天俺还雇你哩。"

于是向众工人笑道："你们可别欺负人家生虎，被俺查知，俺是不依的。"

柳珏听了，正在放下心来，又暗忖："这工头，定是个好说笑善气的人。"便见工头领众纷纷走动，须臾到得崔相府前。端的好个气势，是：

门容驷马起高衙，翼翼潭潭第宅赊。

若论人间真富贵，皇居而下相公家。

这时侵晨时光，那崔相虽尚未退朝，府门前业已屯聚了许多的车马舆盖，都是些巧官权要人们来趋谒的。柳珏至此，恰在感愤之下，一面留神想暗侦府中的路径，不料工头竟由府前绕向府后园。柳珏唯见趄过老远的一段围墙，方到那后园的西墙外，却见有个很高敞的便门，正在大开着，有许多在园值事的人并工匠们纷纷出入。

及至跟工头入得便门，但见好一所宽敞后花园，是：

花树葱茏望蔚龙，长廊曲槛带亭轩。

金粉楼台犹不足，赐书崇构峙中天。

当时柳珏不暇细瞧园景，一眼便望见那赐书楼高耸耸的，十分壮丽，居中价正对内宅的后墙，那楼共是三层，都已修筑将毕，只有上层还在砌砖覆瓦未完。靠楼左面还有个老高的平台，因为距那楼不甚远，上面却堆垛着许多磨出的细瓦，这时，已有几个伶俐小工们在上面向那上层楼覆瓦的匠人们飞递细瓦，一摞儿就有七八块，那飞递的手法和匠人们的接取手法，好不妙相。

这时，柳珏望着内宅后墙，暗忖："怎的到得楼上和平台上，就可以觇望府内的道径了。"

正这当儿，那工头恰好领众止步，便笑道："今天递瓦的小工还不够用，你们哪个有轻妙手法，便去递瓦，倒多挣些工钱哩。"

众工人都笑道："你老别开玩笑，俺们都是笨匠，那一大摞细瓦，倘失手碎掉了，俺们挣不着工钱，倒好赔瓦钱了。"

工头听了，正在一笑，柳珏心下暗喜，便憨憨地道："递那瓦倒也无啥，俺小时抛砖打瓦，且是有点儿准头哩。"

工头拍掌道："瞧你不出，憨憨的倒是心里俊。那么，活该你老娘多吃饱饭。"说笑间，一面吩咐众工人都去挑水和泥，干笨活儿，一面领柳珏上得平台，眼看着柳珏飞递了两摞瓦，不觉大笑道："憨哥儿，你有此手法，好了，少时，你一听梆子响，便去吃饭，回头俺还多给你工钱哩。"

按下工头笑嘻嘻地下台，自向他的歇坐处料理诸务。且说柳珏虽然上得平台，却不暇东张西看，只好纳着头和大家做工。

约莫将及午时，恰好饭梆响动，柳珏随大家吃罢饭，正怙惚着怎的法觇望觇望，只见众工人纷纷地走向园外，还嘻嘻哈哈地道：

"哪位要不歇晌，咱大家赶会儿老羊，还误不了干活哩。"

柳珏听了，料是饭后歇会儿工，正趁机会跑上那平台，先向那后园墙外一瞧，却是很宽敞一处压马的场，只不过靠墙边略有短草并几株高树，那场的东面还有更房，并护院人巡夜坐落的房。柳珏见了，正在沉吟，忽闻背后有人笑道："憨哥儿，你倒吃饱了不闹食困，那么，咱们静静地歇一霎。那工房里大家吵得人发昏，那么，你且扰我杯酽茶，杀杀食吧。"

柳珏转身望时，却是那工头笑吟吟趸来，手内果然端着个精致茶盘儿，内置一把小小的紫砂壶并两个暗花细白瓷杯，只有酒盅儿大小。那柳珏在裴府中自然也是见过世面了，正在暗忖这工头定是工落好钱，所以也会享受。那工头已就平台中置下茶盘，面南而坐。柳珏忙凑向他身旁也坐下，正一瞟眼，见那内宅中黑压压一片房舍，工头已斟上两杯，将一杯递与柳珏。好柳珏，登时心中得计，便一愣道："你这是茶吗？俺见人家茶都是老大杯子，里面是酽酽的黄汤，喝一杯，煞嘴的苦，像这茶，怎的杯又小，又似白水，通没颜色呢？"

一席话，乐得工头两眼没缝，便道："和你在一块儿倒不错，如果吃多了，砰闷胀饱，乐一场子，管保开胸顺气，还外挂着化食。憨哥儿，我告诉你吧，你今天喝这杯茶，回家见了你老娘，就好说古了。这茶乃是南省武彝山的碧罗春，便是相爷因俺包工实在又迅速，他老人家见喜，赏俺此茶。你尝尝味道，就晓得咧。"

柳珏听了，赶忙举杯，咽的声吞入肚，却呷呷嘴道："没味没味，也和白水差不多。"

工头大笑道："你这不赛如驴嚼灵芝草吗？吃这茶，须慢慢品个水的火候，茶得冲淡，然后才能得其真味。俺在府伺候日久，俺听说相爷品茶都是如此，并且还另有品茶燕坐的静室哩。"说着，向内宅中一指。

这一来，柳珏暗喜，便随指势望去，但见里面房舍连延，约略着还分得清内院正房和前面的大厅，其余便两厢长廊，曲折钩带，间以花木竹石，东西价还有两所跨院，都十分宽敞。那西跨院中群房参差，隐隐还有许多人往来，那东跨院中却静悄悄的，但见花木掩映，甚是清雅。其中座北朝南，却有一处舫式的高轩，那轩前靠白石心月台旁，还竖着一根天灯杆儿，上面却没灯，只有滑车上绞着两股绒绳儿，盘在杆身。那院的西墙边还有个角门，似乎是通着正院。柳珏一面瞧望，又恐露出溜瞅的神气，便随口道："真是相爷有福气，连品茶都另有静室。这一大片房舍夹七杂八，难道他老人家到里面就不怕摸不着门吗？"

工头扑哧一笑道："你这怯哥儿，算是开了大眼咧，待我索性都告诉你，你回去见了老娘，好大大地说古。"于是一面吃茶，一面草草一说。

柳珏听了，方知那西跨院是护院人们值班之所，那东跨院却是崔相的内书房，一切家人等是不奉呼唤不准入内，所以甚是静悄。

柳珏一面记牢，一面随口道："真是天下神仙府，人间宰相家，人家都说相爷是文曲星的神道转世，所以他内书房院内，还有小庙旗杆哩。"说着，向那舫式的高轩并灯杆一指。

这一来，乐得个工头前仰后合，一面抹笑的眼泪，一面道："你别怄人咧，什么小庙和旗杆，那轩子就是书房，每值有什么国家大事，或是要作文章，相爷要静静地想主意运心思时，便一个人在那书房内，若是白日，那杆上便挂个肃静的小牌儿，夜里，便挂一盏红灯，好叫大家见了，晓得回避并勿得喧哗哩。"

柳珏听了，点点头，恰又在憨憨地望向那院的东围墙外，忽见尘埃抖乱，由墙下趤过两人，都一色的青衣便帽，结束伶俐，却每人牵了一匹带嘴套的卷毛獒斯狗。那狗长项高腿，其嘴一咧，直到耳岔，就如小狮子一般。柳珏见了，正在想些憨话说，不料递瓦的小工等都已纷纷趤来。

慢表工头端了茶具，徜徉自去。且说柳珏随众价一面工作，一面又端详好夜间入内宅的道径。即至黄昏时分，那工头早蹑来给值散工，柳珏一面怙惚，一面回到自己的寓处，先将自己由裴府逃出时携出的一个包裹并短剑一把都取来，包裹虽然不大，里面却都是金珠宝玩等物，因为于夫人坠楼之后，一时府中大乱，柳珏却于上房中大家抓瞎之中，拾得这小小包裹，所以和自己常用的短剑都推出哩。

当时柳珏仍将包裹藏起，拂拭会儿短剑，已自街柝二记，于是结束佩剑，直奔那后花园的后墙。须臾将近，但见好一片微茫夜色，是：

> 星疏云淡月光微，路径依稀望不违。
> 树影团团高峙处，莫教栖雀忽惊飞。

当时柳珏行近花园后墙下，先隐身大树后瞧那更房等，却黑魆魆的寂无灯火。倾耳良久，也不闻动静，料得是里面无人，恰待去奔靠墙最近的一株大树，忽见园墙东向篝灯一闪，旋即光敛一接着，便有两条人影厮趁趱来，一人便道："喂，老二呀，你真是大傻蛋，人家都是人前献勤，你怎的趱来东跨院外，反倒不声不响呢？若敲打两下子，说不定相爷喜咱们勤劳，还赏酒吃哩。"

那人笑道："你晓得什么？凡事要心眼活变，方不费力又讨好，你想今晚相爷方在东跨院中不知又用什么心思，咱在墙外敲打，若扰乱了他的心思，那还了得？如今咱向西跨院墙外敲两下子，只叫那班值夜的大爷们不挑眼，就得咧。"

"合该这老贼这天命丧俺手，俺不趁此时与主人报仇，还待何时？"

原来那院内画舫式的轩子恰在窗帘尽启，里面是红烛高烧，居中有一卷书式的高脚长案，上面是书籍纵横，杂以文书等件。案后一把太师椅，端然坐定一人，正在那里手按一张红笺，一面执笔沉吟，似乎是连思方酣。那人头戴忠靖巾，长袍缓带，生得白皙面皮，高颧隆准，两道轻细长眉，衬着一双三角眼，灼灼有光，一部稀疏短髯，根根见肉。此人非别个，便是那崔相。那案后屏风旁却还侍立着个小童。

看官，你道崔相为何这么巧，今夜便恰在这东跨院呢？原来，崔相因那赐书楼落成在即，思量作两首诗，以记恩遇，并以夸示朝士，所以静静地在此推敲哩。

且说柳珏猛见崔相，真是怒从心上起，恶向胆边生，正待拔剑飞身而下，不好了！忽见那角门边倏地两条黑影一闪，似是由那正院中闪入。柳珏全身一伏，向下张时，不由一怔。原来便是白日所见的那两头猛獒，这时嘴套已无，越发威实。两獒抚尾倾头地互相嗅了一下子，即便悄悄地巡行院中，似乎是也恐惊动崔相。柳珏见状，不由有些不得主意，因为这等驯扰的猛獒，性最灵警，颇通人意，它们夜间遇有声动，张见人，绝不先汪汪乱吠，都是闷腔地暗下毒口。那柳珏下去行刺，虽不怕狗老哥挡驾，但是和它一厮并，未免惊动人众，倒不如俟它去后，再做道理。

当时柳珏想得停当，又知这獒眼最锐，只好面条儿似的伏身墙头，连大气儿也不敢出。不料两獒偏来讨厌，巡过一回，竟互相婉转着卧向院中。又见崔相已自搁笔，这一来，正闹得柳珏燥污直冒，不好了！忽觉正院中唰的一声，接着自己搭垂到界墙这面的一片衣襟竟似乎被人抓牢。柳珏大惊，虽不晓得是人或是正院中还有猛獒，竟自蹿上墙来，但是百忙中只好一掂脚劲儿，来了个泥鳅钻窝式，由伏处挣出丈把远，跃起来，便奔来路。方一气儿下得正院后墙，几个箭步，奔至围墙，又一个旱地拔葱，跃上墙，一踮脚，飘落园外。早闻得猛獒狂吠，护院人们大呼有警，登时火燎照耀，大乱起来。

原来崔府的猛獒就有四五头，单有狗栅，就在那西跨院中，有狗奴专管养狗，并启闭那栅门，都是夜间放出，散行各院。那似乎抓柳珏衣襟的，便又是一只猛獒。

不表崔府人们且自抓瞎。且说当时柳珏既行刺不成，只好且一面行乞，一面且探听公子定罪的消息，从此便日日向那监狱前趑脚。及至公子定罪，官中又派了解役路、汪两人，启程在即等情，都被柳珏晓得了。柳珏因有含珠等，正想寻见路、汪，纳些赂贿，以便自己随赴戍所，服侍公子。不料这日，在那酒肆门前，忽见崔府的家丁田成由里面匆匆而出，柳珏正呆呆望着他的去路，心下有些怙愡，不料不一会儿，那路、汪两人也从里面把臂而出，神情有些尴尬，于是柳珏大疑，故意闪开去，却悄悄地潜尾其后。路、汪两人高兴之下，行至静僻处，便且行且语，商量害死公子等事，不料却被柳珏听了个不亦乐乎。于是柳珏索性地不露面，从公子起解，便暗地追随下来，或前或后，或左或右，只距公子等里把地远近。

这日，行近那山神庙，忽见路、汪神情有异，又是汪汉一面使眼色，一面叫公子到山神庙去歇息，不由心下瞧科八分，于是柳珏便悄悄地先藏向山神庙，掩了山门，潜自觇望。恰好等个正着，所以便一脚先踢昏汪汉，随即抢出哩。

且说当时公子裴顾忽见是柳珏来救了自己的性命，正在怔怔地涔涔泪下，便闻那路桢大叫道："好汉爷饶命，俺们这是奉上差遣的公事，行装中无多盘费，你快拿去，没的俺压折腰，你也过意不去哩。"

柳珏听了大怒，恰待拾刀奔去，忽又一转念道："这两个公人虽说是死有余辜，但是杀掉他们，俺家公子怎赴戍所？倒不如监押他们，直抵戍所，俺也便就势跟随公子哩。"

当时想得停当，便去放了路、汪，两人仔细一瞧，方知并不是什么好汉爷，却是裴府的黑鸦儿柳珏。他的本领是名闻京国的，路、汪两人岂有不知？

当公人的人自然会随风转舵，那汪汉便顿足道："路哥，都是你没主意，当时田成那挨千刀的，拿了几个黑心钱来顺说咱们，依着

163

我，就马上翻腔，也显得当公人的也会拉人屎，都是恐怕得罪了那老奸贼，却模模糊糊地闹得不像话。"

路桢道："你晓得什么？俺因他这注黑心钱，咱白使了没罪过，又讨他欢喜，公门中好修行，咱们当着山神爷，岂肯害人？方才俺是因公子走得累乏又烦闷，所以和他逗着玩儿解解闷。公子将来前程远大，两个耳朵专听玉旨纶音还不够用，岂是割得的？难道俺不怕被阎王爷捉去，打入十八层地狱吗？"

汪汉笑道："好好，就凭你给公子解闷的功劳，也得把你由十八层提升十七层哩。如今闲话少说，咱快请公子柳爷向前面落店歇息，请公子每人赏咱两个嘴巴好了。"说笑间，便去给公子掸掸尘土，又去拿了水火棍等物。

那路桢更来得老气，便给公子卸了枷铐道："你路上不必戴这劳什子咧，不过冲州过府地，你委屈一霎儿，见见皇家的法度罢了。"

当时两人这一阵胡吵，柳珏听了，虽是好笑，但是见两人状貌尚非凶恶之相，不过是油腔滑调的公人习气，这只好在途中看其光景，再做道理了。于是大家起行，到前途一处店道宿了。路、汪两人奴才似的伺候公子，自不消说。柳珏趁空儿便将自己逃出府来的光景及去刺崔相、一路暗随至此等事向公子一说，公子听了，这才恍然一切，并知柳珏是个义仆。

当晚，柳珏又去购了几件新衣，公子和自己都更换了，这才相与安歇。

话休絮烦，便是如此光景，一路长行，安安稳稳到得岭南戍所。两解役照例地到该管衙门投文报到，那官中人向新来的犯人又不免诸般勒索，亏得柳珏携有金资打点他们，公子安然过下堂来，却被派作扫街卒，去当苦役。当时路、汪两解役领了回批的公文，来别公子，由柳珏又索与他些银两。

不表两人千恩万谢，便回京销差。且说公子虽是做了岭南流人，身执苦役，但是那戍所的官中人们并当地豪侠人们，都思慕裴公坐镇时的德政，又见公子是忠臣的后裔，一貌堂堂，才兼文武，况且唐代风气最重门第，以这等的显族官裔，虽然暂时地负屈含冤，说不定朝政朗时，朝廷就会思旧臣，登时起用公子，以慰忠魂。因此官中人们都优礼公子，不视作寻常流人。公子虽不免照例执役，但是大半是柳珏替代，柳珏又出其金珠宝玩等，折变了以资日用，渐渐地，当地远近豪侠人们都慕名来访，一时缟纻定交，杯酒歌呼，倒也极一时之盛。公子偶暇，便和柳珏驰马试剑，习练武功，或联辔郊野，北望流涕。

光阴迅速，转眼已是三年，恰值国有庆典，赦书忽下，这一来，公子大悦，便连夜写起叩阍辩冤的封事。原来公子因父亲死非其罪，久已茹痛椎心，所以要趁此机会，叩阍辩冤哩。

按下这金鸡诏下，举国欢腾。且说公子和柳珏摒挡了行装马匹，一路长行，直抵京国。先寻寓处安置了，公子便到先茔中父母的墓所，痛哭祭奠毕时，换了白衣素服，赍了封事，正要去击登闻鼓，那柳珏谏道："如今朝廷虽然肆赦，但是那奸相依然当权，朝廷聪明，被其蒙蔽已久，老主人虽有奇冤，倘朝廷不察，公子岂非又要得罪吗？"

公子慨然道："父冤不辩，何以为人？倘朝廷明照覆盆，固是侥天之幸，不然，你便准备着收俺骸骨便了。"

按下这里主仆洒泪而别。且说当时朝廷忽闻有人擅挝登闻鼓，并见到公子所上的那道封书，不但为其父裴肃辩冤，并且有辞连崔相挟嫌进谗陷害等语，不由冲冲大怒之下，又暗忖道："这裴頔虽然狂妄，却也有些胆气，且看他是如何说法。"于是一面传旨，将裴頔捉付刑部，一面传旨明日御端明殿亲审此事。

按下这道谕旨一下，登时得传九城。且说次日里，那午门外御林列队，须臾百官齐集，都鱼贯价入得午门，趋向端明殿，排班伺候。端的是至佩象简，济济跄跄。不多时，静鞭三响，文武班即有当驾官就殿上高卷珠帘，传呼肃静。那殿内早御炉香袅，宫扇双分，

165

居中宝座上坐下了当今皇帝。这时，那公子裴顾早由殿前武士带到丹墀下，匍匐山呼，见驾如仪。于是帝龙颜仍然带怒，便喝道："裴顾，你本罪臣之子，幸逢赦典，得归京国，就当安分为民才是，怎便擅敢叩阍，辩论父冤？汝父招匪殃民，致起变乱，本罪有应得，怎便敢指摘朕躬刑罚失当呢？"说着，面色一沉。

两旁武士正在雄赳赳目视公子，公子却从容奏道："罪民非敢冒天威，讼辩冤枉。徒以当时进谗有人，以致有蔽圣聪，置民父于国典。民今愿得进谗者，与之辩论。倘蒙陛下昭雪民父的沉冤，民便与进谗者一同碎首，亦所不辞。"

回奏间，慷慨流涕，一时冤气愤涌，不由高呼谗臣崔某。这一来，群臣都惊，连殿前武士们有知裴公之冤的，也正在相顾动色。

皇帝早大怒道："裴顾小民，擅敢诬枉大臣，并疑朕为信谗之主，这还了得？"

这时，那班中的刑部尚书料得皇帝盛怒要宣谕定罪了，早撩袍端带，出班来跪听旨下。果然皇帝宣谕毕，便起驾回宫。

这里，端明殿前，虽是人众都散，但是不多时，那午门外早又人众齐集，端的好个光景，是：

公堂南面陈行案，内监尚书左右分。
武士刑人多气势，银铠黄棍并森森。

那御史又这位新令尹也是由词林外放的，于是感慨焦躁之下，便自己就官厅上高坐下来，命衙役摆上壶榼，自斟自饮了两杯，不觉诗兴大发，正高吟了一句"簪毫昔侍今天子"，忽见厅外有个老渔人，芒鞋箬笠，用柳枝贯了两尾鱼，恰望着自己，哈哈一笑。那御史因接宪台不着，正在不耐烦，又嗔他打断诗兴，于是跑出厅，喝命衙役按翻那渔人，打他十板。不料那衙役一褪渔人的裤儿，却高报道："此人打不得，却是个羊毛老先生哩。"那御史大惊之下，正在扶起那渔人，连称老前辈，谢罪不迭。忽闻驴声嗒嗒，径由官进上来了个乡老儿模样的人，不容分说，下驴来向渔人纳头便拜道："门生今天才到这任所，还没去谒见老师哩。"

那渔人大笑道："你来得正好，俺蒙圣恩，许乞骸骨归田，因混迹渔樵，一向不暇吟咏。今适闻高咏，却又触犯官长，你快给我解围如何？"

这一来，那御史晓得这乡老便是自己所欲迎的那宪台，又是这位老先生的门生了，恰在慌得不知所为，早被那新县官连那渔人都让入官厅。大家就现成的酒榼吃过两杯。那渔人高起兴来，就要联句，那御史没奈何，只得先吟过那首句，又读道："张盖今迎新令君。"

那新官接吟道："人事升沉本无定。"

那渔人却满引一杯，大笑道："免打还仗羊毛瘟。"说罢掷杯，径自勋勋而去。

原来，这渔人非别个，便是本县归田不久的一位显宦，他由翰林出身，仕至东阁大学士，当年因上书言事，曾被廷杖。当时凡被廷杖的人，都呼为羊毛老先生，因为屁股被杖打烂，须用带毛的生羊皮就热血箍缚，久之，便如生成一般。据此，便可见廷杖这刑法十分厉害了。

且说公子裴颐，当时匍匐受杖，只四十下，早已血肉交飞，再杖至十余下，公子竟气结死去。但是谕旨是命打一百，那刑人哪管死活？只顾一五一十地杖去，说也奇怪，想是公子命不该绝，杖至百数，公子竟悠悠醒转，于是那尚书便命将公子押入刑部监狱，又遵旨定了罪名，是流戍襄州。

看官，你道怎的？原来那时有这廷杖的刑法，却在午门外执行，是中设公案，上供谕旨，当值内监和刑都尚书立侍案前左右，就如圣驾亲临一般。那所用的刑杖都是老粗的枣木棍，上加黄漆，好不威实。这刑罚直至明代还有。

作者尚记得一个笑话，便是明代时，有这么一个少年翰林，职居御史，因锐气甚盛，今日上一本，明日又上一疏，皇帝不耐烦了，又思挫其锐气，老其材然后大用，于是便贬他为某县的典史官，既远朝廷，县又偏僻。那御史一肚皮牢骚，是不消说了。到任之后，自然是佯狂诗酒，有时闷极，便散步郊野，却令拖竹板的衙役给自己提壶挈榼。

　　一日，恰值新县官到任，那御史虽不耐烦去接迎，但是分属宪台，也只好做此官行礼了，于是坐了二人大轿，打起一把蓝伞，轿前两个戴鸡毛翎的皂役各拖毛竹大板，一声喝道起行，倒也有些威风。不料出城来到得那接官厅前，呆候至日色将落，却不见到。

　　当时柳珏仍跟了公子一路护行，幸得这次的解役公人颇为良善，既抵襄州，公子无非是仍执苦役，但是那当地的豪侠人们仍是来慕名纳交，公子因冤愤郁郁，无可发泄，也乐于和这班人往来，聊舒怀抱。大家命酒歌呼、剑槊相磨下，公子有时酒酣，便北望痛哭，大骂崔相，又束草为人，上写"奸臣崔某"的字样，大家赌酒，以射中草人的为胜。

　　如此光景，过得年余。那崔相远近的耳目人本多，当时探得公子的一切光景，那崔相正想设法儿摆布公子，不料事偏凑巧，公子竟又自投罗网。

　　看官，你道怎的？原来那襄州地面的风俗，清明节甚是热闹，男男女女去插柳上坟，自不消说，并且城外有一所在，名为江湾十里长堤，衬着平原碧草，远近间江山如画，好不风景幽雅，于是那借着上坟就势想踏青嬉春的男女们，无不靓妆盛服，都向江湾。游人既多，自然就有些趁生意的人们去凑热闹，于是茶馆酒肆、花船渔舫以及诸般小贩人等，无不毕具，竟闹得那十里长堤间如会场一般。

　　这日，又当清明节，便有公子的朋友来邀公子去逛江湾。于是公子带了柳珏，大家趱到那长堤间，抬头望时，端的好个风景，是：

十里芳堤簇锦云，香车宝马涨红尘。
游人酒兴消何处，一挂青帘映水滨。

当时大家信步游瞩一番，但见一处处张幄命酒，一带带携侣行歌，因为点缀令节，那妇女们髻上还都插个柳叶，或簪枝杏花儿，有的穿了踏青鞋，有的拿了挑菜篮儿，远远间粉红嫩绿，燕语莺娇，好不动客子思家之感。

公子至此，蓦地想起京国风光并自己无家可归，正在慨然暗叹，那朋友们早已联臂价群趋酒肆。里面是酒客甚多，喧阗如市。公子勉强吃过两杯，便趁大家哄饮正酣，自行慢步而出，拣那游人稀处行去。逡巡间，距堤边颇远，但觉群嚣都静，唯有野花遍地，好鸟争啼，仔细望去，却又一番光景，是：

野田是荒冢松楸，野草芊芊动客愁。
地下长眠谁氏子，纸灰犹自点坟头。

原来面前却是一片荒茔，虽然松楸都无，败落不堪，但是那宿草都满的破坟上，也有浇的酒渍、烧的纸灰。公子见状，正在暗叹这荒茔定是个败落人家，不知怎的，忽地心中一动，痛泪交流，便呆望荒茔，放声大哭。

正是：

清明触感悲先墓，京国潜行罹祸灾。

欲知后事如何，且听下回分解。

第十八回

祭扫坟墓人陷监牢
流戍北庭星犯驿马

上回书说到，公子忽然望着那荒茔大哭。看官，你道公子是涕泪无从、漫悲那地下长眠人吗？却又不然。原来公子望见这等败落的坟头上，还有人来祭扫，自己却羁身此地，不能到父母墓前烧上一陌纸钱哭奠一番，所以便伤心大哭哩。

正这当儿，恰好那朋友们也自寻来，大家揣却公子的心事，有的劝慰，有的乱骂崔相。其中更有几个意气少年，便攘臂大叫道："公子不必悲痛，那京国并非天上，待俺们伴护公子悄悄赴京，去祭扫坟墓，哪里便被官中所知？倘那老奸不生什么是非还倒罢了，倘若不然的话，俺们便和他拼了，也不算回事。"大家只顾吵得起劲，却不料公子怦然心动。

按下当时大家见公子不欢，即便强拉着又游逛了一霎，即便纷纷各散。且说公子孝心一动，真是恨不得插翅飞到京国，当时回到寓所，便向柳珏一说心事。

柳珏却道："公子且慢，那奸相的耳目甚多，公子刻下戍限未满，岂可潜赴京国？倘被奸相侦知，岂非又得罪名？不如小人替公子去祭扫坟墓，公子可少尽孝心了。"

公子道："俺一路上多加小心，并且无多日耽搁，你只在此替我执役就是。"

按下柳珏见公子执意要去，只得且去收拾行装马匹，于次日便送公子登程。且说那裴公的茔地，便在京国城外曲江旁，距城甚近，虽是好体面的一座坟茔，但是自裴公遭祸之后，也就败落不堪，无人看管。话虽如此说，但是那茔房还是有的。

这一日日斜时光，那曲江边有两个老渔人，撒了半晌网，只得了些小鱼儿，一个便道："老哥，合该咱今天打酒没钱，这些小鱼儿只好拿回家去喂猫了。"

说话间，忽见水间泼剌一声，两人忙举网打去，走出一瞧，不由都得乐眉欢眼笑。原来网内却有活泼泼五尾大白鲂，都有尺把长短，好不鲜亮。当时两人将鱼装入鱼篮，负起网来。

一个便笑道："咱这可不愁没酒钱咧，如今江边的阔游船还很多，咱快去发个利市，去吃酒吧。"

那一个便道："慢着，这白鲂鱼却非同小可，刻下缺得很，少说着也一两银一条，还许不易寻觅，咱总得拣个买主，方好多得钱。这若是从先那位大金吾裴老爷还在着，咱可得货儿咧。他老人家最好吃个鲂鱼，俺得了鲂鱼，都给裴府送去，真是贵人吃贵物，那白花花的银两俺就登时入腰。如今虽没得这样的买主，咱也不可胡乱卖掉了，咱还是进城去卖吧。"

先说话的那渔人便道："你说好便好，那么，咱先去赶大宅门，到崔相爷那里，去发发小财。"

说话间，提了鱼篮，匆匆便走。刚趦经裴家茔前，忽见有个白衣少年，头戴遮阳草笠，手持箕帚，在那裴公墓前一面扫，一面拔除荒草。

一渔人便道："喂，你瞧这茔寺里，准是又有了看坟的咧。真是十年河东，十年河西，想当年，裴老爷初任大金吾时，来此上坟，嗬！那热闹法儿，就不用提咧，单是车马仪仗就摆多远，那祭品就是多少抬。你瞧如今，就败落到如此光景。"

那一渔人听了，方在哼了一声，不料咔啦一声，却有个白鲂从篮中跃落在地。

一渔人笑道："嘀！莫非裴老爷你还想吃白鲂吗？"

说笑间，捉起那鱼，刚抛入篮，只见那白衣少年置下箕帚，趱来道："你这白鲂鱼，可好卖与俺两尾吗？"

两人抬头望时，但见那少年好个光景，是：

凛凛身材长七尺，英英眉宇透奇光。

形容憔悴多愁苦，犹带风尘色未降。

当时两渔人一面暗忖这看坟人倒好个壮健模样，一面随口道："俺这鱼卖可是卖，但是我老哥不嫌价贵吗？是一两银一条哩。"

正待拔步，哪知那少年居然由怀中摸出一锭碎银，倒有二两多，投入篮中，竟取了两尾鱼，趱入茔房。这一来，两渔人虽觉诧异，但是穷汉不怕花钱好吃的人也尽多，于是也没在意，直奔城内。

须臾，到得那崔相府前，恰值田成在那里闲踱，一见篮里的白鲂鱼，便笑道："明天俺家相爷正要宴客，你这鱼虽说来得是当口，但是只这三尾，却不够用。"

一渔人便道："嘿！俺们一网本打了五条鱼，却在半路上被人买了两条去。俺为拉老主顾，这三尾你只给三两银好了。"

田成笑道："鲂鱼虽然缺少，但是一两一尾，也太贵些，那么，俺给八钱一尾吧。"

那一渔人不觉笑道："我说田爷，像你老这大门口，还磨价儿吗？人家买两尾鱼的那主儿，虽是裴家茔地内看坟的穷汉，他还价儿不答，就给俺二两头哩。"说着，便一说那白衣少年的光景。

这一来不打紧，但见那田成鱼也不买，拔脚往府内便跑。

看官，你道怎的？原来那白衣少年非别人，便是公子裴顗。那田成和众家丁本奉了崔相的密谕侦察公子的踪迹，今闻渔人说那白衣少年的光景，便料是公子私回京国，匿居茔地，所以如飞去禀崔相。

慢表这里崔相得报，当即传谕京兆尹，命连夜去捉逃犯。且说公子当日里行抵京国，不敢进城觅寓，便直奔先茔，就那空茔房中先安置了行装，又去从左近买了香烛、祭品、箕帚等物，然后扑奔父母的坟头，这一场放声大哭，是：

滔滔近泪无干土，冉冉低空有断云。
色笑难亲唯泣血，天涯羁客痛难禁。

当时公子悲痛良久，叩拜毕，本想是登时祭奠，以便次日便离京，遄返襄州。忽又一想："此地靠曲江不远，来往的游人是多的，白日祭墓，倘被人张见，许多不便，不如俟夜间祭奠为是。"公子想至此，恰在由茔房中取出箕帚，且除扫那坟，忽见有渔人从地下拾取白鲂鱼，公子因此味是裴公生平所嗜，所以便买了两尾，一并俟夜间充作祭品。

当时公子提了鱼，入得茔房，因长途奔驰，未免疲倦，于是略拂土榻，枕了行装，倒头便睡，本想是少息便起，去上夜祭。哪知人劳苦倦极，又感悲痛，精神一弛懈，这一觉好不沉酣，正在遽遽栩栩，恍惚中，似觉有人来扪拥手足之间，不好了！忽地一声喊起，公子猛然醒来，忙望时，但见满房中提灯照耀，有几个捕健模样，个提刀棒，已将自己反剪缚牢，不容分说，黑索一套，起便飞走，这不消说，这班捕健便是京兆尹所差的了。

按下公子又入罗网，且说那京兆尹，因是崔相所要捉的逃犯，哪敢怠慢？当时连夜升堂，略问公子由戍所潜逃来京的光景，只好承崔相之旨，先打重杖一百，然后押入监牢，去见崔相，禀明公子潜逃来京情形，以待崔相处置。

当时崔相沉吟一会儿，却只命暂为监押，这一来，公子裴颐又坐监牢之事又复哄传远近。为日不久，这消息已到襄州，那柳珏大惊之下，正要施展能行捷足飞奔京国，不料襄州诸豪侠大愤之下，却群聚商议道："裴公子人中麟凤，今复为奸相所捉，便恐祸且不测，咱等既与公子意气相交，岂可袖手？俺想那奸相好货无厌，本当去刺杀他，为国除奸。但是无解于公子之囚，又替毂之下，咱等也有犯法纪，唯今之计，咱不如都赴京国，一来周旋公子，二来破着重金，去打点奸相，使公子早早出狱，不致祸罹不测才是。"大家听了，都各拍手称妙。及至去寻柳珏，哪知柳珏业已携带金资，直奔京国。

按下诸豪侠意气勃勃之下，便各自收拾行装马匹，各携重资并刀剑，也便随后登程。且说柳珏施展开飞行脚力，真似云催电迈，不消三四日，已抵京国，便先寻寓所住了，然后去打点了京兆府的狱卒牢头。和公子晤面之下，主仆不由相顾泣下，各叙分别后的光景。从此，柳珏便早晚间去探监送饭，那狱卒们都得了实惠，自然不去拦阻。转眼间，过得四五日。

这日，柳珏为掩人耳目计，又换了敝衣破帽，从监中送饭回头。刚提了饭篮儿踅向府前大街，忽闻泼啦啦马蹄响动，径从街西头一窝蜂似的驰过一队人马。柳珏从尘埃抖乱中望去，约有六七人，都一色的卷檐毡，箭袖长袍，胁下佩刀，脚下黄牛皮快靴，行尘仆仆，似从远道而来。慌得刚低头闪向道旁，却闻一人响亮亮地道："这条街靠进府狱，咱就向街东头寻店去好了。"

柳珏听得语音，似乎厮熟，抬头仔细一瞧，不由心中一动，暗忖："这班人为何都来这里呢？听他们直吵府狱，巧咧，就许是都赶来想瞧望俺家公子。但是那奸相耳目甚多，他们如此的乌烟瘴气地闹，却于公子无益。"怙惚间，遥望那队人马，果然踅至街东头一家大店前，大家下马，纷纷都入。

看官，你道柳珏为何如此思忖？原来那队人马正是襄州诸豪侠，方才随后赶到哩。

且说柳珏当时见襄州诸豪侠都已落店，因恐崔相耳目人多，自己这时倒不便入去，于是逡巡间回向寓所。直至初更敲起，方寻向那大店，只见门灶上刀斗乱响，正在热闹，三两个店伙流水似的只顾向上房中送菜送馔。上房中是灯烛辉煌，又有一客大喊来酒。柳珏听那粗声暴气的语音，不由暗忖道："这个愣爷也赶来，越发不妙。刻下奸相的耳目四布，他俩在京中只顾流连，倘闯出些事体，却不妙哩。"

看官，你道怎的？原来那人名叫简祜，是襄州地面第一豪侠，为人粗猛好酒，并曾随裴颀学习剑法，扎草人做崔相。大家习射赌酒，便是他出的主意，所以柳珏如此怵惕哩。

当时柳珏一面思忖，一面向店人一探听由襄州来的客人，店人因正在忙碌，便向上房中一指，这里柳珏刚一步踏近上房帘外，已闻一人道："今天咱少为歇息，明日先寻访柳老黑，咱先去探监，然后大家商议，快寻门路，去打点奸相，只要公子早些出狱才好。"

即又有一人道："依我说，咱打点奸相这事儿，索性不必叫公子知晓，免得他于心不安。只是柳老黑现在何处，却不易寻，俺想他既先到此地，必然已与公子会面，咱明日倒不如先去探监，看望公子，自然就晓得柳老黑的下落了。"

柳珏听了，恰待掀帘，便闻简祜哼地声长出一口气道："既如此，咱快些吃饭吧，就去探监，何必明日？那禁卒们好便好，不好时，咱便打他娘的。"说话间，砰的一拳，似乎砸在案上。

这里柳珏掀帘入去，但见满房中好个光景，是：

当筵酒肉正淋漓，列坐群豪一字齐。

红烛光摇人影乱，行尘犹自浣征衣。

当时群豪见柳珏趑入，正在哄然站起，都各欢笑之下，乱问公子的光景。

那简祜早大叫道："老柳，你好快腿子，倒叫俺们一场好赶，那么，你先领我去探监何如?"

柳珏听了，慌得乱摇两手，一面止住大家喧哗，一面说公子现在狱中的光景。大家听了，也便一说随后赶来之意。

柳珏忙道："诸位且慢，俺听说于这三两日间，俺家公子也就要定罪出狱，大概还是流戍远方。诸位不但不必去行赂于奸相，反招那厮的疑忌，便连去探监也可不必，因为奸相的耳目众多，他倘知公子能致这许多的豪侠宾客，岂非反招他疑忌? 诸位只待公子出狱后，大家会面好了。"

群豪听了，正在面面相觑，简祜却吵道："如此也好，只是叫俺还须多生两天闷气。"大家听了，都各一笑。

按下柳珏又切嘱大家，且自静听公子的消息，这才匆匆回寓。且说那崔相，因今年进士贡举的科场是其子崔祜知贡举事，那些在自己门下走的官员们未免都来请托拔取其子弟。崔相连日价应酬他们，直至试场已毕，放榜之后，这才提起处置裴頠，思量远恶边方的所在，无如北庭，并且那北庭都护柯思敬，威严异常，所去的流人罪犯，是十有九死。今将裴頠流戍到那里，岂不消却心头之恨? 当时崔相想得停当，即便谕知那京兆尹，将裴頠如此定罪发遣，克日起解。

慢表京兆尹奉到崔相的密谕，只好且整公文，签派解役，忙碌一切。且说襄州诸豪侠得知公子裴頠流戍北庭的消息，不由都各吃惊。

看官，你道为何? 原来北庭地面既是边塞苦寒烟瘴之地，并且境近胡人，汉胡杂处。那胡人往往伺隙窥边，冷不防地便来杀掠一阵，不问军民官长人等，那杀不尽的便都掳去，一面令其做开荒苦役，一面坐待其家属拿金帛来赎，甚或卖为人奴，因此那京庭都护将军一官，必须武健严酷又畅晓兵机的人，方能从容坐镇，胜任愉快。

这时，那北庭都护却姓柯，名思敬，以军伍起家，颇有边才。

生得赪面长髯，身高八尺，善用一柄金背九环大斫刀，每擐甲临阵，便如天神一般。他初到北庭，便用兵设计，降伏了胡人一部落万帐之众，便令其屯居北庭那城外，以为外卫。

那部落之王名叫乌克塞，彼中俗呼为可汗。这乌克塞在胡人中号称最强，他既降伏了柯思敬，做了北庭的外卫，所以其他部落也便不敢来窥边。但是那柯都护却生性严毅，又因这边塞之地是四方亡命之徒并流人罪犯的渊薮，非用猛不足以为治，因此他的威名远播，当时有柯阎罗的诨号。凡罪犯发配北庭，是无不痛哭着诀别其家属的。

那襄州诸豪侠是久闻柯思敬的大名，所以未免替公子担忧，都各吃惊哩。正这当儿，那柳珏也便由监中看望公子回头，一见大家惊叹的神色，便道："诸位不必忧虑，俺探得那柯都护人虽威严，却甚是刚正，大概不能为奸相所用，害及俺家公子。俺闻得此行的解役，官中已点派了什么汪庚、纪亮这两人。从先俺家老主人做执金吾时，都曾在本衙中做过护卫来，方当了官役，途中有他们，更觉放心。俺就去寻他们来，由诸位嘱托一番后，岂不甚好？"

说话间，恰待站起拔步，却闻简祜在室外大笑道："老柳，你一向腿子快，这次可落在俺后面咧。俺已把他二位撮了来，你还向哪里去寻？"

> 身中面白略髭须，矫捷身材七尺余。
> 和蔼容颜多笑口，却从护卫做衙胥。

当时大家厮见过，彼此落座，客气数语，当由襄州诸豪侠嘱托过照应公子等语。大家方要告便时取相馈的金资，汪、纪两人早知其意，便慨然道："俺们都是裴府的旧人，如今伺候公子，正好报裴老爷的旧德。你若以寻常官役瞧俺们，俺们便当告退。"

大家听了，连忙改容称谢之间，那简祜却吵道："如今明日公子

177

就要起解，老柳不消说，一定跟去的，难道咱们老远地奔到这里，没见公子一面，就罢了不成？依我说，今晚咱大家都入监去会见公子更好，不然，便撺掇酒，明日到府狱前伺候，和公子痛饮一场，且书别意，如何？"

这时，柳珏只顾向汪、纪两人说话，却由大家向简祜一使眼色，又悄悄喊喳数语。

按下柳珏和汪、纪两人匆匆去后，这里大家也便连夜价准备一切。且说柳珏当晚回向自己的寓所，先清算了店账，然后收拾了行装金资等物。一宿晚景过后，次日早起，结束停当，寻思简祜昨日吵着在府狱前候见公子的话，未免有些招人耳目，倒不如叫他们都在城外大道旁相候为妙。想罢，便负装佩刀，别过寓主，直奔那府前街的大店。刚一步踏入店门，只见上房间是房门上锁，院中各人的马匹也自不见，唤了两声简爷，也没有搭腔。柳珏不由登时一怔。

正是：

帐望人综空客舍，会看饯饮向长亭。

欲知后事如何，且听下回分解。

第十九回

邮亭赠剑潭水比深情
雁塔高会鲍老作奇舞

且说柳珏一怔之下，向店人们询襄州众客都哪里去了。

店人笑道："别提咧，他们昨夜命仆人们买到许多肴酒，并叫了几个小娘儿，吹弹歌舞，大吃二喝，直闹了半夜。今早俺们起来，便见店门大敞，上房上锁，他们一班人连马匹都不见咧，连俺们还都纳闷哩。"

柳珏听了，以为简祜等真个向府狱前去候见公子，于是不暇答话，回身便走。刚一步踏到府衙前，只见汪庚、纪亮已带了公子，囚衣荷枷，由府衙内点验放行毕，匆匆而出。当时两下会意，也不搭话，柳珏便厮趁着尾随在后，大家举步，便奔城外。

时当春日，晨光如沐，端的好个长安早春的光景，是：

> 云里帝城双凤阙，雨中春树万人家。
> 红尘紫陌相望处，深巷迢迢唱卖花。

须臾，出得延秋城门，便奔阳关大道。约莫趱过数里，早已灞桥在望。但见飞虹压波，万柳摇青，水带离别之声，山作远送之色，行尘簌簌，扑来离恨千重，芳草芊芊，踏碎客愁几许，果然是自古销魂之地。

这时，道上行人渐稀，柳珏因凑向公子，一询简祜等人，方知公子出狱时，并不曾见他们。柳珏听了，一面怙惬，一面相随过得灞桥，便见道旁一处高原林木间现出一座邮亭，昔人有诗道得好来，是：

灞桥柳色拂行旌，邮路凄迷驿草明。
消尽客魂都不管，子规犹作断肠声。

当时大家行近邮亭，柳珏和汪、纪两人因见行人稀少，正想入亭去少为歇坐，以便与公子卸却长枷，好奔前路。忽闻那亭旁树林中咳咳地一阵马嘶，接着便有人哄然道："公子和柳爷，怎的这时才到？俺们已在此等候多时。这所在想没得奸相的耳目，咱快到邮亭叙别吧。"说话间，高高矮矮，花花绿绿，由林中踅来一班人。

这里公子抬头望时，正是襄州诸豪侠一班人，都一色地凉笠短衣，结束硬健。其中还夹着四五个美伎，都一色的丰容盛鬋，罗绮从风，有的抱筝，有的挟瑟，但是其中却不见简祜。柳珏见状，方知在城中寻他们不着之故，百忙中一面随公子上前厮见，一面四望简祜的当儿，却闻邮亭中有人哈哈大笑道："这些酒已被俺吃得不差什么，快请公子来，待俺先敬三杯，还俺要学一路临别的剑法哩。"说话间，这里大家簇拥公子，入得邮亭。

柳珏一眼先望见那亭中没有地毯，一席矮筵，早已摆列停当，亭壁上还挂着柄七宝镶鞘的宝剑。好笑简祜，却箕踞着坐向筵旁，一面摇头晃脑地望那剑，一面却连浮大白，将个凉笠也掀悠在背后，顶门上是酒气拂拂，直至望见公子，方嗖地跳起，抢来把臂。

这时，众美伎连忙就筵上各斟满杯酒，即就筵旁伺候。大家就座后，方嘻嘻哈哈，一面略调弦索，一面席地而坐。这里大家叙别之下，各举离觞，正又闻得林中系马一阵骄嘶的当儿，远闻裂帛一声，弦索齐鸣，钬钬铮铮，闹过一阵。众美伎各啭珠喉，和声价唱

180

出个《阳机折柳》的调调儿，端的是响落梁尘，声震林木，是：

> 邮亭话别敞离筵，肝胆相倾各黯然。
> 曲罢征尘高起处，柳条系恨自年年。

当时大家闻歌触景，各自慨然。须臾，酒至半酣，那襄州诸豪侠一面向汪、纪两人谆谆嘱托，一面目示亭外伺候的仆人。恰待取馈赆相赠，只见简祜跳起来，向公子纳头便拜道："师父，你今天没别的，俺跟你学剑一场，如今临别，你还须教俺一路剑法，尽尽别意。俺也无物相赠，你便持俺此剑去，便算俺一路随行，何如？"

大家听了，喝声好，欢笑如雷，便纷纷地与公子斟满一杯之间。那柳珏却见大道上有个行人，向亭中凝望一会儿，这才匆匆而去。

正这当儿，公子慨然饮过那杯酒，和大家相与站起，由简祜摘下那宝剑，锵啷出鞘，递与公子。公子先瞧那剑，是神锋耿耿，寒光四射，倒也是把名剑，于是大家簇拥，出得邮亭，那高原浅草地上甚是平坦，只不过远远的角落里，有几块大白石，磊砢偃仰。好笑众美伎，既要瞧热闹，又怕刀剑，便都花蝴蝶似的跑向那白石间，纷纷踞坐。其中一个白胖的，见一块长长的卧牛形的石块儿，后半段甚是光滑，便叉腿子骑在上面，甚为写意。

这里公子一面略为扎拽囚衣，提剑踌躇，一面望见那几块白石，不由心中一动，便暗暗向空默祝一会儿，这才撒身退步，放开舞场。要说公子自入狱以来，郁闷日久，今既感诸豪侠的意气，又有心事在怀，自然是精神百倍了。当时抱剑在怀，独掌加额，啪的声，一踩脚柱，放开门户，即便移步换形，嗖嗖舞起，先轻趋软步，一路价钩拦臂刺削，照了一个四门，然后才一紧手中剑，步步紧跟。会层开拓起来，一片寒光上下翻飞，加着人影重重，滚滚流步，那许多身法解数，端的是高似流电经天，似水银泻地。须臾，人影都无，但见满场中寒光凌乱，张得个简祜正手舞足蹈，喝彩不迭，忽见公

181

子一矬身形，登时剑法一变，是：

闪闪寒光贴地流，滚龙剑法鬼神愁。
腾空有力鸿骞似，落地无声蛇走伴。

原来这滚龙剑法是纯用挫锋出奇制胜，单取敌人下路的毒招儿。其中如腰横玉带、足踏金莲、三曙套月、五牛分尸等的毒手法，固然厉害无比，尤其令人莫测的还有一手儿，名为排天射斗，便是于滚滚流走中，忽地跃剑而起，直刺那人下窥抵御的咽喉，这就在一气盘旋手法灵妙了。当时公子施展开这路剑法，张得大家喝彩如雷，连众美伎也都眼花缭乱。那白胖的只顾拍掌，一面却乐得屁股乱颤的当儿，不料公子大喝一声，撒手跃剑，高可数丈。那剑向下一顺，一道寒光向公子当头便落。惊得白胖美伎正在哎哟一声，这里公子略侧身形，一翻健腕，早已接剑在手。

这里简祜只认是舞剑已毕，提了那七宝镶鞘，正要去拾起那剑，说时迟，那时快，便见公子倒提那剑，一个箭步抢向那卧牛形的石块边，咔嚓声，手起剑落，火星乱爆。那白胖美伎一个震颤，仰跌在地，恰在两脚朝天，只顾乱舞。这里大家哄然跑去，瞧那石块时，已自中断为二，闹得大家都在一怔。

公子却慨然道："俺因此去，未知吉凶祸福，所以剑试此石，暗卜于天。今幸剑落石断，看来俺与诸位还后会有期，如今登程匆匆，咱也便彼此别过吧。"

大家听了，正在欢呼，一齐额手向天。那白胖美伎却攒眉爬起，还吓得花容变色，于是大家转入邮亭，执手话别。简祜拾起那剑，交付柳珏。众豪侠也便各致馈赆有差。

按下公子道声再会，即便别过大家，匆匆启程。

且说襄州诸豪侠望得公子影儿不见，这才命仆人收拾一切，纷命鞍马，一路歌呼，趄回店寓。因连日挂念公子的事体，未得畅游京国的风光，如今公子既去，大家身闲心暇，自然要尽力畅游了。于是大家每日价连骑出入，或携伎载酒，或轻弓短箭，凡京城内外名胜之区，一路徜徉。刚转向一条长街，只见红尘杂沓，彩旗双引，却由对面价趱来一班人众，是前面排开了全副仪仗，鸣锣喝道。后面是卫士十余人，各跨鞍马，都武装鲜明，结束得如黄金力士一般。后面是一匹青花骢马，雕鞍丝辔甚是整齐，马上那人生得长眉细目，颇为儒雅，是乌纱软翅帽，绯色宫锦袍，腰横黄带，足踏乌靴，正在揽辔徐驱。再望向后面，却有百数十骑，马上人是老少丑俊一概都有，却一色的红袍纱帽，腰横银带，并且帽插宫花，十字披红，大家一个个摇摆春风，竟从夹道的槐荫影里分两行作队而来。最后面却还有十余骑，上面都是些青衣仆人，并老苍头模样的人。这时，街坊上行人避道，自不消说，并且两旁的高楼上珠帘尽卷，有许多花枝招展的小娘儿在上面凭栏下望。大家一面笑语，一面水汪汪的俏眼波都只顾向那披红巾的少年们注去。

张得简祐恰闪在一处肆檐下，那一班人已自招摇而过。简祐向肆中人询问那班人时，不由大怒之下，趁了酒兴，掉臂便走。

看官，你道为何？原来唐代风气，那新进士们最为出风头不过，得中之后，朝廷便赐冠带红花，由那位状元公率领了同年进士，夸官游街，自不消说。并且有曲江宴，便是在曲江地面，大家齐集，盛陈伎乐筵席并彩舟锦幄，大家高会宴饮，热闹一天，这还不算。又有所谓雁塔会，那热闹光景，一如曲江，大家都集在慈恩寺内有雁塔的那后院中，仿佛诸门生公请老师一般。是日也，不但观者空巷，十分热闹，并且有些闲汉子弟去献杂技，博赏赐这日，正是雁塔会之期。居中青骢马上的人便是今年知贡举的翰林学士崔祐，其余的披红马上人都是新进士，大家方迎请得座师来，去赴盛会。那简祐忽张见奸相之子如此风光，又想起公子裴颐还远戍北庭，不由便因酒之下，冲冲大怒哩。

慢表简祐愣性儿，自去做他的愣计较。且说那慈恩寺前，这时

183

是高搭彩坊，鼓乐齐备，那四路来的香车宝马，男女游人，既已热闹得各市场一般，又有各挡的献技人们都系括五颜六色，离离奇奇，聚拢在山门外，专等会筵一开，便去献技。那寺中也便钟磬悠扬，香烟缭绕。

正这当儿，崔祜同了一班新进士也便到来，纷纷地各下鞍马，簇拥入寺。这一来，众游人也便潮水似的都涌入去。须臾，到得有雁塔的后院中，但见好个宽敞热闹的光景，是：

> 缭曲红墙趁彩坊，峻嶒高塔峙空场。
>
> 欲知何处文星聚，锦幄如云两翼张。

原来那会场的筵席已自都安排停当，就是那雁塔旁居中之地扎起一座玲珑彩坊，为的是界隔游人，自有官中隶役在坊门前把守。坊后面是老大的一片空场儿，分东西价设了两行锦幄，内排酒筵，便是新贵们的座位。居中价坐北面南，一座锦幄，酒筵上只设独座，便是崔祜的座位。

这时，山门外鼓乐都止，崔祜和新贵等也便各就座位，那坊前的众游人望时，但见一个个传杯递盏，吐气扬眉，端的好个衣冠盛会。真是俗语说得好来，是：

> 十年窗下无人问，一举成名天下知。
>
> 雁塔会如烧尾宴，龙门跃鲤化龙时。

当时众游人见那崔祜高坐在正面筵上，一面擎杯慢饮，一面左顾右盼，望着那两行新贵桃李，好不兴高采烈。大家见状，恰在相与啧啧赞羡，便闻坊门外当当的手锣轻响，接着便花花绿绿踅进两班人众，一班是教坊中的乐人，一色的软翅乌巾，蓝衫皂靴，腰束丝带，手执乐器。那一班便是教坊官妓，都一色的头梳菩萨峦髻，

184

身穿长袖舞衣，衬以霞帔灿烂，彩带飘扬，一个个明眸善睐，笑口嫣然，便如一群仙女一般。这里人家，料是来献技讨赏了，恰在都悄悄指点，便见那两班人齐齐地向正筵上参拜毕，便霍地一分，一边是笙箫细奏，一边是起舞翩翩，既已尽落月停云、回风流雪之观。

少时，众官妓复相与联臂踏歌，这一来，越发地舞若惊鸿，歌伴白雪，极尽声容之妙。须臾献技毕，领赏退出。这里大家正又见正筵幄外侍立的卫士们高喝肃静之间，便见又从外面趸进一班玩杂戏的坊曲少年，都一色的花拳绣眼，结束伶俐，大家分头价做了会儿盘竿、舞剑、跳丸等戏，领赏退出。忽又见彩门外游人一闪，接着响亮的一声怪啸，登时由门外跳进一人，大家忙望时，但见那人好个光景，是：

> 幞头象简大红袍，面具团团入望遥。
> 疑是天官来赐福，郎当趋走体形高。

原来当时坊曲间这档子独脚把戏，名为舞鲍老，是由一人戴了假面具，打扮得如天官爷一般，来跳舞做戏。虽是滑稽玩意儿，却也有许多的舞法，甚是有趣。

当时大家见那人身体魁梧，戴了一张大白脸，倒着幞头，敞披红袍，偏又踹双破乌靴，嘟嘟当当，便如醉钟馗一般。正在好笑之下，便见那人直趋正筵，就幄外向上躬身，一个大喏，便如舌尖上起个焦雷。两旁卫士都各愕然之间，那人已自略为退步，便就幄门外从容舞起，回翔容与，一面婆娑作态，一面趋跄好风，招得大家正在好笑。恰值又有一班清音细乐的子弟班儿前来献技，因那人跳舞未毕，只好都簇立在彩场外，作起一阕《朝天乐》的曲谱，一时间，五音繁会，就如给那人做随手，助跳舞的姿势一般。这一来，但见那人旋转如风，忽地来了个八风舞式，登时满场中光景，又自不同，是：

185

龙腾虎跃形容迅，凤翥鸳翔筝跃高。

折项扭头多袅娜，居然摆动似弓腰。

原来这八风舞在舞法中是很为滑稽的，因为那舞法在飘忽迅骇之中，还杂以折腰鹤步摇头握臀的诸丑态哩。这一来，大家不由哈哈都笑，慌得众卫士连喝肃静之间，不好了！那人忽地又来了个胡旋舞式，其疾如风，不但幞头、象简、大红袍等一概都飞，并且吼一声，提了油钵似的大拳头，便奔正筵。

正是：

侨装做戏来独脚，快意何妨奋老拳。

欲知后事如何，且听下回分解。

第二十回

慈恩寺莽汉闯宴
皇姑驿贤主留宾

　　且说那幄外的众卫士忽见那人提拳闯筵，有的只顾发怔，有的还以为人家这份舞法中或者有这一招儿，大家只略一逡巡间，不好了！便见那人虎也似闯入幄中，啪一脚踢翻酒筵，揪倒崔祜，那拳头只顾雨点儿似打下。这一来，众游人疑是疯汉，正在大哗之下，满院大乱，便见众卫士大呼捉贼，那人也便莽熊似的抢出幄来，先迎头打倒两个当头的卫士，接着便抢入众卫士围中。你看他撒开拳脚，这阵好打，是：

　　　　拳来捶碎南山石，脚去踢翻北海波。
　　　　虎入羊群真个似，这般怪舞妙如何。

　　当时那人一阵拳脚，打得众卫士东倒西歪、满地乱滚，就这围势一松之间，那人一连几个箭步，已到幄后的围墙下一耸身形，早已越墙而去。这里众卫士纷纷爬起，一面分人去追那人，一面和仆从人等并众新贵都拥向幄内，一瞧崔祜，不由且惊且好笑，因为崔祜这时不但呻吟着委顿于地，并且鼻青脸肿，满身上尘土、酒菜，闹了个淋漓尽致。当时被仆从人等扶起，众新贵上前慰问之下，大家正面面相觑，正没做道理处，那追人的卫士们也便趑转，却只从

187

墙外拾着那人丢落的假面具哩。

按下这雁塔盛会，一场煞风景的事儿，登时哄传长安。且说当时会散后，崔祜回宅，恰待将此事禀明崔相，以便谕知京兆尹，严拿那行凶之人。不料早有自己的耳目们前来报告一切。

看官，你道为何？原来襄州诸豪侠那日在灞桥邮亭与公子饯行，大家去的时光，盛装连骑闹嚷嚷跟了仆从人等，担酒挈榼，早招得街坊人们都各注目之下，互相传说，早被崔相的两个耳目人所闻，于是跟将去觇探。柳珏所见的那两个行人，他两人偷觇至公子去后，又尾了诸豪侠，直至店中，悄悄地向店人们探询这班客人的来历，方知是从襄州来探望裴頠的。当时两人虽料这班豪客都是裴頠在襄州交结的好友，但因裴頠已起解登程，便不去向崔府报告。如今既见崔祜忽无端地被一莽汉暴打，不由便料到或是这班豪客所为，聊泄不平之气的，所以两人便忙来报告一切哩。

当时崔祜闻报，因恼怒之下，急欲捉那莽汉，索性不动员知会京兆尹，便派宅中护卫数十人，一窝蜂似的抢到那店寓，却一扑是空。原来襄州诸客早已去掉唎。

当时崔祜闻报，虽只好就此罢手，但是心头未免便留了个裴頠的影子，这且慢表。

至于莽汉为谁？料诸公便都猜到是那愣爷简祜，因恨崔相，便迁怒于崔祜，但是这一迁怒不打紧，却致裴頠又遭险厄，此是后话慢表。

如今且说公子裴頠等一路长行，便赴戍所，在路上无非是按站而进，这次虽一般也是起解赴戍，却舒适得多了。因为汪庚、纪亮甚感当年裴公之德，所以服侍公子十分周到，公子一路价倒赏玩了许多的名山胜水。

这日，距北庭还有三四日的程途，却行抵一处大镇聚，十分热闹，地名皇姑驿。据说着，当年有位公主曾去和番，路经此间，曾登高回望乡国，因而悲怆致疾，竟致香消玉殒，便埋至此间，因此便以名镇。当时大家落店，本拟次日起行，不料公子偶染感冒，竟自病将起来，还亏得大镇聚的所在医药现成，柳珏等尽心调理，数日之后，公子病势已愈，但是初愈之后，尚须将养三两日。

这一日，早晨起来，公子觉得胃口不佳，思量寻些活鱼籴汤，以供早膳，于是柳珏揣了些散碎银两，踅向店门前问店人，这镇上哪里有卖活鱼的所在。店人听了，却望了日影，然后笑道："你这时去买活鱼，正是时光，不差什么也该开鱼市咧。你出东圩门，走不远，便沿着那条小河汊向南去，约有里把地，偏西向有个村庄，正对那村的河岸上有片柳树的大场儿，便是鱼市哩。"

柳珏听了，匆匆便走。出得东圩门，踅过不远，果然有条小河汊，其中水流活活。虽甚宽阔，却并不甚深，沙石历历，清澈可鉴。向南遥望，果然见里把地外，偏西向有个烟树蔚然的村庄，正对村庄靠河下，果有疏落落一带柳林。柳珏料得是鱼市了，忙奔去瞧时，但见好个野趣儿光景，是：

　　鱼罾相望赶乌篷，杨柳徐摇正晓风。
　　旭日三竿虽已上，市声犹未动寥空。

当时柳珏见那河下泊着四五只小渔船，也有空的小划船，那些渔人却错落着将各人的鱼篓儿摆列在河岸上，篓儿上覆荆条盖儿，似乎是还未开卖，虽颇有些提篮倚胆小鱼贩们等候蛋鱼，那渔人们却待理不理，大家只顾攒三聚五地相与说笑。

柳珏因公子早膳还等用鱼，于是望着个大鱼篓儿，便奔去道："你这里有活鱼吗？快卖与俺三两条。"

说话间，方要去揭篓盖，那渔人却抄手一架伸去的胳膊道："慢着，他要活鱼，须等一霎儿，人家地主还没来拣头水鱼，俺们如何敢开卖？因为这市场是人家西旺庄单爷的地基，每早开市，须候他来拣过自用的鱼，方许俺们开卖哩。"

189

柳珏焦躁道:"什么单爷,你只快卖与俺两条好了。"

说着,略一挥手,登时将那渔人操了个仰八叉,因一手揭篓盖慌忙,转声篓儿翻倒,鱼倾满地。柳珏都不管他,掏出一锭矿银,丢在地下,两手拍起三四条鱼,就要拔步。闹得众渔人一声喊起,正从四外价都围拢来,柳珏却闻迎面有人大喝道:"你这野厮,怎便敢来搅乱市场?快与俺放下鱼再走。"

柳珏抬头望时,但见那来人好个光景,怎见得?有诗为证。是:

> 明眉大眼形容秀,凉笠袖衫意态闲。
> 趿履科头潇洒甚,鬓花江映小鱼篮。

书中暗表,原来这来人非别个,便是方才那渔人说的那市场地主单爷。此人姓单,名廷元,他父亲名叫单珪,是个专走各边镇的大商人,多在北庭地面往来贸易。廷元随父在北庭数年,因生性好武,只顾终日价交朋请友,不是酒肉游戏相征逐,便是相与驰马舞剑,甚至于还有些江湖人慕名来访,因此闹得名闻远近。廷元虽意气洋洋,但是其父是个谨慎商人,见廷元只顾好客自喜,唯恐闯出什么祸患,于是便收拾商业,回到西旺庄的老家纳起福来。过得两年,也便病殁。

那廷元拥有金资,便越发地慷慨好客,这片鱼市的四面,本是单家的产业。廷元没回家时,却被一班地痞把持了,凡是就此卖鱼的人,都须给他们月纳规费。及至廷元回家,一顿拳头把他们打跑,廷元便向渔人们豁免了月纳规费,却定了这每早晨自来拣选两尾活鱼,然后方准其闹市的规法。这时,廷元恰从庄中踅来拾鱼,因看见柳珏弄翻鱼篓儿,打倒渔人,又抓起鱼要跑,所以奔来喝阻哩。

且说柳珏忽听来人开口喝斥,不由气往上撞,又因那人说搅乱市场,不由越怒之下,迎上去也喝道:"俺将银买鱼,他这厮说什么搅市场?"

说着,一抡右手中的鱼,本是想叫那人瞧这鱼并不是抢来,不料抢得势猛，那鱼身又滑，噌的声，脱手飞出。哈哈！说出凑巧，但听啪嗒一声，正中那人的鬓角，一枝透鲜的俏皮野花儿和鱼落地之间，柳珏大喝闪开，一个箭步蹿过去，正要便奔归路，忽觉后项边手风一抖，那人甩脱袖衫，一个老鹰掏兔拿法，已自抓来。柳珏赶忙提气，一紧皮肉，噌一声，滑脱来手，左手抛掉鱼，挺起钢锥似中指，旋身如风，一个唤虎出洞的式子，恰待劈面价去点那人的眼睛。说时迟，那时快，手还未到，那人喝声来得好，一矬身形，右手一个托梁换柱的式子，托向柳珏的臂肘。柳珏忙力按脚柱，右手刚起，那人一骈左掌，一个黑虎掏心，又已戳向柳珏的心窝儿。柳珏右手疾下，啪一声，攥住来腕，两人各奋全力，团团地一个风转磨，不但立解开这阵拿法，并且拖住着抢向河岸。连众渔人并船上的人们也都大呼助势之间，这里柳珏和那人也便甩脱手，龙骧虎跃地一阵好打。

但见：

气豪力猛各称雄，换步移形态更工。

武术最难推白打，会看顷刻定输赢。

当时两人这一交手，但见脚似飞风，拳如密雨，已十余个照面。若说柳珏的本领，只须紧凑着施展一阵，怕不将那人立时打翻，但因一来挂念公子，不欲在途中惹事，二来见那人的拳法倒也不俗，心想只须瞅冷子用一招儿点醒他，别误了自己给公子买鱼，也就是咧。柳珏想至此，便步步退让，本是意在伺隙遭招儿，哪知那人以为是柳珏手怯想跑，于是大喝一声，步步进逼。

这一来，撩得柳珏性起，瞅冷子，趁那人一拳扑空，柳珏急旋身形，用一个回风扫叶式，擦地一腿扫去，那人趁前抢之势，扑地便倒。柳珏赶去，恰待提拳打下，不料那人就地一滚，接着一个风鱼跃浪的式子，已自跃上一只小划船，是不容分说，便抄起那竹篙，

191

一面点离那岸，一面却向柳珏破口大骂。柳珏不晓得他居近河下，是通水性的，于是扑一声，蹿上划船，只脚跟方才落下，那人却哈哈一笑，一个倒猛子翻入河中。柳珏一时蒙住，还待抢篙去戳他的当儿，不好了！但见那船滴溜溜一转，那人却两手扳舷，一冒头儿，笑道："你这野厮，来搅市场抓鱼吃，且请你自己去摸鱼去吧。"说话间，划船一翻，英雄落水。

张得众渔人一声喊起，那人已分波如飞将柳珏拖牵出两箭来远，一时互相揪扭。两人这场水战好不热闹，是：

> 鱼跃兔趋各逞强，水花四晕溅流长。
> 几番出没兼离合，搅海翻江两敌张。

若说柳珏，小时节淘气玩耍，虽也略会泅水，但是儿戏本领，哪里能敌那人精通水性？况且那河汊虽不甚深，却也急流汹涌。

当时柳珏勉强招架了一阵，早被那人一使手法，夹项价按下水去。众渔人但见一道水线，去如激箭，直至里把地外，那水线一旋折，又复奔回。就两旁水晕层层之中，众渔人正见那人冒起半身，提了柳珏的头发，又是向下一按之间，忽闻柳林间有人高唤道："河下那位兄台，且住手，俺们都是奉公差遣，由京都向北廷去的公人们，你有话慢讲，何必动粗呢？"

众渔人望时，便见忙忙地奔来两人，都一色的衣冠齐整。看官，你道这两人是哪个？原来汪庚、纪亮早起来，向街坊上散步回头，闻店人说柳珏去买活鱼，两人正想今天治具，快饮一场，一来给公子起病，二来散散连日的郁闷。于是先去购办了诸般肴酒，然后踅向鱼市，本想是也拣些活鱼，不料一眼便望见柳珏在河中和一人厮打，业已甚是吃亏。又听渔人们讲说两人厮打的缘故，所以汪、纪便赶来声唤哩。

且说单廷元起初本以为柳珏是个来搅市场的无赖，所以便激恼他上船来，以便自己水中取胜。如今既见汪、纪两人相貌不俗，又说都是公人们，自然便登时住手了。于是起手一提，又一手托稳了柳珏的后腰脊，施展开分水踏波的能为，便由远远的河中流直奔河岸。

这时，恰好单宅的仆人们闻得主人在河中和人厮打，也便忙提了衣履包裹等随后赶到。当时大家动手，先把柳珏接上岸去，由汪、纪扶住他，弯了腰子，干呕了两口水，却落汤鸡子似的蹲向一旁喘息。单廷元且不理他，便命仆人取出衣履，先与柳珏换好，自己也更换衣履已毕，然后和汪伦、纪亮彼此施礼厮见，各通姓名。

及至由汪、纪等说出公子裴颐的来历并起解赴戍、现方落店、因病后思鱼等事。廷元不由吃惊，却一面眉飞色舞地道："啊呀，了不得，俺真是有眼不识泰山，当年裴老爷在官的德政和如今公子的英名，俺久已钦慕，只恨无缘得见。如今却天假良缘，公子和诸位却路经敝处，俺也不敢别致敬意，这河下的活鱼却是有的，便请公子到敝舍盘桓两日何如？"

柳珏听了，因肚内水才呕出，还有些发胀，正在攒眉摇手。廷元却大笑道："柳爷，俺就怪煞了你，你若早说出给公子来买鱼，不结了吗？你虽偏俺吃两口水，俺也偏你吃一脚哩。"大家听了，不由都笑。

当时廷元更不怠慢，便一面吩咐众渔人拣数尾大活鲤，命一仆人先送向宅内，一面领了其余仆人便奔镇圩。柳珏拦他不得，又见廷元是个当地的豪侠，只好先去报知公子。

入得店寓，先向店人们一询廷元的来历，兹知他是皇姑镇第一慷慨好客的人物，于是向公子正在报说一切之间，那廷元和汪、纪等人也便到来，于是宾主厮见，各道倾慕。公子恐耽误程途，不愿耽搁，却当不得廷元苦苦速驾。

慢表廷元仆人们七手八脚掮了公子等的行装等物匆匆先走。且说公子略为谦逊，随了大家，慢步出店，虽是病才痊好，但是趄出镇圩，倒颇觉神清气爽。因为在店房久闷之故，当时廷元当头引了公子等一路说笑，须臾却见距道旁偏南向远远有座高台，虽半就颓圮，却还是崇隆突兀，就如半截坏塔一般，上面青葱葱地满是草棘。公子正疑是什么烽火台的遗基，廷元却一指那台，笑道："公子见吗？那便是俺这里的一个古迹，名为望乡台，便是当年那位皇姑曾在那所在登高价回望乡关，所以后来人便筑此台哩。"

在廷元是随意说笑，不料却触动公子远戍北庭之感。还亏得柳珏窥知公子动感，便说起自己在河中吃水的光景，这才招得大家都笑了。不多时，趱到那鱼市，便向西奔那西旺庄。公子等留神瞧时，但见街坊宽阔，巷弄纵横，有数百户人家，那街东头却坐北朝南现出瓦窑似的一片大宅舍，远望去，但见那宅是磨砖照壁，广梁大门，青石底座，浑砖到顶的高峻围墙，衬着门首的马石龙爪块，甚是气势。那宅的东西下里，又有两座白石坊，上面都镌着四个大字，一是"乡里善人"，一是"孟尝高风"，公子见状，正暗忖廷元果然是个富豪好客的人物，便见由宅内迎出几个伺候的仆人，于是由主人肃客，相与入宅。大家先向客室落座吃茶毕，略为叙谈。

那正厅上早已一席早筵摆列停当，公子等由主人相让入厅，宾主依次就座毕，柳珏方要退出，却被廷元一把按向客位的末座道："如今你主仆行路，不讲礼腿，应同坐了，方好叙谈。俺还要领教你的拳脚，怎系来得那么结实哩。"

大家听了，哈哈都笑之下，廷元即便依次巡杯。但见满筵上好个光景，是：

> 主人好客盛筵开，千里逢迎缟伫来。
> 但使主人能醉客，何妨投辖且衔杯。

当时大家欢呼畅饮地闹过一阵，却由仆人献上清蒸活鱼，大家一尝，果然鲜美非常。少时，酒至半酣的公子听廷元谈起北庭的光景甚是熟谙，正在倾耳，只见廷元用箸挑出个鱼眼睛，破为两半，置在空碟内，却笑道："人家南方地面，有用鸡骨占卜的，俺这里乡俗，却用鱼眼占卜，连掷三次，看其俯仰，以定阴阳，然后再总合所得的卦象，以判吉凶。虽是村俗鄙事，却也颇有灵验，待俺与公子占占此行是否吉利，何如？"

柳珏听了，正暗忖廷元还会卜相等术，便见廷元恭敬敬地站起来，轻拈那两片鱼眼，连掷三次，然后坐下来，沉除一会儿，却向公子拱手致贺道："俺看此卦大吉大利，公子此行，不但诸事顺适，大有际遇，并且卦象中还有婚姻之喜。只是得意后，却须诸事谨慎，敛抑豪旷之性，韬晦锋芒才好。因为吉中有凶，还主有阴人克忌，俺初相公子之面，气色甚佳，便知此行大吉，今按此卦象，越发可喜，来来来，待俺且贺您一杯。"

汪庚、纪亮正欣然都望公子面色之间，柳珏却笑道："单爷，您既说俺主人气色甚佳，俺主仆一体，想来俺的气色一定是满面红光、印堂黄亮了。你且给俺瞧瞧，何如？"

大家听了，正在一笑。廷元却一面敬过公子一杯，一面道："您的气色倒也甚好，只是你右眼下这点黑痣不大好，在相法中名为滴泪，据说着，当犯小小水厄，但是今天你在河中吃了几口水，也就应了景儿咧。"

大家听了，又在哈哈都笑。柳珏却慨然道："您这话俺可不信，因为俺眼下这点黑瘢，并不是天生的痣了，提起此话，叫人伤心。当俺五六岁时，俺只知姓柳，小名铁儿，跟着俺妈妈和一个姑母在家过活。俺姑母比俺大个八九岁的光景，俺常听妈妈喊她英姑，想是她的小名儿了。这一年，忽然大水，大家喊着没饭吃，便家家都去逃荒，俺那时一概不懂，只知跟妈妈和姑母，今天到这个村庄，明天到那个城镇，虽是没得饱饭吃，俺倒觉好玩得很。一天，走到一处很热闹的城市，俺妈妈忽然含着泪和俺姑母说了几句话，俺姑母先就哭起来咧，俺妈妈哭得更凶，但是待了一霎，俺妈妈忽然拾起半根干草，插在俺头上。这一来，瞧得俺姑母泪如泉涌，便一面掏出两文钱，给俺买了个大炊饼，一面将着俺坐在一处人家的肆檐下。斜对过不远，却是个老大的宅门，还有些衣帽齐整的人们出入。这时，俺妈却走向那宅门，一面抹泪，一面向门凳上坐的个老头儿说了几句话，那人便慨叹一声，点点头，随即望了俺两眼，志身入宅。少时出来，却将个小纸包儿递给俺妈妈，便相与走向俺跟前。这时，俺炊饼在手，自然是又吃又玩，但因俺姑母背面朝里，只顾哭得抽抽搭搭，一个乱草似的大磕子也跟着微微颤动。俺以为她是饿得哭，正举着那半块炊饼，想拖她转面来给她饼吃，不好了！但听俺妈妈哇的声放声大哭，跌坐于地。那老头儿也便来拖拉俺，慌得俺一个鲤鱼打挺，本想是向俺姑母怀中去藏躲，不料一下子却将小脸儿磕在阶石沿上，因此右眼下面破一块，后来结痂掉了，便落了这个黑瘢。"

大家听了，正在好笑，公子也慨然道："这话不错，他卖身到俺家时，家慈不忍他便离却亲属，还命他妈妈等在俺家住了些日，才遣去的哩。"

按下当时一场酒筵只吃到日色将西，方才分散。且说公子等从这日住在廷元家，每日除了谈宴，便是大家游逛左近风景。光阴迅速，转眼间已是五六日，公子业已病势大愈，壮健如故。那廷元虽只顾挽留不放走，无奈汪、纪因公事有程期，不敢过于耽搁，于是廷元择日置酒，在前厅上与公子等饯行。大家且谈且饮，吃过一会儿，公子因久扰主人，今又承盛饯，恰待深致谢意。只见廷元向仆人略示眼色，仆人趄出，须臾，却提进个小小包裹。

正是：

旅人抱感方增愧，贤主多情又照行。

欲知后事如何，且听下回分解。

第二十一回

蒙总管巧说柳夫人
柯都护刑吓黑鸦儿

　　且说公子正要向主人深致谢意，只见仆人提进个小小包裹，就席旁几上打开来，里面却是纹银二百两，并有小书一封。公子见了，只认是主人要馈赆自己，恰在心下越发不安之间，便见廷元向汪、纪两人笑道："那些许微资，便请你二位一路上买杯水酒吃，稍尽俺鄙意。"

　　汪、纪听了，方在推辞，却当不得廷元，已命仆人将那银送入客室，却又向柳珏笑道："柳爷此一路去服侍公子，固然是妥当不过。但是到得北庭，却有两件事须要当心，一是降胡的可汗乌克塞，他的部落人众都散处在北庭城外偏北向一带，乌克塞虽约束部下，号令严明，但是他部下人既多，又胡人犷悍，出于天性，因此往往因游猎樵牧等事，欺侮咱汉人。公子此去，倘有时出游散闷，切记不可向他们屯居之处踏脚，这是一件事。那一件，便是北庭都护将军柯思敬，他管辖流人罪犯，虽也不怎的特煞严厉，只是流人们初至，投文报到，他升堂点收时，必要照例地先打一百记扑凶棒，然后才收押了，分派苦役。那扑凶棒端的十分厉害，流人们往往因此丧命。"

　　柳珏等听了，正在一怔，廷元却又笑道："柳爷莫惊，这一事，俺给公子安排了个主意，如公子运气好，料也无妨，便是北庭有俺一位父执老伯伯，名叫蒙安，他久在将军府衙中当司阍总管，历任将军，因他年高谨慎，都甚是信任他，当地人们都呼乌蒙总管。"说着，目视那书函，又道："那封小书，便是俺写了托他照应公子，总要想法儿免过那扑凶棒才好。你到那里，先持此函去寻他商量法儿，然后再投文报到好了。"说着，便亲取那书函付与柳珏收起。

公子见了，连忙深深致谢过，又询问些北庭的风俗光景。慢表当时大家畅饮，至天色傍晚方才席散并当晚宾主话别的光景。

且说公子等次日里收拾了行装等物，即便别过廷元，相与登程。趱过两日，已渐近北庭地面，果然是地近边塞，风景不同。昔人有诗，道得好来，是：

> 扑面风沙吹帽裙，戍楼高笛远犹闻。
> 路如剑阁撑危石，山似奇峰锁暮云。
> 原上老驼眠草碛，篱根小妇牧羊群。
> 征人到此休回首，乡国迢迢日又曛。

当时大家一路趱行，望不尽的黄云茂草，重山复水，村落颇稀，往往趱过三四十里，方见人家。除了大队的行人外，还有些行商客贩，他们都是大批的驼骑，载了诸般货物并行帐毡帷粮糗日用等物，商人们都佩刀持械，便如一队军伍一般，因为他们是逐处的流转贸易，或行经没人烟处，便须露宿，并且边塞间强人暴客是多的，所以行商们便如此地结队设备哩。大家趱行之下，也间遇有胡人的贾贩们一个个盱睢侏缡，策骑而过，其中也间载妇女，倒也白皙姣好，别有风致。

这日，行过一带平阳茂草之地，早望见那座北庭雄卫的朝阳关。
但见：

> 万山拱抱锁关门，鼓角旌旗澹夕曛。

198

马后红花马前雪，征人到此怆心魂。

　　原来这朝阳关便是北庭的锁匙咽喉之地，所以由那护将军设有戍兵关吏等盘诘行旅，以防奸暴哩。

　　当时大家行近关门，当由汪庚、纪亮就偏僻所在给公子穿了囚衣，上了枷铐，然后直奔关门，由汪、纪取出公文，那关吏照例验过，然后放行。

　　大家入得关去，但见巷衢宽敞，店肆相望，倒也十分热闹。及至落店，业已黄昏时分，大家问起由此距北庭城还有多远，店人却笑道："你们明日早行，只须日斜时光便可到了。好在刻下柯帅爷方在巡阅边境未回，你们便着实歇息两天再去，还未迟哩，俺这朝阳关有三宗宝，是牛脯、白干、娘儿脚，少时您几位吃饱喝足，叫几个小娘儿，解解行路的辛苦好了。"

　　说笑间，掌上灯烛，按下当时大家晚饭罢的一宿晚景。且说次日里，大家出得关来，便奔前途，日午时分落店，打过午尖，汪庚、纪亮向店人们询知后路，只有二十余里之远便抵北庭城，只好仍与公子上了刑具，然后起行。果然日色西斜，早已行进那北庭城外。公子抬头望时，端的好座边城雄镇，是：

　　百尺严城峙塞垣，襟山带水作雄关。
　　由来都护防秋地，画角边声起暮烟。

　　当时公子和柳珏回望来路，恰在相与慨然，那汪、纪两人早已当头价迈步前进。须臾，行过那城外老长的一段关厢，早望见城门外列有守兵，十分严肃，于是汪伦、纪亮取出公文，那守卒们验过，大家入得城去，但见三街六市十分热闹。当时柳珏因暂不去投文报到，为免人耳目，便寻个稍为僻静的店所，大家入去，安置一切。晚饭后，向店人们一询问那蒙总管的宅寓，方知在钟楼寺大街，门

199

首有棵大槐树的便是。于是柳珏取出书函，置在手下，和公子等测度会儿那蒙总管见了此函后，不知肯为力与否。

次日早饭后，整整衣冠，揣起书函，出得店来一路询途，便奔钟楼寺街，转弯抹角地刚踅到一条长街，忽见两旁行人纷纷避道。抬头望时，便见对面价行尘起处，旌旗招展，远远地来一队人马。须臾近前，前驱是二十余个军弁模样的人，都一色的明盔亮甲，跨马佩刀，雁翅排开，按辔徐驱，后跟二百余骑兵，都一色的轻弓短箭。这队过后，当头却飘起一面帅字火旗，后面却是头踏的全副仪仗，仪仗过尽，又有二百余名健步短刀手，都包头抹额，革腰快靴，结束得如黄巾力一般。后面又有两骑，左右缀行，上面却跨着两个中军官模样的人，是一个身背敕旨印匣，一个手擎金铍令箭，再后面，又有四名步下的军弁，都弁缨彪彪，身属囊健。左右价拥定一乘八抬安舆，舆中却坐定一位轻装缓带的老头儿，年约五旬，生得颜如渥丹，眉棱威耸，颔下一部苍白长髯，顾盼间目光锐毅。再望向后面，还有数十骑，上面都是仆从并护卫人等。张得柳珏恰闪身在一家店檐下，那队人马业已滔滔踅过，但闻马蹄响动，好不肃静得很。柳珏暗忖，那舆中人好个气度，便闻店人们相语道："这次将军去巡阅边境，转眼就个把月的光景咧。"

柳珏听了，方知那舆中人便是都护柯公，不由暗忖道："瞧这柯公，虽然威严，却也挂慈祥态度，怎的偏有那扑凶棒的例呢？俺想公子一路价长途奔走，又在皇姑镇病了一场，虽说是业已大痊，毕竟气体上还欠壮健，倘那蒙总管不能为力的话，俺柳珏相从至此，所为何来，难道就坐视公子有性命之忧不成？"想至此，不觉义气勃勃，也便顿时得计。

按下这里柳珏直奔蒙宅。且说那蒙总管这时已自七十来岁，他既总管将军府的庶务等事，自然是连内院的一切买办物事等都由他指挥群仆，买办停当，然后由他送入。或夫人于什么事体吩咐，也都传唤于他，久而久之，他就仿佛个跑上房的老院公一般。那柯公前房夫人早已亡过，这时的夫人却姓柳，起先本是买来的个婢子，便伺候那前房夫人，夫人因她生得端庄温柔，甚是可爱，便请柯公纳为小妾，夫人操持家务，甚得其力。及至夫人殁后，柯公情深伉俪，便不愿续弦，竟将柳氏扶为正室。柳氏虽识字无多，却喜闻稗官野史上的故事等，尤其喜闻忠孝节义等故事，偏那蒙安上了年纪的人多所闻见，很有一肚皮的老古董，因此柳夫人往往闲暇之时，便唤他来赐座赐茶，或命他讲些故事，或问问外间有什么新闻。因为是个老总管了，便是柯公，偶值公暇，也往往来听他的信口开河，以为笑乐，这也不在话下。

且说这日，蒙总管从府中踅回本宅，恰在前厅上歇坐吃茶，只见仆人送进一封书函并垂手禀道："那下书人名叫柳珏，是从京都来，现在外面，还候着叩见于您哩。"

蒙总管听了，一面暗忖这是何人来的书函，一面拆开书函阅毕，不由心下犯起为难。看官，你道为何？因为那书函便是单廷元所作的了。书中除略述寒温起居之外，便是详述裴公父子之为人并所遭的家难，以及自己和公子裴顿主仆结识之由。今因公子赴戍北庭，所以命柳珏赍书，求为设法照应，甚望能免过那顿扑凶棒才好。书中并言柳珏是个忠义健仆，所以命他赍书，面求一切哩。

当时蒙总管沉吟一会儿，暗忖："将军的扑凶棒本是定例，自己虽在将军面前得些脸面，如何敢给戍犯进言，求免此棒？但是裴公子孝义可嘉，又有单廷元的函托，这只好唤进柳珏来了，详询一切，再做道理了。"

慢表蒙总管想罢，便吩咐那仆人去唤柳珏。且说柳珏在那门房中恰在思量蒙总管见了那书函，不知肯见自己与否，忽见那仆人匆匆跑来传唤，不由心下暗喜。及至跟那仆人踅入前厅，但见那蒙总管好个和蔼光景，是：

慈眉善眼态安详，老眼无花笑口张。

201

伛偻起迎多客气，白鬑飘拂抱拳刚。

当时柳珏趋前，未免要行叩拜之礼，却被蒙总管拉住道："柳管家，俺敬你是个忠义之士，咱且坐了讲话就是。"

这时，早有仆人与柳珏设了座位，宾主落座。略谈数语，由柳珏说起前来相求之意，蒙总管不由攒眉道："此事俺已思量过半晌咧，皆因将军这扑凶棒是个行之已久的定例，俺人微言轻，又不敢进言于将军，这却叫俺为难得很。所以辗转寻思，不得其策，在柳兄如有什么高见，何妨说来咱大家斟酌呢？"

柳珏听了，见蒙总管意为真切，并非推诿，不由便慨然道："小人倒有个拙见，俺想冒昧着干冒将军的威严，先去递一呈辞，就说俺主人裴颐现方患病，不禁刑棒，俺情愿替主受刑，如何？"

蒙总管沉吟道："你此计倒也使得，但是那顿扑凶棒也着实厉害，你既有此义举，忠心护主，俺当设法成全，倘把你替代的这顿棒免过，不更好吗？你今日便快具呈辞，并叫解役们去投文报到，连同呈辞，一并递向帅府就是。"

柳珏听了，也不敢询问他怎的设法成全，当即唯唯退出。

慢表柳珏回店，当即和汪、纪两人忙碌一切。且说蒙总管打发柳珏去后，又静坐寻思良久，挨至日色稍西，约莫着柳珏的呈辞将军业已过目，这才踅向帅府。入得内院，见了那柳夫人，垂手价回过些事务。夫人正在闲暇，便仍然赐座赐茶，命他讲些故事。蒙总管便趁势笑道："夫人一向听得忠、孝、义、烈的故事，便赞叹不置。如今老奴那会子听得一件新闻，说起来比故事还有趣，真是忠、孝、义、烈都够得上。但是其中的人物，依老奴看来，却有个痴汉，待老奴讲来，夫人你道此人痴也不痴？"

说罢，便从头至尾将裴公父子的一段家难、公子裴颐现已至北庭投文报到、仆人柳珏已递呈辞情愿替主受扑凶棒的刑罚等事，细细一说。那蒙总管本有口才，善讲故事，又搭着这许多情节慷慨淋

202

漓，说来有声有色，真就似一段故事一般。听得柳夫人正在动容价赞叹柳珏，这蒙总管早料夫人业已慈心发动，于是连忙趁势道："夫人您瞧柳珏此举，虽是仗义救主，但是那一百记扑凶棒，他焉能还有命在？所以老奴笑他是个痴汉哩。"

夫人也笑道："你莫笑他，古今来忠、孝、义、烈的事体，哪个不是痴汉做的？但是此人若被将军一顿棒打杀，真也可怜。"说着，不觉眼含珠泪。

好个蒙总管，真个机灵。

南阳山剑侠

著者曰：

予少也贱，尝奔走齐鲁燕赵间，曾之南阳湖一探幽胜。停桡待渡，闻居人述国初时女侠飞霞事，甚奇颖，因叙记如右。惜无唐人《剑侠传》笔墨之恣逸耳，然亦差异于坊间俗笔，读者必能辨之。

第一回

飞娘初至南阳山及沂郡慑服豪绅并闻盗谋

　　青齐山水素甲天下，而兖郡、泽泗、秦鱼之属，尤多胜地，然莫如距济宁西七里之南阳湖为最胜。是湖绵亘方圆几百里，远通洪泽，近接运河，洙、泗、淮、宿之水，胥汇于此，浸成巨观。湖故饶渔业，居民环湖而居，不下数百户，而蒲苍竹苇之利，尤能远达他境。

　　每当风日晴和，渔歌帆影，所接触于耳目者，尤使人心旷神怡，飘然有出世之想。湖之南为巨山，峰峦特秀，首尾盘亘数百里，余势蜿蜒，直及江南界。山中居民多淳朴敦古风，然直质好勇，悍斗成习，其天性也。

　　先是此间居民互相雄长，每争湖山所产利，时相械斗。官中出禁，恒不能止。至是时，则群伏于一妙龄女郎，禀承惟谨，而女郎亦能慑其气，处分诸事，咸能得理之平。于是群众警伏，争斗以绝，咸乐其业，尊慕甚至。

　　女郎年二十余，丰容盛鬋，艳若桃李，若眉黛间若丛隐忧。犹诛茅构屋，处飞霞峰之巅。其峰积石铁青，峭逾百尺。仰望之云气回互，林树阴翳，丛菁密蒨间，惟猿猱时或得至，而女上下自如。居人每当星稀月朗，或见山巅月光一线，袅袅徐起，初若电逝，继如风旋，已而纵横夭矫，不可端倪。或倏然远引，不可复睹；或舞毕旋投女屋。人偶叩之，女但笑不语。因所居之峰，即自号曰飞霞

207

女，人亦无敢以姓氏坚询者。

飞霞虽行止素秘密，然其为人和易纯挚，蔼然可亲，尤好与翁媪辈话家事，恒刺刺不倦，至烛跋不去。每见人家骨肉情话，团众和乐，辄惘惘有失，或至潜然涕下。春秋佳日，或着渔笠，急装锐履，挟弹逐飞，上下岩谷间，遇童稚，即与之嬉游，终日若借以排遣素抱者。

先是，飞霞未至南阳府，沂州郡城有豪绅蔺某者，势焰熏灼。蔺故官族，官中朝者四五辈，某恃势而横，视令长若厮仆，一朝投，则县符夕下，所害甚众，道路以目。性尤好渔色，纵恣无伦理。尝午节宴集族众，男女咸集。某被酒经内室，偶睹东偏曲室，茜窗深闭，且水声浪浪达户外，疑而潜觇，则其妾名小容者，方裸坐而浴，红肌掩映，姿态媚绝。某伏觇移时，心宕不可止。俄闻窄步繁碎，笑语来曰："阿姆，顷西城大婢子，惯作局弄人，非阿姆解围者，彼一巨觥，宁不灌煞人？"

某回瞩则其族姑某，脸晕微红，云鬟低垂，醉扶其族姆亭亭至。某遽睹若痴，盖其族姑与某妾小容，貌绝肖，恒互着衣履，乍睹之，人莫能辨。至是，某遽前邀止，语涉轻薄，其族姑骇绝。某遽目慑其族姆曰："姆速去，无预，乃公事。"于是竟拥其族姑入曲室，其横绝如此。

会郡城春社，杂陈百戏，某鲜衣徐步，从平头奴戏，相游瞩。时士女如云，箫鼓填咽，香车宝马，尘敕敕如霏红雾。某驻立肆檐下，极目纵览，旋见三五少年，连臂来聘，且谐俄环立道左，若有所伺。顷之，一少年延项远觇，耸肩曰："至矣，至矣！"

某从觑之，则一媪携香楮伛偻来，龙钟殊甚。某方窃笑，忽光彩腾踔，照人眉宇，则媪后一女郎，年可十八九，寻常结束，而媚好天然，流波所注，非复世间凡艳。某惊绝，急尾侦之。及神祠，媪掖女拾级而上。级甚峻，女屡抚纤趾，粉汗淫淫，态尤艳绝。且顾媪小语曰："都缘阿母好祈报，几累煞人，行看阿母作菩萨去。"

208

媪俯仰笑曰："老身昨见玉姑，健如黄犊，为汝登楼摘榆荚，轻捷乃尔。婢子不自怍，乃复喋喋。"

女曰："嘻！阿谁比得玉姑来？"相偕遂入。

某伫立神定，稔时始复旋，侦得为流寓叶姓女，母若女也。女名明珰，善针黹，以家贫，役指奉母，矮屋三楹，居曲巷中。某喜甚，虑无敢忤己意，遣人讽之，日克期焉。当是时，某凶淫闻一郡，忤者无幸。叶母女茕茕，计无所出，日相对泣。

方愤惋间，玉姑搴帘入，尘鬈犹宛若涉长道者。玉姑者，即飞霞也，不知所自来。寓郡年余，赁庑叶媪居，独与明珰善。顾性僻而介，意所不惬，面凛然作冰雪，值其喜则又梨窝浅晕，若蓓蕾初启也。询其邦族，不以告，但云："远矣！远矣！"然偶谈之山水，则又独详□鄂中，若武昌、汉阳之胜，诉之娓娓，闻者忘倦。恒独出，往往经旬乃返，亦不知其何作。叶母女习之久，亦不之怪，兹又去月余，始旋耳。

明珰见玉姑至，举首酸嘶，泣不成语。玉诧绝，详诘叶媪，乃得某绅无赖状，怒骂曰："鼠子敢尔？吾居此久，宁不汝知？徒以无暇为俗人拭涕，遂养痈至此，是诚吾过。今当小警之，俾勿肆。然豺虎之区，曷可久处？吾亦从此逝矣。"

越翌日，某绅拥爱姬寝方熟，及醒，前一尼俨然在抱，大骇，细睇姬也，而髡矣。姬醒亦诧甚，盖某绅须发尽脱，又赫然僧也。互相唾诟间，忽见帐畔悬革囊一，启之则须发条条俱在，并縢以短函，其略曰：

　　汝倚势而恣，宜血吾刃久矣，姑宥之以观厥后。汝朝
　及叶氏居，夕当处汝首囊中，须发其识也，凛之。

某大骇，秘不敢诘，事乃得寝。叶媪念终不可居，乃携明珰之济垣，依其戚某，而玉姑亦去。久之，南阳山乃有飞霞女迹。

当飞霞初来南阳时，日掣破舟往来湖滨，渔虾蛤以自给，人亦未知奇也。会有李獭子者，以力雄其曹，椎埋无赖，以暨绿林锦帆之徒皆归之，久阚任氏擅湖荡利，思夺之，然未有以发也。滨湖故有酒楼号清楼，伟构切云，轩窗明豁，广可容百座。临轩纵目，烟波浩然，而渔唱菱歌，好风送响，于夕阳明灭时，尤有佳致。以故酒徒麕集，灯火恒彻旦。而掣舟细贩，规蝇头利，咸赍食物玩好之属，冀座客一顾，舟乃栉比泊楼下。尤有娼女丐妇连袂而至，或昵语试歌，或苦语诉愁，为状尤纷呶不一。

一日甫午，是楼客方集，佣保传餐，声溢四座。忽一壮夫掉臂入，狠顾曰："李君安在？"

佣保立下其手，悚应曰："唯！顷已假座后轩，待诸公久矣。"

壮夫乃撮唇曼呼，声极幽厉。俄芦港间三五瓜皮艇，双楫若飞，斯须已至，中有豪客十许人，急装缚袴，跃然而登。壮夫目示之，相偕入后轩，聚语纷纷，状至诡秘。座客咸窃属目，或耳语，现恐怖色。时有一渔女，携筐鲜方觅售，立近后轩矮牖间，忽凝立倾鲜而洁其筐者，而眉峰隐簇，眸子荧荧，然若意不在鲜。

旋闻獭子大言曰："事在今夕！"拳触案，其声砰然。

众豪大笑，盖纷呶不可辨。女遂携篚出，掉小舟破浪去。

210

第二回

陈娘剑伏獭子途拯李生于确山

是夜，滨湖任夫妇寝方熟，忽燎火照庭宇，群盗狰狞，梯垣以入。中一渠帕首，霜刃指挥方酣，视之獭子也。

任惊绝拟呼，忽一人矫若飞燕堕檐上，屋瓦无声，奋短剑直拟獭子。细审之，则高髻锐履，捷疾若神，盖女子也。獭子怒吼而奔焉。

一俯仰间，獭子已颓然仆，女疾进踏其背，剑及其项，娇叱曰："动便杀。"

那时群盗已掠任夫妇起，至是，哄而奔集，将篡獭子，女徐以剑稍砺其项，獭子嘶向众曰："勿尔！勿尔！"而任夫妇已膝行前，崩角请释獭子，勿结怨。

女曰："公固长者，然豺狼之行，曷可轻恕？非吾于酒楼识其谋，则公殆矣。且同饮此南阳水，小小乡里相周旋，何事不了？乃无香火情至此，宁可恕耶？"

言已，又砺锋且下。獭子大惧，号曰："凡子不识飞仙，祈存蚁息。"

女顾笑曰："何事仙我？吾日棹舟于湖上，不我识耶？"

獭曰："然，识之，顾此后余生，愿听指挥。"

獭子虽以横暴名，然固尚义气，为然诺者。于是女释之起，众咸罗拜。任夫妇亦倜傥者，已识女非凡俦，兼冀结欢獭子，乃起厮仆，具𪌳嗟筵，扬女高坐，己与獭子左右侍。群盗依次坐，合樽痛饮，俯仰极乐。酒酣，任入内，斯须奚童三五，捧千金出，列旁几上，任前致词曰："是戋戋者，不足言为女郎寿，请以玉音犒诸兄弟，以志奇遇，幸甚。"

獭子大赦曰："是安可者。"众亦逡巡。

女夷然曰："是无预汝事，主人既以见属，则吾当为部署之。"乃立分界。

群盗、獭子搏顶大赞曰："豪哉女郎！獭子，鲁国男子，原为羁绁仆，毕吾世矣。"跄踉遽起，率盗从容而去。

女亦起，裣衽兴辞，任夫妇坚挽，至长跪乃留，遂促坐内室，下帏称语。任夫妇善气迎入，煦温靡不至。任妇尤爱怜女，寒暖饥饱，极意熨帖，如抚其稚子，殊为女生平所未经。

居数日，叹曰："吾自分已脱情网，不意飞絮沾泥又生染，着是真命矣。"

乃拜任夫妇为义父母，往来无间，而仍操舟渔以自给。久乃卜居飞霞峰，易名飞霞。暇则叙其身世，所遭极艰苦，后任老乃泄之于人云而。

獭子者，自遭女折，顿易初辙，旋辗转入济垣，充历城捕，时名捕以十数，咸推獭子。

一日，奉牒之沂郡，有所勾当，事毕旋道经确山侧。时南风动陌，大麦已黄。獭子奔驰疲，顾道左丛祠旁，高柳垂荫，乃系骑倚楼假寐，恍惚间一支轮车轧轧来，亦就休止。旋闻两人愁叹声，语断续可辨。一人曰："吾比来运大厄，昨甫堕骑折吾臂，而吾甥自堡归，乃复失却姊，日夜啼泣，远觅百里外，为日良久，终不获。顷方抽暇就医，张神仙不知能垂悯否？"

獭子闻神仙，肩为耸然，张目微觇，则村人一二息车侧，一左臂络约，戚然若蕴重忧，以方倦乃合眸静聆之。即闻息者曰："真大怪事，比日失儿家累有所闻，诸村咸惴惴，日暮尘起，辄掩户，或中夜哗鸣，钲逐黑眚，至云狞厉，披发攫儿走如风，以吾测之，虚诞不可据。惟昨暮吾村获恶丐二，筋骨劲越，殆非善类，与掠儿割采者流为近，然搜其居，亦义无指矣。且不仅限于儿也，即丈夫、女子，偶生行僻路，亦往往踪迹杳然，又何说欤？"

獭子诧甚，乃逡巡起叩之，并叩所谓张神仙者。

息者顾笑曰："君诚远客，乃不知确山张神仙耶？神仙甫来，操闽音，担囊负箧行李一肩耳。居山中四五年，富乃不赀，宅第绵亘，田连阡陌，姬妾如云，奴婢百计，则以妙擅医术，以至于此。其医也，神施鬼设，非复思议所可及，脑裂胁折，暨肺腑诸疾，咸能刳剔截续，起废若失，种种奇技，不可殚陈。"

獭子益骇，拟穷其异，而息者已斜睨日影，促病者登车矣，辇声轧轧而去。

獭子亦超乘行途中，忿忿不已，便途诣南阳，偶语飞霞以所闻。飞霞闻竟，目睁睁上耸，谓獭子曰："江湖多异人，以若所闻，度之或非束身轨物者，吾暇当一穷其竟。"

獭子喜，跃然请从。女曰："是人诡谲，必有所挟持。汝身手虽捷，然乏飞行术，无为试不测也。"獭子乃佯佯去。

居无何，张神仙之名益大噪远近，赴医者如市阛。确山谷客之自沂来者，靡不侈谈耸人听，而沂属落村，乃益无宁晷，男妇无迹，时有所闻。

女不能耐，乃如沂觇其事。行次逆旅，会有新会李生者，恂然书生也，偶感微疾，亦诣神仙就医。对屋休止，接谈颇洽。意女为江湖流妓，然神宇婉肃，又复不类。女已窥其旨，亦不怒。

适燕语果际，呢喃方酣，女嗔曰："嘉客在座，几聒噪煞人，仰嘘气白直如弦芜乃递堕，盖内功罡气也。"

李生诧甚，乃为敛襟。女曰："君属小疾，何事远涉？"

李白："余固粤人，万里外间关携室觅吾友，有所事莅沂郡。甫月余，安识山中有神医？吾友挚爱，俾健仆侍予就医可感也。"

女曰："诺。"

俄一仆进茗，女瞩之，莽男子也，横暴溢眉宇，然饰恭谨蓄机，如螳螂之待搏。女窃讶然，李殊憎然。

已尔仆出，女谓李曰："君友孰氏？君远道且携室以诣，情意滋重矣，敢问所事？"

李曰："予友贺世辅，与予同里相友善，尝假予四万金，事官游十余年，遂不相闻。予里居数遭厄运，日落拓无以自存，顷闻乡人语，知吾友判沂郡，已逾四稔，官况日腾踔，囊橐兀不恶，是以来耳。"

女曰："君意安在？或征宿逋否？"

李曰："嘻！不然，吾宁万里省友者？"

女曰："君曾先之以书否？"

李曰："吾寓书者屡，然率不报。昨晤谈及吾友，乃叹恨殷洪乔不置，远道浮沉，理亦有之。"

女悯其愿，辗然曰："君诚长者。"

而健仆已轩然入，整李生卧具良殷，意似促女。女乃归卧己舍，思李生语暨健仆状，疑潮垒起。

次晨诣李，则不知何时已发。急询途尾之，及一林麓，四围巉岩，草栈蒙翳，境殊僻绝。李之仆方据石小憩，女悄然升茂树巅静观之，俄李生命仆整骑，仆漫应曰："尚须尔耶？若曾当徒步，西就佛国，计亦良得。"言讫，纵笑，声烈烈如鸥鸣。

李方诧甚，而仆已狰狞如厉，遽于衣底出短刃，白如霜，戟手大叱曰："乃公与若素无交割，若友以千金购余为此，若辈是非当自辨，乃公奚择焉。吾大好健儿，夫岂人奴，固听命确山神仙翼辅，兖、沂间所称雁来红也。"

李惊甚，遽晕于石，而雁贼已健进。忽觉似巨锥痛创其顶，而飞霞乃如霜雕掠空，铁屃陷贼颅，翩然直下，余势犹劲，踢贼个三丁外，握剑屹立，亭亭如玉人。贼虽愕然，以女子易与，起吼奔之，遂相格斗。而女剑华错落，眸子为花，俄而女剑及贼股，片肉掌大，嘶然落草间，乃大嘶而仆，泥首乞命。

第三回

飞娘诛捷盗雁来红并贺丞入确山杀张神仙

女思探其隐，剑拟叱曰："吐若隐，或贷汝死。"

贼曰："郡判实购予道戕李生，所以然者，惟昧债故。然不止此，以李妻负殊色，思徐蛊使归己也。"

女闻愤甚，剑且下，忽急询曰："若所云听命确山者，何也？"

贼闻益骇，知语必无幸，然无如项承剑冷如冰，不得已，嗫嚅曰："为神仙觅奇药耳。"

女益迫曰："奇药奈何？"

贼搏颡大呼曰："天乎？小人罪固当诛，今愿痛陈而死。神仙者擅邪法，其党羽楚江、辰沅一带尤多。每棹敝舟侨流丐，转徙江湖间，攫枵人众，不可胜计。咸割采以修药，其药有必需鲜用者，故需吾辈为近地攫置。盖山中秘院备列，恒不下十许人，至不堪用，辄捶杀弃尸山谷间，其术则以人治人，譬如损头部，则裂取他人头部以治，余咸仿此云。"

女闻竟，毛发森竖，剑下而贼首立殊，血溢石草间。而李生者已苏，颇闻原委，惊愤交并，急匍匐叩女前。

女曰："速返逆旅坚待予，君夫人度尚可瓦全。"言讫，挥李使急去。而己身已腾越百步外，衣带飘忽，疾若御风，顷之已杳。

李怅然良久，循路而返，逆旅主颇怪其返之速，且失仆，李诡辞以对。夜甫半，方对烛欲叹，忽微风飒然，窗帘杜堕，飞霞已搴

215

帘入。手黄袂一，碧血洒洒然。一丽姝掩袂从其后，呜咽不胜。李惊审，即其妻也。相向凄断。

盖女之行也，顷刻百里，甫入夜，已抵郡，直达判署，逾重垣入内室。判方则与其奴相驳诘，判叱曰："幸吾昨早旋手金重赍，乃从雁来红虎口留，则钝奴宁识乃公妙用？待其旋，直须缚取偿李生，掩吾迹耳。汝不见瘄药已备耶？尔时需汝为雁来红一进茗耳！"

奴攒眉曰："茗耶？"逡巡欲出。判忽作鸳鸯笑，附奴耳语。奴曰："诺。"出笼烛以待。

判则整襟带理须眉，对镜徘徊，作态不已。就而徐步出，奴提烛而先，径趋院左，□遍院桐桂交荫，境殊幽绝。

飞霞蹑窥其后，须臾，及矮居一楹，茜幕低掩，灯火荧然，辉耿窗际。判至此，目示奴去，悄叩琐扉者三，则一女奴嘤然应，启关见判，意似愕者，判已耸肩入，即闻有人娇语曰："君何事忽见莅？"旋嗔斥女奴曰："妮子可侍此无动。"而判语支吾，声隐不可遽晰。忽闻干笑曰："吾与若意已至矣，奈何终不少赐面目，度确山医还，沉疴良久，吾不过预示佳音耳。"

飞霞气涌如山，急出之，则李妻蹙黛低鬟，背坐榻间，判则长袖低昂，环行室内，且行且笑，袖时时近李妻鬟。飞霞度事急，倏然搴帘入。判乍睹神艳，几惊绝，自诧何许一时联此一双璧人。转忙事出罔测，而飞霞已翩然前，历数其恶。判乃大怒欲呼，而霜风一振，首乃脆落如瓠。飞霞出袂裹其首，拭匕首，牵李妻欲行，忽曰："吾几忘却。"旋匆匆出。少选，携金珠一巨囊入，分缠腰际，盖判之贪囊也。前谓李妻曰："姊娇娜如许，谅不任奔驰，吾当襁负致李郎前耳。"

言讫，裂锦帐径丈，前束李妻，结缚己背，瞥然登屋。李妻惊惘如醉，且任之。飞霞既登，而判署人语喧哗，乃沸于鼎，燎火如昼。邑兵健手械跳掷，状如藏迷，尤可哂。飞霞悉不顾，顷刻飞越已达旅舍云。

飞霞谓李曰："若夫妇幸勿淹滞，明晨亟赁车南还，吾将卫汝至江南界，于意如惬，不然官中捕亦自可虑。"

李夫妇感至零涕，而李妻尤视飞霞，夜深稍倚枕，娓娓细语。飞霞稍露底蕴，李夫妇尤慨叹不已。迟明亟起，整理就道。飞霞出腰缠，纳李生橐曰："此不义资，聊壮行色，然不抵所负子金矣。"

李唯谢，然左右盼似有所觅。飞霞笑展黄袄，则不知何时，判首已为异药淬化，但余水痕数抹，隐约袄上。乃惊叹再拜，相与遂发。临出，女呼逆旅主入前，掷与金一饼，大声曰："好将去，幸扪汝舌。"主人固积世者，呼应谢抟去。飞霞比还，而官捕以判戕于署，丧其元，方扰攘不已。俄而雁来红死，李夫妇逸，事愈奇绝，遐迩传播腾闻。

山中张神仙者，闽广剧盗也，生平血案不可缕指，后得异人术，治疾良效，略如雁来红所叙。会官中名捕急，其党欲杀以邀赏者，张侦悉，夜入党家，咸屠之，髫龀不贳。辗转变姓名，窜之确山。其来也，敝衣芒屦，絷一驴与同栖止，日骑驴货药，往来村落间，居人每闻铃声琅然，咸知张医至矣。张固白皙甚，而须眉如画，性机狡，工技击，能攀檐飞行檐际。然至确山，则务晦甚，绝口不谈，务为煦煦和蔼状以尝人，而人亦乐就之。每村有集会，语及张咸曰："是医也，良者。"于是张计既售，乃徐出盗赀，买良沃，起宫室，姬妾奴仆相因以至，俨然为山中富人，更以其术炫愚蒙，操纵其间。富者索偿不贳，值贫乏或却谢以市惠，以是人益多之。比雁来红见诛于飞霞，不得主名，人咸罔测，而张独悇然以为忧，意劲敌或在若隐若现间。盖此中窍要，张固个中人也，于是备设甚至，久之无耗，意亦稍懈。盖飞霞时方送李生夫妇云。

飞霞既返，则夜瞰其居，行逾岩壑，逾数十里。时星月微隐，夜气如雾，顷遥遥闻犬吠声，猖猖如豹。渡石桥，一长松蒙密百武外，石墙亘接，院宇隐错，灯火耿彻。飞霞循径及后院，忽微风徐振，隐挟哀楚声断续入耳，细聆之不辨何许，乃腾越入，则空宇荡然，四围列室类蜂房，灯火如状至凄黯，而凄楚音益切，自列室出。飞霞近觇其牖，一惊几绝，盖其中咸残毁肢体人，泪血模糊，或俯或仰，或手足钉着著壁，或缚萦植悬于梁，腥风一吹，棘鼻刺目，虽吴道子绘九幽变相，犹未能仿佛其万一。飞霞方痛愤，而院门键声铿然，灯火闪烁，数人相偕入。

飞霞急蔽柱潜窥之。则人赍盂糗，分饲各室，行且语曰："个老子亦大懵懂，医亦多术矣，必务断鼍续鸿，死者生，而生者乃死，亦安用此仁术为？"

一人曰："若无多语项，渠方意绪不耐，日霍霍淬霜锋，仰壁终日也。"

已而数人事讫，飞霞悄从其后，逾数阈及一院，数入者别诣逻屋，旋已铃柝纷然，徐达堡外。飞霞倚垣倾听，惟闻书帙动翻声，乃登围室脊潜窥，中室则一男子，年可五十许，盖张也，方爇烛摊书，检阅不已。一隅长几四，若甲乙之厨，以次列瓶垒甚夥，意其药室矣。而长剑耿芒，去匣悬壁间。

飞霞方逡巡，而张已凝神倾听，若有所侦察。忽烛灭，室冥如漆。飞霞急备敌，而疾风一缕，嗤然出背后，飞霞跳而伏。甫回首，而张剑运若飞，已将及胫，乃巨跃及正室脊，抽剑立门户。已而张已从之，疾如飞隼，盖劲敌也。于是剑光闪烁冥黑中，纵横作花缕。

撄搏良久，飞霞忽挫剑，长虹拂空，腾踔逾百步，飘忽逾垣，状似遁。张蹑追足，甫及垣上，而飞霞方伏垣外，起剑刺其喉，张立堕跳掷数四，仆草间死。

第四回

悬人首警州牧及少室山逢杜郎结姻
及茶肆丐女之侨装游戏

时逻者知事发，集众来，然相顾莫敢前，其群之黠者已倒戈攻内室，闭张姬媵于一室，探囊盗箧，已纷若鸟兽散，已逾半。

飞霞叱众曰："张悖行合诛，余罔治无徒膏吾刀，可助吾以释殃民。此间不得留，当资遣若。"

于是众咸惮飞霞，哄应曰："诺。"从飞霞之张室，已纵横盗箧，不可以白，盖散者掠之余也。然搜竟尚数千金，而张姬媵啜泣一室，状亦绝可悯。

飞霞乃慨然声言："张恶竟，俾群妾各从所之，人给百金，若当偕殃者，待官中勘诘，但如实以语，必无累。兹数百金可分将去，归遣妻孥，计亦良得。"

众泣拜曰："严命淳惠，所不敢辞。但吾侪小人，安所借信于官中？如以为风影卸罪语，则吾侪骈戮矣，当复奈何？"

飞霞曰："是勿虑，吾筹之熟矣。"

乃据案书数语，略谓：

大寇盘踞，日割剥禽，视吾民而司牧者，呆若木鸡，是弃职矣。弃职者，吾得而代之，用张厥罚，谨献其元以为迁擢地。草莽微意，亦自可念。如逞聪妄度，波及无罪，则吾将有以待之。

缄讫，付众起出，旋捉张首入，杂余金置裹结束腰际，挥手退众，瞥然已杳。

是夜，沂牧方秉烛治客书，忽微风飒然，帘钩徐宕，俾奚奴出视，忽狂叫而倒，诸仆闻声集，益大哄。牧自起视，则一人首血殷然，粘须发，悬檐际，圆转不已。大愕，命梯掇下察之，则左颊着六字，曰"确山张神仙首"。牧固老吏，多识事，知事有异，命掩之勿喧。迟明饬健捕侦张居，得飞霞书而还。牧读讼，沉吟许时，俾殃民补冤状，述张死甚悉，据以为奇，或将侦其人以为功。唯獭子者，心识为飞霞，曾微叩之，笑不以告。

居久之，南阳山畔，飞霞名颇著，时有官中人倏忽觇之，飞霞厌之。时任夫妇又卒，飞霞怆然不乐，乃键其居，托山众，飘然远游燕蓟豫洛间，行迹殆遍。

一日，行经少室山麓，逢一少年，乌巾革带，神宇俊迈，相与据清泉白石，纵谈颇洽，语及身世，各为泫然。盖杜固鄂之世家子，少好剑术，欲以韬铃驰骋当世。会王师征闽，杜伏剑叩军门，上平贼上策，咸洞窍要，当事壮之，俾随军自效。比闽平，而杜累绩当擢参阃，会上官见忌，意杀杜，没其绩，缘夤得脱，遂流转江湖间。与谈剑术，尤有妙解，因揖请诣其居。飞霞毅然无畏怯状，所居甚闳，为飞霞生平所未睹。

居数日，飞霞叹曰："缘在是矣，杜郎人杰，不仅磨镜流也。"遂为夫妇。

即杜郎居暇，则各行游，雪诸不平，更取污金以济贫乏。南阳旧居，岁时一至焉。

一日，飞霞如开宝，值汴阿春社，游人杂沓，极车水马龙之观。日将暮，纷命车骑归途，喧闹及城门，一翁彳亍来。时微雨泥滑，一御者扬鞭力策其驷，毂转若飚轮，先诸车及门，触翁仰仆马足下，势不及勒，轮蹄践翁腹而过。众大骇，意翁必无幸，而翁乃摩腹徐起，谩骂曰："乃翁腹寒拟就医，今小子轻轮，绝胜按摩术，疾若失矣。"众皆粲然。

飞霞大骇，尾侦之，及一曲巷，翁居在焉。然翁已觑女，遽返揖之曰："若神宇，吾早识之，老夫非眼孔小如措大者。请就吾宇，以尽衷曲。"

女曰："诺。"

相偕遂入。院空朗甚，碎石砌若铺，因相与命坐庭际，倾论甚洽。乃悉翁为柏姓寓公也。

久之，女肃拜起出，翁殷然曰："暇烦时一过从也。"门乃闭阖。

飞霞归，与杜郎言，各相叹异，以阛阓间固多奇士也。

一日薄暮，此开封城中，灯火初上，街衢间行人错落，半向县庭趋。时首令方有重讯，盛气坐堂皇，伍伯森列，传呼甚宠，观者群集不得入。但闻银铛捶楚暨号叫声甚厉。

须臾，履声繁动，门者辟道，捶晃晃拟人颅，中一人三木被体，呻楚无人色。两役翼左右，扶将而出，即有承之者前受囚，将牵置诸狱，而捕卒数辈，则奔集杂沓询讯状，囚俱为言，所闻皆端然有忧色，翼者两役尤唏嘘，则珍重嘱值者善调护，相偕出。两役既出木然，信步趋行，且太息垂首及胸臆。

甲曰："捕总廿年声闻，一旦丧尽，且奈何？"

乙曰："噫！宁止此耶？脱期月罪人弗得者，身死妻子絷，既伤逝者，行自念也。"

时行及中衢一茶肆，其中饮客甚夥，喧哗杂沓，诸色毕集。佣保肩腻布，手巨腹壶，膨脱如五石瓠，气蔚然出自壶吻，跳跃方亟。甲乙徐步入，默然就座，聆诸客语，半适才讯囚事，互肆评骘，嘲笑间作，多诡诙出意表。

中一恶少年，椎髻毛臂，筋梗起若紫蚓，方观衣盘薄箕踞，大言曰："若辈长技，但能勒鼠窃，警乡愚，主盗而盗炽，委以办贼，项且立缩，徒蹒跚类怠鳖耳。"言讫大笑。

俟觉项后有物，嗤然过坚，冷若死蛇。急回瞩，则一尪瘠侏儒，方胁肩恭上烟筒，筒长尺有咫，鹤其式。恶少即左顾就吸之，声汩汩落翻涛，侏儒则蓺炷出烬，放余烟，乌乌然，手术至捷，作态不已。甲乙不奈，方拟起，忽一老人杖而入，甲忽心动，蹑乙复坐。

老人年可七十余，广颡疏髯，伛偻作微咳，长爪明洁，被服修然，迟缓类耆老，而双眸烂然。顾盼间，神彩穆如。

甲密觇小语曰："此老殊大鹘突，且似曾相识。"

因益注眸时，老人倚杖徐呼茗，洪亮无匹，座客咸集瞩。俄一妙龄丐女，缀衣蓬鬓，青帕覆其髻，纤鸟行缠，星星多鬓痕，虽尘垢渍面，而行步间，若往若还，仿佛艳绝。女徐行至客次，拱手按歌，容态殊娴雅，于是诸客各投钱有差。已更至恶少侧，方发声，忽铿然一声，茗碗砰于地，茗溅恶少履，盖佣保聆歌神定所误拂也。方急整理，而恶少已吼而起，立揢其颅，俾触案三四下，佣保额坟起如卵，大疼而嘶，于是一座大哗，群起解其纷。恶少犹丑詈万端，跳跃不已。

女忽嫣然目佣曰："若头皮直脆薄如许，幸不裂主人案，不然，减尔值矣。"因目恶少而笑，状似嗤鄙。

众睹恶少若作剧，久不平，至是得女冷隽语，咸大怡快，不期哄堂。而恶少突遭丐女折，愧愤不可堪，即攘臂曰："若触案裂者，吾长跪进十千为汝寿，否则裸汝行歌以娱众。"即以拳抵几曰："佳否？"

女遽闻，眉峰立簇，怒气侵两颧，转略略笑谓众曰："婢子长日歌喉欲瘖，曾不得博百钱，今值此幸，诸公为之证。"而是望老人者，方翘足颔首，立现精悍，色遽作揶揄恶少状，而不虞甲潜觑也。众方愕，而女已倏然俯首前叩案，立裂如败荷，而女额仅座浣为搽损，转益明洁。众大惊，视恶少已瑟缩欲遁。众阻之，迫令如约。女高坐纳其拜，徐负钱去，经老人侧，相与一笑。甲既睹斯异，即偕乙蹑其后。

　　女出肆，尽以钱散诸丐，行甚驶，风忽若声。甲乙岱息不得及，及至车马殷填处，红尘合，倏尔不见。甲驻足凝思，移时忽顿足曰："得之矣！欲集吾事，此老胡可失者？"

　　遂走从乙处，谈老人事甚悉，且定谋焉。

第五回

失饷之奇诡飞霞引柏翁诣杜郎居之款洽

　　盖老人者即柏翁，丐女为飞霞，何游戏市廛云？

　　柏翁跌其名，故陕右人，少年矫健，以武功闻关陇间，好交游，任侠自喜，致宾客，歌呼穷日夜，而同辈杂近，每轶常轨，翁厌之。中年忽折节，务自晦，虑同辈之嬲也，举家避之。居豫且三十年，长日恂恂，接物无忤，邑之人靡不善柏翁者。有子，以武科职中军于抚标，由是柏之名且以封翁着。其原委甲固微闻，至是忽悟思及翁，因谓乙曰："吾辈所缉案甚奇异，实非常人所能为，翁固个中健者，识精力沉，必有以诏我，顾非重以官命且殊礼，不为功。"

　　乙曰："其由县耶？"

　　甲掉头曰："抚军耳，今夜未央，宜叩吾官取进止。"

　　遂立叩令且陈，令异之，即夤夜禀抚军，竟可其请。诘朝抚署前，高门且开，僚属咸集，舆马塞途，鱼贯而出入。纷纭间，忽一肩舆止辕外，两材官从其后，一疾趋入报，一拱伺，色甚恭。俄典谒者趋出，目众喝止谒，即磬折诣舆前，捧一人出，则柏翁也。众大诧，而诸门洞开，直视及堂下，已隐隐见抚军降阶立，时缨弁如云，咸屏息企足视。

　　翁徐趋及阶，自谢曰："柏某公部朽民耳，明公屈己以召之，窃彷徨不知所裁。"因伛偻欲拜。

　　抚军大笑，趋掖与同升，且拍其肩曰："七十老翁，今之侯生也。夷门在望，惜不得以信陵比。”

因相偕入小阁，目屏左右，一时虚无人。抚军愀然曰：“今宵人无状，攫饷帑至数十万，且事涉幻怪，不可闻远近。念事集非翁莫属者，其有意乎？”

翁曰："唯唯。"

抚军曰："贼貌官吏不足怪，特同处此邦，咄咄见逼，抑亦翁之辱也。"

翁闻竟，俯而不答，目轮转，筹思甚久。主客静默，微风拂牖，飒飒然。既而翁慨然曰："既辱公命，愿假便宜，顾非克期所能就。期月后，或得书以报，然饷还事止，愿公无穷诘也。"即起。再筹问从行兵弁，暨械仗糇粮之属。翁笑曰："一切无须，但请公视署委饬付来，并饬县役甲从，即此已足。"遂历阶而出。

越数日，翁迟未有行意，甲微叩之，但言将有待与俱。顾遑遑燥动，穷日夜，恒午夜乃归，饥疲态可掬，如是涉旬。

忽一日，喜动颜色，命甲整装秣骑，结束将发。及夜半，方与甲秉烛坐，忽流风振闼，檐际霍如飞鸟堕，掀髯曰："至矣！"

即起迎之。则一女子搴帘入，短鬓劲装，英爽照人，向翁笑曰："婢子勾当些好事，劳长者久待。"

翁曰："杜郎云何？窥其意，不我拒耶？"

女低鬟一笑，小语曰："渠倔强者，婢子亦不烦翁驾矣。此行不过衔杯酒，接殷勤欢耳，然望翁慎之，笑则大笑。"

女流瞩及甲，翁为述所以，女微颔之。甲细审之，盖即所见丐女也。窃自诧，然不敢叩，但惘惘与之偕发。

先是，有县佐杜姓者，固湘中纨绔，性好浮佻，无威仪，尤好渔色，顾笔札精妙，善谈论，丞倅中翘楚也。

一日，丞抚军命，赍饷金五十万入都，专车数十系护兵百，按驿而进。时豫中伏莽滋多，所在为行旅患，而漳邺商洛间，川原旷杳，又自昔所谓畏途也。杜既膺重寄，奴亦颇惴惴，意勿敢弛。

225

行二日，殊平坦，时首春气清，和风被物，绿野平畴，驰骑间，意颇自适。俄二骑出其后，首骑一女子，青纱覆面，折角掠髻后。利□如锥，躞绮蹬。其一则男子，白裌革靴，神宇骏迈。

俄女子回顾曰："阿兄，今宿某驿耶？"音吐清婉，如微风振箫。杜异之，颇涉遐想。

已而及某驿旅舍，杜车徒众杂沓集院宇，势莫能容，兵役恣叫嚣，嬲主人强觅屋宇，而正室只三楹，已先有下榻客。至是客忽出揖杜，愿让榻，自即耳室，即途次所见男子也。杜不可，而少年则执手道歉衷，为意良殷，即呼阿妹："可将行李出。"室内嘤然应，似砰碰检行具。杜不自安，急谢曰："倘荷高谊，分一榻容仆已足。后来尾上，是安可者？"即饬役安置竟，与客茗谈，各相倾慕，盖客以言杜姓，杜丞戏曰："然则吾宗矣！"相与抚掌，谈论益洽。而对屋帘箔间，鬓影依约，且微闻触钏声，丞不期眈眈注视。客忽猛忆曰："几忘却，阿妹可出拜宗兄。一家眷属，何用作儿女态？"

于是女子姗姗出，辗然前拜。丞细审，容光绝代，好女子也。词至清朗，娟楚可念。于是丞大悦，促坐笑语，神志颠倒，都忘所事。已而客乃张曲筵觞丞，兼及诸仆从，酒炙纷罗，号载呶作。丞固嗜饮，欢怀既畅，为罄无算爵。俄倚醉捉女臂，请按歌。女翻然引起，露愠色，客急目示之，女不得已为按歌，一曲未终，丞已颓然卧。诸兵役亦枕藉相属。及醒，则赍饷尽失，唯诸人则俨然无恙，客暨女子亦杳然。

丞大惊，惶遽不知所出。始报本邑令，辅以侦骑四出，大索阅三日，殊鲜端倪，乃疾驱返报。抚军怒，按诸人所言皆同，则絷丞付所司，勒限责缉，诸名捕系者累累，然兹不得盗，前首令之重讯，盖此责足捕期也。甲乙两役，盖与其数云。

柏翁既携女就官道，女为前驱，但向西北进。行可二日，径渐僻，披榛拨葆，迤逦入万山中。已而抵一处，两岸陡峭，崔巍碍白日，一线窄径，深杳而屈曲，骑不得并，于是鱼贯以进。甫及平坦，忽樵歌发于崖上，翁仰视，则隐隐一樵子，戴笠倚树坐。翁方以手翳影，欲详睇，女忽笑呼曰："慎之！"

忽白气森然，夭矫若游龙，一剑飞下，直注翁项。甲大恐，伏骑而颤，翁即徐接以爪，剑立堕数武外，触石上，星火四射。

翁笑顾女曰："岂杜郎迓客耶？亦殊可人。"

女薄晕笑唾曰："檀奴狡狯，恐不复面翁矣！"

遂复进数十里。俄路阻，得一塘，方广可数十亩，澄碧涵黛，无路可越。塘尽处，一塔孤崛，高接云表。女乃下骑，嘱翁稍候，自踏波飞行过。顷刻间，直达彼岸，疾于飞鸟。一跃登塔，倏然穿牖入，虽健鹰搏风，无其矫健。甲窥翁略无惊眚色。良久，女复出，偕一人清波来迓客，其人年可四十许，纾衫丝履，清癯类文士。至塘半，矗立遥揖。翁嘱甲絷骑待，纵身赴之，握手大笑，即返行登塔，依次投牖入。甲望之如游蜂之入穴也。

翁既入塔，按级而下，抵塔底，得一隧道，曲折钩带，黑冥中，莫窥其际，疑堕幽圹。彷徨间，忽数男子列炬来，气象威猛，声诺雷动。其人颐示之，即旋踵前驱，更纡回约里许，天光开朗，屋舍俨然，长廊崇馆，连亘百余间，明净无尘，恍置身玻璃世界。翁遽然出隧，及地上，女笑曰："杜郎好奇，以玻璃承塘底，水光烛天，故生明耳。"

227

第六回

杜郎漳河之拯难妇及飞霞侦仇道路之所闻

须臾，挹翁入厅事，嗟咄筵开，穷极水陆。阶下鼓吹伧咛，健儿悉列坐，酒酣其大觞。翁曰："杜郎稚气未除，惯作剧，不意乃烦长者。特此曹贪倍所入，视笺笺者饷，何啻倍蓰？即慨解贪囊，弥国帑，于理亦当，何作此寒乞相为？然重以翁命，当使珠还耳！"

女笑曰："一兄亦殊婆子气，嘉宾在座，不痛饮消垒块，但往复阿堵物，怪得杜郎避若浼也。"

其人亦笑，遂相酬酢，更不及饷事。一兄者，杜郎挚友，轻侠多智略者也。翁知其异，亦不再诘。顷之，一兄起握翁手，珍重送出，临行嘱曰："翁但返报命，是区区物，行且继至。"

翁乃踏水过，回瞻塔际，女犹倚牖以望。于是翁偕甲，循途疾驱返。既谒抚军，方坐厅事陈其异。忽盲风起于庭隅，户牖冲击，尘沙涨天，晦冥中就面相失。须臾风定，则阍者喘息入报，十余系饷车尽驻辕外。抚军悦且愕，即饬核其数，数允符，且多雕箱一事，形制绝异。抚军异之，命升入亲启视，则一少年闯然从中出，欠伸拭目，曰："已至耶？可以归矣！"掷一纸抵抚军，一跃乘屋，倏然已杳，盖杜郎也。其所掷纸，即抚军委翁手饬云。众相顾若梦，久之，方定于是。抚军大怒拟遣兵，捣其穴。

会有幕客邢某者，阴诡多计，略窥抚军意有所在。一日夜漏三下，忽思得计，即请见抚军，于燕坐时，篆烟徐袅，凉月窥楼，一奚童于梅阴爇炉司茗，抚军倚隐囊，目微倦，引手续续捶胯不已，微起曰："异哉！竟有此曹出没如鬼神，吾属不得高枕矣！吾欲以兵擒其渠，如何？"

邢曰："固也，此官中文字耳！有干纪者诛无赦。然公自度能了之否？"

抚军思沉良久，曰："未可知也。"

邢曰："如是则不如因而好结之，俾免他恶，境清而事集，计亦良得。徐俟机隙致而远之，或假手于人以除患，操纵肯綮，是在公神明变化耳。"

抚军曰："善。"

于是，悉如邢谋，境有剧盗，咸以属杜郎，礼币使命，时时不绝。杜郎初亦拒，然气盛枝技，不肯自秘，往往应其请。群盗衔之甚，然未有以发也。

一日，杜郎行经漳河侧，偶憩逆旅，值一钿车来，紫骝绣帷，先照卫路，童婢数辈，款段以从，亦休旅舍，意将午餐。须臾，婢扶车中人下，则圆姿替月，润脸羞花，二十许一丽人，群拥入玉室。已而童出，主人足恭前询，则漳德郡域某巨室之娇女，某绅长公子之新妇也，甫归宁返耳。杜郎闻之，亦不为意，自呼佣保具餐酒，操长瓢，倚装痛饮竟，结束将行。

徘徊间，忽睹二甲，鹰准高颧，短衣缠膝，貌狰狞，于旅舍门次，据破几相对饮茗，时复作偶语，目眈眈注正室中，背面作狞笑，状绝可悍。杜郎已悟，急置装佯出隐觇之。果复有三四健男往来阃外，前两人亦辍饮来，目示其曹，相与趋前途去。杜郎窃念，新妇卧巨室息，当富金资，必为若辈所涎，阔逢弱息，讵有幸理，吾当尾之共发。顷之，童仆纷出，捧佳人登车拥之，遂去。杜郎乃蹑从其后。

时秋禾正茂，田亩垂颖，高可隐人，杜郎或先或后，距香车数十武，驰驱十余里，静野旷杳，四无村落。忽遥见一男子，突出禾中，撮唇作响，其曹应户纷起，持械蜂集，立叱牛止。诸人大骇，尽窜，唯新妇不得去，惊悸亡魂，更不能泣。俄而诸贼执之下，姑置路隅，觳觫可怜。即哗然搜括车中物，分纳腰际。杜郎即趋前拟喝阻，忽一贼趋就妇，引手狂探，状乃不可目。妇惭悸支拒，暗□□声。杜郎叱曰："鼠子敢尔何！不得至此。果欲生者，当速去。"

众惊瞩杜郎一人耳，心易之，亦怒曰："若何为者，预乃公事？"

杜郎大言曰："若不识杜某耶？"

众未答，戏妇贼顾若曹曰："若来，安有暇与伧侥婆子舌？"

其曹即进执妇手足，戏妇至递褫妇衣，莹然半裸，将肆轻薄。妇嘤然□伸瞑若死。杜郎眦裂，气不可捺，更不他语，抽剑径割中戏妇者，顶立剖如半瓠，血溅数步顿毙于地。群盗大哄，然恃人众，各持械进攒斗之。杜郎挥霍肆应，拉杂如风雨。群盗悉就夷伤，伤中一健者，矫小骄捷，独支吾良久，俄而剑及额，削额发一巨片乃窜。杜郎乃召集诸婢仆扶妇起，掉臂而去。

既归，与飞霞话其事，相与绝倒。

飞霞曰："与君结褵来，光阴弹指，妾久拟如浙迹吾仇，尘事纠纷，遂因循至此。又以君性直质，累着迹于官中，小辈多反复狡诈，毒如螫虫。以妾度之，君莫如超然绝迹，山虚水清，逃名偕隐，亦大佳事。"

杜郎抚膺曰："吾宁不虑此，徒以不平之气，有触即发。彼官中以礼来，谊亦可念，除恶扶良，尽吾性耳，安闻官私？"

飞霞曰："理固如此，然尚宜慎之。妾之所见太类，谚所云，偶遭蛇蜇，三年见带，尤惊息者也。妾所以至此，君何以如彼，非官中人之赐乎？奈何忘之？"

杜郎沉吟者再，遂乱以他语。飞霞遂如浙迹其仇，遍历金衢湖绍间，然不之得。

一日，行次杭郡，赁舟之西湖，纵观山水借摅怀抱。时画船箫鼓喧阗于山色湖光中，至为繁杂。女厌其嚣，独倚舟南屏山畔，登临纵览。遨游小倦，爱其碧草如茵，美楼交荫，乃选地小憩，仰望云物，心怡神洽。徙倚间，忽两农家妇，布衣荆笄，亦颇整洁，彳丁然来，其一似惫，颓然坐草间，去飞霞可数武。其一谑之曰："昨甫议赴城中黄官处，其绰约双纤，窈窕若此，遮莫倩人扶否？"

坐者目飞霞，笑报其侣曰："婢子勿逞轻薄相会，须防个阿嫂笑落齿。"

其一亦笑，扶坐者肩，偕坐草间。飞霞悦其真趣，即静聆之。后坐者续曰："若家居大好，何事仆仆佣城中？"

其一太息曰："吾亦思珠围翠绕，日高三丈拥衾起，嘤咛一声，黠婢奔集，侍膏沐，掩口语，屏息对拥，奉如天人。顾黄面婆子，宁有此福？男呻女吟，四壁落落，男子入市得百钱，先致一醉，归犹向人索博钱，狰狞如虎，吾不此之谋，将束手干废耶？"

其一曰："良然。"

旋又抚掌曰："昨荐汝桑姥者，诚积世精怪，谈黄官家直如天上云。金迷纸醉，锦绣至饰，厕牏列屋，姬妾装饰如神仙，长日纵酒按歌，音动闾里，夜分乃罢。又云专司乐籍教诸女者，其人薛姓，为淮扬名娼，众尊之曰薛姨。且云其人工内媚术，以是传诸女，语尤秽亵不可耳，信乎？"

其一曰："是或有之。主人罢官，富金资，开府数十年，取精用宏，乌得不尔。"

飞霞闻之，心怦然动，然不掺言，但静聆之。

第七回

飞霞之复父仇与其父之世系

其一曰："桑姥又言，顷来绳技叶青青者，既姣好无匹，技复精绝，蹑走越索，跳丸掷剑，咸能之。为官所悦，召之入。不数日，官方夜坐，忽帘幕轻漾，一女子翩然入，高髻长帔，结束如画，一匕首莹精若雪，佩胸次，手革囊一，血殷然溢目。植立案次，官大骇，视之，则青青也。前慷慨致辞曰：'婢子幸承公遇，辱侍巾栉，平生有怀，未敢即陈，所以然者，虑机或泄也。今急而求公，敢靳其秘。婢子楚产也，流落贱业，于今十稔。非性所甘，实阴永吾仇，毕吾宿憾。'言讫，砰然置革囊于案下，复曰：'今幸托庇嘉，罪人已得，然所以需公援手者，则以曩年拯妾于难者，近在百里内，拟信公于金，以报其德，如此，则恩仇了了，隐愿毕偿。则此后顶踵，惟公之赐，报称有日，宁仅长侍左右也？如不见怜，则婢子亦从此逝矣。'即旗旌而前，作欲取革囊状。官出不意，为所慑，遽诺。启之箧出金累累，陈几上，然青青徐取缠腰际，亦不觉重，曰：'谨谢公赐。'临行复嘱曰：'革囊中仇首，幸勿动，妾顷刻即返，当以药淬消之。'言讫，瞥然竟出。官怔忡良久，心始定，坐待久，竟不至。倏忽三日，青青终杳然，而革囊中奇臭发越，乃潜发之，则一豕首也。于是官始悟其黠。桑姥语如此，汝谓其可信否？"

其一曰："亦大异事，官在滇，拥节勒兵，习武事久，屠割人不可胜计，乃为弱女子播弄如木偶，是诚所谓三十岁老娘倒绷孩

232

儿矣!"

飞霞闻毕,喜极几泣,急前询曰:"姊甫云黄官者非流寓此间者耶?"

该丽妇曰:"然,渠固陕人,官云贵久,爱浙中山水,道出此间,遂寓不去。"

飞霞窃念曰:"是矣!"

因与闲话,诘黄官居址甚悉,起别丽妇,棹舟匆匆返寓所。

越日,杭城异闻传遐迩,则黄官夜为人所杀,刳腹屠肠,死甚惨。飞霞所为也。

吾书至此,乃不得终秘南阳任夫妇所闻于飞霞者矣。

先是鄂中有冯嘉元者,系出上族,父依仁习武,好客推节,解同辈千金不吝,一邑恃为重。尝独力完残城,所费不资,以此落其家。会以事触邑令,诬以不法,下狱死。故嘉元九岁而孤,母誓以身殉,乃一日袱裹短襦数事,嘱嘉元付质肆。肆人既启袱,则中有银一锭,重可三两许。怪之,以询嘉元,嘉元不能对。司典某翁者,故精审,知其将母命也,则叹曰:"是必有异,孺子曷速返乎?"

既返,则母已阖户自缢死,四壁萧然,顾影孑立。于是嘉元大痛,抱袱行哭于市,走且号阿母,见人则灼灼视,几欲奔赴,已乃掩泪去。邻人哀之,为招其族人市门卒某,俾共居。卒故无赖,阳喜诺,久之盗嘉元资,屋亦易主,则携嘉元日就堞楼宿,每中宵酣卧,则促嘉元起执柝。居人每于风高月黑、梦回酒醒时,辄闻柝咯咯声,涩而力微,断续繁促,作复辍,则知冯家儿复执役矣。

如是者年余,而市卒复疾死,代卒者摈不与居,而嘉元益困,时肘穿踵决,憔悴不可状,茕茕孤童,几沦于丐,而故旧相逢,竟无泫然流涕者。其少时所遭,已至如此。

一日晨晖甫上,市声繁动,春气和煦,深被于万家烟树中,而嘉元者亦揽物兴怀,彳亍徐行于市。时食肆间酒炙之芬,远彻通衢,尤有炖鸡蒸豚暨胡饼寒具之属,偪砢灯盘,错落悬壁间。嘉元望之，腹雷鸣时作咽，知不可得，姑驻足觇之。忽一壮夫，油垢盈面，衔烟筒杈手出，怒目叱之。嘉元虽系穷稚，然其人志毅而气雄，固不少屈，乳虎虽小，已具食牛概，则山立握拳，作势以待。市人皆笑，或投以胡饼。嘉元不顾，阔步去。

巧行抵一曲街，及一巨室门，横扉未启，阶次净如揩，爱之，即坐其上，向阳曝履。俄扉砰然启，一媪持盥水倾于衢，势遽不及睹嘉元，淋其履殆遍。嘉元怒，思让之，而扉已复阖。忽覆水次，有一物煜煜夺目，与阳光相晃耀。拾视之，则金环也，知顷者媪所遗，姑坐觇之。

良久，扉启，媪掩面呜咽出，疾行东向，将入市。嘉元拽止之，笑诘所以。媪躁甚，乃叱曰："淹吾事且死，曷暇饲汝丐？"然嘉元固拽之，媪不能耐，颠倒疾语曰："顷吾主妇梳盥讫，失金环一，穷觅不得，转以疑吾窃，此何等事而不急理？速释我行，诣某神卜家也。"言次，面颇赤，力脱嘉元。

嘉元跃然曰："是何大事？"即出环示媪，铿然掷阶次，嘻曰："些小物，何烦卜为？"

媪喜愕不知所可，顷乃取环急入。媪既入，嘉元亦行。甫转一巷，忽后一人来如风，猝提其肩，瞋目曰："若奈何匿一环？速界予，不然，断若胫。"

嘉元回瞩，则一人年可四十许，疏髯炯目，神宇隽朗，作厉色以待。嘉元熟视良久，色不挠，掉头曰："媪以环去，而伧复以环来，是戋戋者物，乃大能奔走人。"容态湛然，略不置意。

其人转悦邀归，问氏族甚悉。闻竟凄然曰："仆邻人桂恪也，数年前尽室来兹土，老妻溘逝，仅遗弱女，仆曾以童试，代人为文，为怨者所持，赖尊公以解，耿耿此怀，至今不忘。不意尊公毕屋山丘，零落至此，今某方设帐巨室家，闻姬言，殊惊高谊，不期乃逅公子。今公子头角崭然，幸思所自立，不我弃者，当为子谋。"

嘉元悚听已，乃知为父执。相其面慈，悦溢眉宇，如春风坐人，

234

神骨融适。盖嘉元自遭难以还，所历皆浓雾沉埋之域，如严冬枯槁，束于积寒，忽逢阳回，冻甲立怒坼，于是泫然感泣，拜呼桂叔。桂乃具汤沐，易其衣履，使侪弟子列。桂固宿学，复好治兵家言，时人咸罔喻，独嘉元相悦以解，桂悦甚。时己女已及笄，遂以妻之。嘉元奋苦于学，数年业大就，而体貌威朗，与学俱进。

当是时，云贵苗氛起，当道罗才俊，一时韦布之士率自感励，弃去儒冠，思所以自效。嘉元学既成，慨然有投笔之意。乃未几，而桂先生之祸作。

先是浙人有张姓者，诡诞好大言，而湛意玄杳，文采复足以佐之，数开讲席，致众恒数千人，一时震动。时张兄某，方仕于鲁，遂尽室依焉。其能致众惊俗，一如浙时，久之，不乐乃去。设馆陶利津间，择地曰中岩者居之，谓其地险峻便利，拓其规，可容数千家，最宜避兵。时海宇初定，郡国多不靖，于是归之者甚众。张乃以兵法部勒之，井然有条理，为防御守筑之具者甚备，数值山寇，张辄能因众以覆之。于是趋者若鹜，久之成市，声闻日张。而桂先生者亦磊落士，尝阴求天下奇士，思得以钤略相追逐，既得张，则大喜，盱衡商略，往还书札独多，后稍稍窥张隐，盖虚骄鲜实者流，因稍与疏。

居无何，张势日盛，事闻大府，乃遣张兄某捧檄勒散其众，初无意事张皇，张笑置之。复遣弁赍谕悚以祸福，张转怒，嗾众几戕弁，弁逃而免。于是大府怒，飞章告变，严兵捣其巢，焚屠竟日，聚其众歼焉，枉死者甚众。张亦仰药死，而株连所及，破家者复接踵。桂恐，乃潜遁之鄂。

事隔久，不意复为怨家所揭，移文来，竟拘以去。

第八回

飞霞父被陷之由暨其战绩

桂先生既被难，嘉元则大戚，徒步从槛车后，宰伺唯谨，伍伯惮其貌，亡敢谁何。及某旅宵深，监者睡，桂召嘉元曰："仆老矣，不复堪世用，更与祸会，死生且未知，今传吾学者，唯子是赖。特人生遭际，良不可期，脱经拂逆至堕志，或愤激而之歧者，非吾徒也。今友谭某、黄某，方从事于苗乱，顾谭和而介，黄刚而忮，皆有为材也。子如有意树功名，此二士者，慎择其一。"因出荐牍一，授嘉元曰："行矣勉之，无为儿女态。"

嘉元顿首流泪，情不忍别，卒相从至系所，职纳糊粥。数月后，桂不胜愤，中夜绝吭死。嘉元大痛，助其属负土成坟，泣拜而去。

时嘉元有女数龄矣，明慧伉爽，姿宇如其父，问之曰："嬛娟。"即飞霞也。嘉元遂别妻孥，南如黔滇投谭、黄于军中，而谭适卒，乃独与黄接。黄得桂书，颇延接，遂畀嘉元偏裨职，效力军中，而黄已总兵职提镇矣。

一日，为秋夜，月淡云低，树影凌乱，满地残垒，败堵满目。时突兀于荒江寂寞中，芦荻战风萧萧然，声接江流，繁音凄楚。时疏星动夜，隐约有两骑衔尾来，霜蹄蹩踏，直趋一最高阜，俯瞰塔汶，了如指掌，盖苗疆之最要水区也。

两人者并辔以望，空江虚明，原丘迥互。一人曰："吾营士半莅此矣！计吾伏可四队，吾与若起阜，伏绝其后，敌当无幸。"

一人曰："然。"即左顾曰："是团团作黑积者，为吾右翼。"更戟其手曰："东下鸟镇之僻港，吾左翼也，去两间可三里，掎角资策应者为偏队，而轻舰游弋，错落隐其间，则前锋主之。"指划间，意气甚壮。

前语者颔其首。忽鸟雀群噪绝江，来势如风雨，前语者若有所触，立下骑伏地听。俄徐闻人语浩浩，随风道扬，挟江涛而下，跃起曰："可矣！"则偕其侣趋隐林木，凝神以待。

顷之，人语喧呼，敌舰绝江过，大小殆数百艘，辎重、妇女错处其间，歌啸拉杂，江波为沸。过阜且尽，忽一酋大呼曰："吾众宜慎，是间隐隐马嘶也。"语方绝，数舰遽回，火器砰硼向阜盲射。而两人者，势尤迅，信火遽燃，声光动天。于是阜之伏卒大呼起，跳宕同斫，顷刻据数十舸，而左右翼伏兵应之，纵横出入，截敌舰首尾断毕，掎角游弋者更奋呼助其势，锐刀雨集，焚屠甚酣，光烛数里。斯须间，敌尸蔽江，势不支，余数舰浴血溃围去。

是役也，官军数百歼敌万余，获舰械货财无算，其主将则黄某，而发踪决策者，则嘉元也。嘉元既破敌，威望甚著，一军皆惊，更进追蹑，务歼之使尽。

黄默然曰："狃胜必败，且弃前绩，容徐图之。"嘉元怏怏退。

盖其时，黄已忮之。居无何，总帅论功，半归黄，嘉元仅稍擢。时总帅驻兵其处，士马精练，军容甚壮。嘉元尝策马周行壁垒，惧然曰："腹背单寒，大非屯师地，总帅宿将奈何失计至此？"

乃上谒总帅于军门，门者易之不为通。嘉元之目如标火，大言曰："某固鸟镇江畔破敌之冯嘉元也，若奈何为不通？"

门者大惊，遽引见之。嘉元缕述形势不啻聚米，然总帅不之听。嘉元起出，太息曰："天未厌乱，宜吾谋之不见听也。"郁郁甚，时按辔周行原圻，徘徊悲风落日间，以消其郁抑不平之气。

居无何，总帅驻营果为敌所扼，饷道不通，支绌万状，店癸将呼士，汹汹欲溃，为势尤殆。总帅大募有能运糈米致饷军中者，予不次擢。嘉元慨然上谒曰："能。"时敌梗不易通，转饷尤涉险难，应募者无闻。既闻嘉元请，则大悦，立草札付嘉元，挟数士骑疾驰，穷日夜，屡濒于危，卒辗转得达。主糈者惊叹，进嘉元请状，抚劳甚至，立筹巨饷以报，嘉元督饷既至军，会夜暮，乃开壁伐鼓，秉炬呼噪而入。中一人严装佩剑，吐气如云，指挥于士卒间者，则嘉元也。悬釜者惊相贺，于是总帅大悦，抚嘉元背慰劳之，命司糈者姑发一月饷，余留待急需，时欠者已数月矣。

令方下，军士偶语者相属，已而士气益嚣，险语四布。嘉元微侦之，知将暴变掠糈以走也，即走告总帅。

总帅惊曰："然且奈何？不如悉予之，以弭众。"

嘉元毅然曰："是大不可，苟如是，威信堕矣，堕威信而将兵，孙吴弗能也。嘉元请往说以利害，异谋且息。"

乃仗剑竟至藏糈处，据其门按剑而坐。嘉元固伟岸，至是凛然如神人。俄而士卒蜂拥至，嘉元张目徐起，厉声曰："汝曹胡为者，大好头颅奈何自斫？今饷欠以道梗，故以备急需耳。一旦寇平，宁欠汝分毫者？好男子裹创饮血死敌耳，奈何自戕，负若躯骨？"即披项矗立曰："取之，否则当各归伍。"声情慷慨，目光如炬。士卒熟视默然，竟不得逞，徐布路而罢。

于是总帅大悦，擢嘉元与黄某，并别提一旅。黄大憾，且恐掩己势，而嘉元者亦鄙黄，不复与通。会敌支队由间道袭攻，总帅遣嘉元御之，嘉元以官军未集坚壁不战者月余。总帅促之者屡，嘉元以时未可战，不之应。

会黄侦得敌间，初无涉嘉元，而黄思得计，伪造敌书致嘉元，约期叛应，乃黄夜仓皇驰至总帅壁，屏人告密曰："嘉元者枭杰也，怏怏者终不受羁勒，今通敌事泄，请公急为计。"

总帅怒，乃遣别将代其军，系嘉元来，大会诸将，厉声其通敌状。嘉元愤甚，语甚直。总帅沉吟将释之。黄冷语曰："然则总帅促战使旁午于陈，而将军不应，何也？"

238

总帅忽忆及，则以为通敌不诬，立斩以殉。嘉元在军善抚士卒，与同甘苦，其死也，全军皆哭。而黄则扬扬意得甚。后苗平，黄乃擢专阃，从容坐镇，日恣威福，淫靡侈奢，极人世之奉，略如农妇述桑姥语。后罢官乃寓杭云。

当是时，嘉元被黄陷，凶耗传至其家，嬛娟母女痛哭几绝。女愤甚，恒中夜绕屋起行，拔剑斫柱，立欲只身如黔滇寻其仇，然以母故，姑止有待。

先是嘉元南行时，女甫十余龄，然姿质矫劲，已根于性。嘉元燕居时，授以击刺诸术，实消遣类儿嬉，然女喜之甚，心领神会，奇悟出意表，每劲装綦靴纵跃于庭，飘忽可喜。嘉元为觅短剑，日霍霍淬其锋，拂拭不已，嘉元每顾而乐之。

嘉元既南行，女技日益进。一日偶从母眺门次，值一邻女掩泪来，固嬛娟闺中游戏侣也，牵止诘之，则喃喃怨诉曰："昨随母诣灵元宫修醮事，不知何处来一尼，于广场试武技，观者如堵，吾假人环珥，扰攘中乃为偷儿攫将去，顷方长日，蒙诃诃避以出耳。"

嬛娟笑曰："阿姆亦殊琐琐，些许事乃苦妹至此。"因邀入慰藉之，兼诘尼技。邻女拉杂述所见，实不中肯綮，多可笑。然女颇心动。

第九回

异尼教飞霞之剑术及初刺父仇为燕海东所格

　　翌日，遂偕母往游瞩，至则士女杂沓，已重重无隙地。母不耐其嚣，自诣观廓觅地坐，女排众而前，则尼方于场际颠倒作技。

　　尼年可四十余，貌悦泽而慈煦，双瞳开阖，烂烂如宕下电，谓观者曰："道人山栖久，薄游都会，卫身小技，不足辱大方一笑，非以矜炫，实拟一结善缘耳。倘不见鄙，不妨扑掷为戏。"

　　言讫，亭然屹立，目朗朗四注。然观者咸莫喻，且目笑之。尼乃纵步于场，回旋者数四。已乃另辟门径，兔起鹘落，或矫若龙之翔，或蹲若凤之峙。秋鹗搏空，不足喻其捷；春云出岫，差拟态之舒。如是者久，乃试短剑，纵横闪灼，惟白气蔚然，不复能分人剑。俄而旋如飚轮，轻尘逐剑，扶摇直上，则场旁高楼横柯，宕然中断，剑亦飞堕尼手。于是观者咸屏息蹑足，窃窃欣叹。

　　时嬛娟观久，心喜悦不可止，至是技痒不复耐，忽嘤然雀跃而进，玉立挺然。观者目光咸集，则一双鬟雏女，额发犹蓬蓬也，于是皆大笑。而尼则耸然异之，熟视良久，叹曰："惜哉！清而不腴，薄福人也。然五浊恶世，正赖有此耳。"因引与稍颉颃，挥之曰："翌日，吾会子于家，当待授吾术。"

　　越日，女与母方共坐话，其异尼果至，则布袍牟尼，蔼然可亲，一变其技场面目。女大悦，促坐款曲，问其邦族，不以告，但云："云水栖止，缘尽则去，何用姓名？莫滞相为。"即谓母曰："女公

240

子神骨有殊，如随贫道参净业，则苦趣悉就划除。不然，世网愈深，终沦缠缚。夫人能割爱见界否？"

母笑嗤其妄，女亦不喻其所谓，但依依详恳其剑术。尼太息良久，自是日夕往来，尽传其术。术秘不得尽详，而嬛娟剑术以成。四年后，尼乃远游去，不复见。及嬛娟家难作，锐欲寻仇，而母以哀痛致疾，伏枕不复起，动止需人，暨调量药饼之属，唯女是赖。

驹隙流光，倏已五六稔，而黄早建牙滇黔称雄镇矣。军幕多才，亦颇招致奇才异能之士，有燕海东者最为翘楚，燕亦任侠士，负技勇，尝漫游至蜀。一日将暮，踏行乱山中，度一岭，微月已升照路径，约略可辨，既而得废寺，颓壁荒阶，半杂草莽，殿庑犹存，窥之，殊净洁，似有人曾粪除者。因憩坐大佛后，凉魄如水，万籁俱静。蒙眬间，隐隐闻远树栖禽，飞噪不已，徐闻马蹄隆隆，山谷响应，声如风雨。顷之已近，数伟丈夫牵骑并入，系马阶墀间，岸然入殿。其人咸急装缚裤，气象威猛，佩白帻，肃然列立。中一少年，可二十余，居中顾盼，似领袖，询众曰："祭品具未？"

众轰应曰："具。"

即有二人趋西庑，提蒸豚斗酒而出，上之少年。少年拔剑割肉，酾酒于觞，一一陈神案上，中设巨盘，空其中，香烛罗列。已而一人于马上解一袱下，出女服一袭，即供诸案，如木主然。更出漆布大小十余堆置地上，乃据地团坐纵谈，若有所俟。燕颇异之，姑觇其究竟。

俄而马蹄声复作，须臾至寺门。少年曰："殆至矣。"

率众出迎，拥一伟男子，獐目豺声，虬髯绕颊，昂然先众入殿中。见陈设咸备，乃纵声大笑，音极惨厉。众为肃然。旋男子命陈酒脯，自居中，拽少年并众则围坐，男子举酒属众曰："与诸君姑谋刻顷欢，会且永别，但吾辈首领托宜得人。"即顾少年曰："吾意在此君，诸君意安属者？"

众应曰："善。"

241

男子大笑，连举数觥，踉跄出曰："吾去矣。"

众皆哭。男子挥手曰："何必尔？"

倏出刀横项下，颓然仆，血溅满地。众急以布衬其尸，少年牵众罗拜，已乃断其首，血模糊置空盘中，爇香酹酒，群泣拜。一人出祭文，琅琅读，叙事甚详，大致谓：

> 伟男子者，绿林之豪也。魁其众，负殊力，能驭其群。会新来友党某，妻袁氏，国色也。魁涎之，则故命某往劫某家，实为劲敌，某因以死。则觊袁，强污之。袁愤甚，窥其一日大会党众，突奔出，面众声其罪，呼天自刎死。于是众变色注视魁，魁谈笑自若，徐曰："何事张皇？某夜分吾众会某寺。"即褫袁衣一袭，掷付少年曰："此其木主，吾牺之耳。"众喻其意，故夜会于此，云云。

语讫，众纷然起结束，整骑以去。而少年者犹徘徊寺中，周览太息。燕故好奇，于佛座后作欠伸声而起，而少年已健进喝叱曰："不意吾隐乃为此伧所窥！"前欲用武，然睹燕状雄杰又夷然无畏，殊涉踌躇，而燕已前揖曰："吾曹非猥琐者。顷间事亦寻常耳，君但揣能孤身来此间，觇异状而不惊，则其人可知矣。君亦知海内有燕海东者耶？"

少年初闻，若愕，旋亦夷然曰："闻之，吾为枫丹儿，小有声草泽间，相君之面，固奇士，然能翌夜期吾于此乎？斗酒虽薄，聊与君作竟夕谈。如中情性者，即亦不强。"盖欲尝燕觇其瞻概也。

燕笑曰："逅邂良觌，当与君作十日饮，宁惜一夕。"

枫曰："善。"

拱手于额，策马自去。燕亦倦，因止寺不去。

翌日及夜，燕瞻眺良久，少年独未至。时方秋暑未阑，乃袒裼当风，仰卧殿际以待。久之，稍蒙眬。忽闻有人呼曰："君固信士，何祖裼乃至是，不虞吾剑之利耶？"

燕瞩之，则少年已轩然来，手一巨袄如五石瓠酒，一巨罍置廊下，乃笑起揖少年坐。

少年坐曰："宜为君拼挡饮具。"即起拾败枝腐草，于庭中环列数积隆然，以高启罍置庭心，揖燕就饮。曰："君能为祝融一饮否？"

言讫，遽热列积火徐徐起。已而焰腾光煜煜如昼，热烁毛发，而少年已探罍取长勺二，一奉燕，一即自酌。连进数勺，忽若瑟缩，有寒色，即起启袄，则中有长裘数袭，即取着其一，笑谓燕曰："君无向隅，任自着之。"

燕知其石炼罡术，欲因以慑之，亦遽就瓮鲸吸，而着裘则倍之。少年曰："噫！"复起着裘至三袭，面赤气促，汗交颐如莹珠，而燕则着至五袭犹呵手自熨，引勺痛叫曰："寒哉！"

少年大骇，知己术为逊于彼，逡巡欲遁。燕乃长啸仰嘘，气如白虹，枝叶纷坠。少年乃膝行前谢。燕谓之曰："吾道固道家所从出，知白守黑，至刚也，而出以柔，庶无挫折。今子气矜意隆一至于此，故折君盛气，岂复有意相厄哉？"

于是少年大服，结欢而去。燕寻为黄物色置幕下，礼遇甚隆，而少年枫丹子者，亦从燕入黄幕云。

居无何，嬛娟母病日亟，嬛娟隐泣誓天，祈减算延母疾，然终不起。嬛娟营葬已，慨然曰："今而后当行吾志矣。"

乃间关如黔滇，备历艰阻。时黄方拥甲卫甚严，终不得间。一日，侦黄出校射，乃待于路隅。时观者夹道，俄而鼓吹卤簿，骑从旌旄，暨甲士亲卫之属，次第徐驱过。已而黄肩舆来，营弁避道，嬛娟时隐众中，急飞剑，拟舆中人。忽舆幕微揭，青气一缕格其剑，不得下，盖舆中人非他，燕海东也。

黄以怨者众，出行每备不虞，往往如此。

第十回

杜郎被难死于狱飞霞复仇与仇俱死

嬛娟骇甚，知遇敌，急窜返寓，不知燕已识之。入夜后，嬛娟方独坐，沉思日间事，忽扉启，一伟男子入。嬛娟愕然，方思按剑，男子抚手曰："勿尔，日间已接明教，何复事此？"容词蔼然，无相凌意。

嬛娟恍然，悟为舆中人，因相款接。男子殷殷询嬛娟隐衷竟，则慨然曰："若负重仇如此，即以吾设身处之，为策亦应尔。然吾徒尤尚义报知遇，黄虽不法，然遇吾犹国士也。汝行其志则捐吾义，全吾义则格汝志，然则奚出而可无已，其待吾去乎？吾去尚有待，当俟机报其惠尽，然后远引。尔时行汝志亦未为晚，可否？一言而决吾当去矣。"

嬛娟度不足制燕，则翩然下拜曰："君义士也，人之好义，谁不如我？敬从指挥，无他语矣。"

于是嬛娟乃舍黄返鄂，居久之，渐为人所识。嬛娟虑或遭黄机陷，于是去鄂，辗转至南阳，爰有处，遂居不去。继适杜郎，后曾一得燕海东书，略谓黄已罢官，将途出浙东，仆报遇已竟，将偕枫丹儿岩栖修道，不复预君事云云。飞霞得书，喜度已足了此伧，故不复乞杜郎与俱，遂如浙。果偿所愿，而杜郎祸乃遽作。

盖飞霞将如浙时，曾一至南阳省旧居，适遇獭子，相与谈近事，獭子乃识所谓杜郎者，心窃异之。时獭子为济垣捕，颇有声，返济后，忽省垣多窃盗，凡巨富显官之什袭具藏者，靡不遭劫箧以趋，即深垣密室，咸无能免。贼意足盗，技有足多者，于是官中大扰，捕牒纷然四出，而城内外之失窃日甚。獭子忧甚，累受限杖，然迄无端倪。一日，忽思及飞霞，如飞霞不南行者，尽足办此，乃因以思及杜郎，遂禀邑令，乞移文邀杜来助侦贼，令固好事者，则立白东抚，请移文豫抚，遣杜来，因豫抚习于杜也。于是豫抚遣使召杜，语以故，杜郎亦以寻常事，漫不置思，率应曰："诺。"

遂克期发，抵济垣，寓獭子家，日出侦状。一日将暮，抵行曲巷娼家，忽两男子从内出，一年可四十许，衣服丽都；一可三十许，布衣迂缓类文士。行且语，隐瘦相杂，不可遽辨。然杜郎闻之固了了，知有异，急尾之，乃历数衢，及臬司署，昂然徐步入。杜诧甚，漫询诸人，则两男子，臬司万某幕客也。万莅任甫月余，闽人也，以海上平寇军功起家者。时清初功令未备，疆吏监司时杂武人，故不足异。于是杜疑乃纷起，以臬司万无蓄盗理，然两男子者，迹复可疑，乃连宵伏觇于臬署旁。

一夜将半，之署后垣，忽睹一人逾垣出，捷于燕掠，顷刻逾数十步外，转入暝色中，遂不之见。杜亦不追蹑，但静待之，时逾良久，其人始返。抵垣后，方作势跃登垣上，一足犹未抵垣，杜已而飞剑及其后项。其人遽惊，稍被创，遂落垣内。杜欲跃从之，以事涉冒昧，遂怏怏归，乃以语獭子。

獭子亦诧甚，遂婉转白于令，令踌躇久，乃遣其客假事入臬署，阴观其幕中人，果有一幕杂众中，布裹其项。客佯问所苦，则他顾，漫应曰："偶感寒疾耳。"而昨夜城中复被窃者二，于是，杜大悦，以为盗在是矣，乃白令。

令以为臬幕人杂，或致宵人亦未可知，乃夜诣臬，屏人陈所见，以为臬必亦骇绝，当属幕于己研诘底蕴。而臬闻竟乃怒绝，立饬令系杜郎于狱，谓："何物贱氓，乃诬蔑及臬署中人？干纪如此，吾当一穷其奸状。"

令无敢梗，乃姑系之，亦不虑有他也。然未逾一日，忽杜郎以暴疾毙狱中，事秘不可穷。臬乃转怒，以不慎要囚罪令，罢其任，而獭子亦黜革。獭子黠甚，独能侦得其秘盖。臬司万某者，名怀祜，战闽海剧盗也，以金资赂当路，遂入军籍，十余年乃荐擢至此。万固美谈论精笔札，铮铮一时者，以故历官久，人无悉其底蕴者。然贪性天成，不改其故，时复逞其故技，幕中人颇杂其故侣，固其羽翼也。杜郎之死，万恐泄其秘，实遣人阴鸩杀之。于是獭子愤甚，先之南阳。而飞霞适自浙返，及杜郎居，始悉为东抚移招缉窃盗，恐或有失，思如鲁助之。与獭子值于途，噩耗遽闻，抚膺痛绝，急返杜郎居，与杜之前客迂柏翁所谓一见者，约曰："吾此行，觅仇未可，又前路待吾十日而不返，请急散吾众。"

遂匆匆去，抵济垣，夜入臬署，逾壁数重，抵寝室，觇其牖，则罗幕半启，灯光欲烬，中一人拥衾面内，卧案置官书，旁榻置冠服甚备。飞霞愤极，急运剑闯然欲入，忽项后如被寒飙，急回瞩，则万某也。盖万固此中健者，机警绝人，知陷杜郎后，结怨其党，故备勿敢弛榻次，所卧饰置之伪人也。于是飞霞眦裂，急进直拟，挥霍如风，勇乃无匹。而万亦劲敌，略不稍逊，腾掷移时，忽两剑跃入格飞霞，势甚迅，则獭子所见之两臬幕也。于是飞霞当三敌，勇乃愈奋。俄而剑及一幕客，削其颅如半瓜，僵仆于地，适绊万某足，因偃其上，而飞霞剑急下砍其背，霞锋陷及地，于是飞霞力亦竭，遂喜不可止，大笑气脱以绝。而其一幕客者，乃乘隙剑刺其吭，碧血激喷，桃花乱落，而此绝世女侠，毅魄香魂，乃随其蒿砧杜郎，姗姗以去，携手共游于清虚碧落间，长留此一段佳话，以供后人之凭吊也。

事既发，东抚上闻，并移文豫抚穷其事。豫抚遣兵之杜郎居，则塘水依然，蹊径如故，惟茗荛孤塔犹矗立于烟水夕阳间，探其邃室居，已空无一人。后十余年，南阳山飞霞峰畔有中年妇，青衣练裙，指点茅屋旧迹，潸然谓山中人曰："此固拯吾于难之阿姊故居也。"松柏回风，若助其凄咽，则明珰也。

246

图书在版编目(CIP)数据

风尘侠隐记·南阳山剑侠 / 赵焕亭著. — 北京：
中国文史出版社,2019.3
(民国武侠小说典藏文库·赵焕亭卷)
ISBN 978 - 7 - 5205 - 0948 - 0

Ⅰ. ①风… Ⅱ. ①赵… Ⅲ. ①侠义小说 - 小说集 - 中
国 - 现代 Ⅳ. ①I246.5

中国版本图书馆 CIP 数据核字(2018)第 276228 号

点　　校：清寒树　旷　野
责任编辑：卢祥秋

出版发行：**中国文史出版社**
社　　址：北京市海淀区西八里庄 69 号院　邮编：100142
电　　话：010 - 81136606　81136602　81136603　81136605(发行部)
传　　真：010 - 81136655
印　　装：廊坊市海涛印刷有限公司
经　　销：全国新华书店
开　　本：720×1020　1/16
印　　张：17　　　　字数：229 千字
版　　次：2019 年 3 月第 1 版
印　　次：2019 年 3 月第 1 次印刷
定　　价：58.00 元